# 歴史の工房

英国で学んだこと

草光俊雄

みすず書房

# THE WORKSHOP OF A HISTORIAN

by

Toshio Kusamitsu

First Published by Misuzu Shobo Ltd., 2016

歴史の工房◆目次

# 序文

なぜ歴史を学ぶようになったのか、理由はいろいろあるのだが、いまの自分たちの住む世界について、それがどのように出来上がってきたのか、なぜいまのような形になったのか、ということにぼんやりとした関心があったことは確かだろう。さらにもう少し掘り下げてみると、日本の近代化がヨーロッパの影響を受けながら辿ってきた道筋を考えるには、そのヨーロッパのことをもっと知らなければならない、といったことも感じていたのだった。高校時代はアメリカにあこがれていた。当時流行っていたフォークソングに惹かれていたし、西部劇や東部の有名大学の学生たちのファッションにも夢中になっていた。それが大学に入ってからヨーロッパ、最初はドイツ、やがて英国に関心が移っていったのは自分でもはっきりと説明することは出来ない。

大学では「歴史学研究会」というサークルに入った。そこでは主に明治維新のことなどに興味を持っていた。教師や友人などいろいろな人の影響があったことは確かだが、ドイツから帰国した渋谷勝久先生からマックス・ウェーバーについて教わりドイツ語を一所懸命勉強したし、ドイツに行きたいとも思ったりした。しかし専門課程では経済学理論の遊部久藏先生のゼミに入れてもらった。まだマルクス経済学が大学で幅を利かせていた頃で、卒論、修論と若きマルクスの思想形成について研究した。修士の最終学年のとき、ヨーロッパを二ヵ月ほど旅行した。一番長くいたのがイギリスだった。ウォリック大学で博士論文を書いていた母校の先輩松村高夫さんに連れて行ってもらったセミナーで、本書でも書いたラファエル・サミュエルの報告を聞いたことはショックであった。歴史研究というものが本当に楽しそうだった。当時彼の人気は絶大なものがあり、セミナー室は熱気にあふれていた。イギリスの厳格な大学の先生というイメージからはほど遠く、ざっくばらんで、こうした雰囲気で歴史を勉強するのは楽しいだろうなと思った。松村さんからもその時イギリスに来て勉強しなさいと強く勧められた。なぜ自分にとって歴史研究の対象がイギリスだったのか、ときに苦し紛れに子供の時から読んでいた児童文学の影響だと言ったこともあるし、日本の近代化のモデルであった産業革命の本家本元のイギリスについて勉強したいと思った、などと説明するのだが、本当のところは分からない。しかし、初めて訪れたイギリスという国に強く魅かれたのは間違いない。

旅行から帰国したわたしは歴史を将来の仕事としたいと考えるようになり、イギリスを研究対象とすることに決めた。遅い出発だった。そしてイギリスで一から歴史を勉強しようと思い立ち、留学の手続きを始めたのが、修士論文を書きあげて博士課程に進学した直後のことだった。テーマはそのころ由良君美先生の影響で読んでいた、詩人で画家だったウィリアム・ブレイクと彼が職業にしていた版画職人の世界を調べるということにして、幾つかの大学に応募した。シェフィールド大学が受け入れてくれると返事が来たのが八月の半ばで、それからあわてて渡英の準備を始め、九月の半ばにはシェフィールド大学の学生寮に落ち着くことになった。

今から考えるとずいぶんと乱暴な話で、恥ずかしいことだが、わたしはイギリスの歴史についてはほとんど無知といった体たらくでイギリスに出かけて行ったのだった。近代史について多少は読んでいたにしても、通史などはまともに読んでさえいなかった。英語もほとんど出来なかった。最初のうちはランカシャー訛りでぼそぼそとしゃべる直接の指導教官だったデイヴィッド・マーティンが何を話しているのかさっぱり分からなかった。間接的に面倒をみてくれた社会経済史の主任教授シドニー・ポラード、いろいろ親身になって世話をしてくれた当時新進の都市史研究者であったトニー・サトクリフなどの先生たちの英語はまだ分かりやすかったが、それでも英語にはひどく苦労した。大学が始まると、とにもかくにも一次資料を読みたいと思い、ロンドンの安宿をとって、ブリティッシュ・ライブラリに出かけたり、ギルド・ホールの文書館へ出かけたりしたが、そんなに簡単に目新しい資料が出てくるわけもなく、あとはシェフィールドの大学図書館で参考文献などを読む日々が続いた。同じ年に大学院に進学した友人たちとお互いの研究について話し合ったり、パブに出かけたりしたが、そのなかで博士号を取得したのは、今ではカナダでウクライナ研究の第一人者となっているデイブ・マープルズとわたしだけである。

シェフィールドで一番世話になったのはジョン・ホールステッドだった。彼は大学のいわゆる成人教育のための学外講座（エクストラミューラル）の講師をしていた。労働史学会の雑誌の編集を当時ウォリック大学社会史研究所の所長であったロイドン・ハリソンと共同で行っていた。ジョンから英語の書き方、論文の書き方などについて教わったことは今でも生きている。彼はまた大変な食通で、みずからも（奥さんのマーガレットとともに）素晴らしい料理を作ってくれたことは、わたしのイギリス生活のなかでも特筆すべきことであった。わたしがイギリスで料理を一所懸命するようになったのは彼の影響であるが、それよりも料理というのが文化的歴史的に捉えると大変興味深いものなのだということも教えてくれた。彼のなかでは文章を磨くことと旨い料理を作ることとが一つであるようだった。つまりよい材料（資料）を見つけてそれを上手に料理する（叙述する）ことである。編集ということの重要さを教わったのも彼からであった。

こうしてみるとイギリスに武者修行に出かけ、そこで徒弟時代を過ごしたこと（ラファエル・サミュエルとの徒弟時代については本文を参照して欲しい）が今のわたしを形作ったのだな、としみじみ思う。実に恵まれた留学生活であった。

さて冒頭の「なぜ」にたち戻ると、わたしが歴史に関心を持った理由のひとつには現代の日本の姿にたいする反発もあった。敗戦の翌年に生まれ、貧しいながらも温かい家庭に恵まれて、次第に豊かになっていった日本の社会の恩恵を受けてきたわけであるが、浪人時代、そして大学に入る頃から、日本がどこか危ない方向に向かっているのではないか、と思うようになった。小学校の時に担任だった女性の先生は大学を出たばかりで戦後民主主義の理想を高く掲げたような人で、先生の教育の方針からおおきな影響を受けた。教室の隅々にまで行き届いた目配りをされる素敵な先生だった。予備校に通っているときに日韓条約をめぐって大きな論争があった。その前からアメリカ軍の基地に対する反対運動も起きていた。ベトナム戦争も始まっていた。アメリカにあこがれていた高校時代から一転して、絶対的に豊かなアメリカが世界で覇権を拡げようとしている事実とそれに追随しようとしている日本の政府のあり方に疑問を持ち始めた。その点、大塚久雄を代表とする戦後歴史学と丸山眞男などの影響もあったと思う。日本の近代化の歩みを西洋のモデルを範として批判的に捉えようとする彼等が必ずしも左翼であったとはいまでは思えないが、日本を変えたいという強い意志はわたしの心に訴えるものがあった。

英国へ留学してからも、わたしが親近感を持てる歴史家たちはみな左翼といわれる人たちだった。本書でもその人となりを語った恩師のラファエル・サミュエルはいってみれば英国の左翼をそのまま体現しているような人物だった。またわたしの博士論文の主査であり、彼の主催するセミナーに熱心に出席し大きな影響を受けたエリック・ホブズボウムもイギリス左翼の代表的な歴史家であった。左翼の内実は時代によって異なることがあるにしても、わたしにとって現状を批判的に捉え、異議申し立てをおこなう歴史家たちの魅力は歴史学を勉強する根本的な立場なのであった。もっとも優れた歴史を書いてきた歴史家たちのなかには必ずしも反体制的な人ばかりがいたわけではなく、たとえば保守派として知られるヒュー・トレバー・ローパーのような歴史家にも共感を持つようにもなったことは、ここで付け加えておきたい。彼の没後に出版されたテオドール・ド・マイエルンについて書かれた『ヨーロッパの内科医』にはまったく脱帽した。ひとりの人物を追いながら、その時代をも具体的な形で描き出していくその筆致はまさに歴史叙述の模範であると思われた。

本書を読まれる読者は一見ばらばらな対象のなかにひとつの共通したトーンがあることに気づいてくださるだろうか。それは歴史を調べたり書いたりすることへのよろこびである。過去を学ぶということの魅力とでも言おうか。それはわたしが歴史研究を始めたイギリスで出会った多くの歴史家たちから教えられたことであった。なかでもラファエル・サミュエルは別格だった。彼は過去を知ることを無上の喜びとしているようだった。街を一緒に歩いていて、細い路地などを見るとひょっと立ち止まりじっとその奥を観察する。そして「トシオ、実にチャーミングな由緒ある路地だね」と教えてくれる。街の中の至る所に歴史へのヒントが隠されており、それを拾い出すのが歴史家の務めである、と言っているようだった。彼は歴史研究がけっしてエリートたちだけのものではなく、すべての人びとにとって生きていく上での大切な指針となるということを身をもって示そうとした。教養としての歴史でもなく、学校で暗記する歴史でもなく、もっと身近な手応えのあるものなのだと考え行動した。彼の周りに集まってきた多くの教え子や友人たちはそうした彼の熱い思いに惹かれていった。わたしもそのひとりだった。歴史のためにすべてを捧げているような彼の生き方はまるで求道者のような趣があった。今思い起こしても毎日々々歴史研究のためによろこんで忙しい身を抛っていたようだ。三年近くそうしたラファエルの生き方を間近で見ていて、とても自分にはあそこまでは出来ないな、と思いながら、それでもわたしのなかに彼のような歴史家のあり方をひとつの理想とする思いが根付いていった。その後のわたしの生き方がそうなったかどうかは、もちろん別の問題ではある。わたしは彼と比べればはるかに怠惰であったし、彼ほどの情熱は持ち合わせていなかったようだ。しかしながら彼のような素晴らしい歴史家と共に生活し教えを受けたことは稀に見る僥倖であったと思うのである。

今回これまで書いてきたエッセイのなかから人物を採りあげたものを中心にして一冊を編もうと考

えたとき、その数が意外に多いことに気が付いた。人間についての興味・好奇心がわたしには強いのかなと思うとともに、歴史とは結局人間についての関心の上に成り立っている学問なのだなということに思い至ることにもなった。伝記とか自伝、書簡集が好きだということと関係があるかもしれない。そういえば、イギリスにいた頃、時々『タイムズ紙』に日本人の訃報を書いていた。『タイムズ紙』の訃報記事（オビチュアリ）はイギリスや時には外国の著名人が亡くなったときにその人物の詳細な略伝と人間像を紹介するものだが、わたしの尊敬する日本人のことをイギリス人にも知ってもらいたいといった気持ちで何人かの人を採りあげた。その中には母校の恩師であった高橋誠一郎先生や西脇順三郎先生、小林秀雄や林達夫などわたしの尊敬する文人や思想家などがいた。その他にも数名執筆したことがある。今思えば人物を描く面白さ（といっては語弊があるが）ということに目覚めたのはそんなきっかけもあったかもしれない。いずれにしてもどんな人の一生も読んでいて興味深いと思う。以前出版した『明け方のホルン』はイギリスの詩人たちの評伝を編んだものであった。第一次大戦に参加した若い詩人たちの人生と彼等の書いた詩についてのエッセイであるが、ひとりひとりの伝記を楽しみながら読んだことを思い出す。

ここでハーマーニ・リーの『伝記 *Biography: A Very Short Introduction*』を参照しながら伝記について考えてみたい。プルタークの『英雄伝（対比列伝）』などに遡って論ずるわけにはいかないが、今日われわれになじみのある伝記が書かれるようになるのは近代のことであり、英語でバイオグラフィという言葉が定着したのはドライデンが十七世紀の後半にプルタークについて述べた時が最初である、と

ＯＥＤが記している。十七世紀にはジョン・オーブリの『名士小伝』や、『釣魚大全』で有名なアイザック・ウォルトンが書いた形而上詩人ジョン・ダンなどについての小伝などが書かれている。英国における伝記への関心が誕生したと考えられる。十八世紀に書かれたボズウェルの『サミュエル・ジョンソン伝』は今日でも伝記文学の頂点とあるといわれているが、伝記というものが身近な文学作品として登場したのは近世のことと考えても間違いなさそうである。ジョン・オーブリやウォルトンの作品が再評価されるのも十八世紀後半のことである。それらが書かれた時点ではほんの少数のものだけが読むことが出来たといわれているが、ジョンソンが活躍した十八世紀は文人が消費社会の発展を享受し、出版事情が飛躍的に展開した時代でもあった。そのなかで人びとの関心は人間性や個人の自我の解明に向けられた。小説や評論が盛んに書かれるようになり、伝記にも強い関心が寄せられるようになったと考えられている。十九世紀になると浩瀚な伝記が数多く出版されるようになる。その多くはまるで中世に書かれた聖人伝のように、社会や国家のために活躍した人たちを顕彰する偉人伝であった。

ヴァージニア・ウルフは、二十世紀になり伝記文学が大きく変化をとげたと指摘している。ヴィクトリア朝の時代の伝記の主人公を美化しようとする傾向にたいして、フロイトに影響された人物の精神的な内面の人物描写が伝記文学の主流になってきたことを、一定の留保を設けながら述べている。ウルフと同じブルームズベリ・グループのリットン・ストレイチーの『ヴィクトリア朝偉人伝』などがその嚆矢だろう。ウルフは伝記に書かれる人物の人生についての真実とその人物の人間性との間の乖離をどのように埋めることが出来るのか、伝記文学の曖昧さについて現代的な問題として批判的に考えていたようである。文学的な伝記作品は人物の精神的、内面的な出来事を赤裸々に描写することがその特色であるという新しい考え方が一般的になってきた事情をウルフは感じていたのだろう。そのような文学的な伝記のあり方とくらべ、歴史的な伝記は、事実を重視するという立場を堅持することになる。歴史家から見ると伝記作家が扱うのは文学的なテーマであり、分析よりは物語的な叙述に傾きがちであり、歴史とは区別されるべきものであると、と見なされるようになってきた。このような文学的な伝記と歴史的な伝記との間に大きな乖離が見られるようになるのは近代においてのことであるといってもよいかもしれない。

イギリスでは伝記とか評伝の文学における地位がとても高くまた人気がある。そして秀でた伝記がたくさん書かれている。優れた伝記はいってみれば優れた歴史書でもある。その人物の人柄や仕事を丁寧に辿りながら、同時にその人の生きた時代が浮かびあがってこなければならない。伝記の主人公は芸術家や文学者である場合が多いが、政治家であっても、学者であっても、あるいは市井の人の場合であっても、優れた伝記が読む者に訴えるのは、書き手が主人公に共感を持ち、その人が時代のなかで本当に生きているように描かれているときだろう。伝記作家も歴史家もその手法に大きな違いがあるわけではない。関係のある人びとの証言を集め、書簡や日記を読み、同時代の周辺資料も読みこなさなくてはならない。歴史家が歴史上の人物の足跡を探り資料を探索する手法と変わりはないのである。

歴史に埋もれていた人物を再発見するということも重要なことだが、それよりも伝記の面白さはその人物がもし今生きていたら一体今の時代をどのような言葉で語るだろうか、という想像力を掻き立てることにある。つまり現代、今自分たちが生きている時代、との繋がりがなければ伝記の魅力は薄れてしまう。これも歴史学の存在理由と違わない。歴史学においても現代との繋がりを抜きにしてはただたんに過去の遺物の再現にしか過ぎない。われわれが過去のことを調べるのは、今ここに生きているわたしやあなたがなぜここにいるのかを歴史のなかから見出そうとするからに他ならない。

しかし歴史家の書いた伝記と文学者が書いた伝記との間には相違がないのか、と問われるとまったく同じだとは言えないような気もする。わたしは歴史も文学であるという立場に立ちたいと考えているのだが、それでも文学者が伝記を書こうとするその意図や意志の背後にあるものと歴史家のそれとはやはり違うように思う。文学者の書く伝記はやはり文学であるが、歴史家の書く伝記は文学でもあるがまずは歴史なのである。もちろん読者にとってはどうでもよいことかもしれないのであるが、ということは、つまり読んで面白ければよい、というのが読者の立場であるとすれば、たしかに歴史なのか文学なのかといった問題はどうでもよいものではないのかということになるだろう。わたし自身そこに何か厳格な境界線を引く必要は無いのかもしれないとも思っていることも事実である。しかしやはり文学者と歴史家とはある同じ人物について伝記を書くにしても、おそらく意図するところがそれぞれの場合異なっているだろうと考えざるを得ない。資料を辿る方法は同じであり得るし、また当該の人物の人柄とかその業績を明らかにしようとする目的そのものは同じだと思う。しかし文学者の場合その人の人生や作品が文学的にどれほど秀でていたのかといったことへの探索がまず第一に念頭になければならないだろう。どのような文学が一級のものか、それにはさまざまな意見があるだろうが、伝記を書こうとする人の文学にたいする思い入れが、対象となる人物への執着と重なり合いながら、その文学の成果への評価と結びつくような形で伝記が書かれることが多いのだと思う。歴史家の場合、もちろん対象となる人物の魅力が大きくなければ歴史家自身がその人物を調べることもないのだから、そこには「魅力」といった主観的な要素が介入するわけであるが、それでもその人物が歴史的にどのような重要な役割を果たしていたかといったことについての、客観的な評価をどうしても差し挟まなければならないという事態に遭遇することになる。文学の上での評価と歴史的な評価との間にはそれほど大きな違いがないのかもしれないが、やはり歴史家が書く伝記には歴史学という制約が働いているのであって、そこには歴史家の歴史認識とか歴史観が必然的に認められるのだろうと思う。

歴史的な評価を第一にするといっても、それは必ずしもその人物が歴史上一級の貢献を果たしたということになるのかというといささか違うということも事実である。それはわたし自身がマイナーな人物に愛着を持つことが多い、ということと関係があるかもしれないが、歴史のなかで二次的、三次的な役割しか果たさなかったような人でも、もっと大きな脈絡のなかでその人をじっくり調べていくことによって、かえって歴史がよく見えてくるということがある。近年「自分史」のようなものがはやっている。我が身を振り返って自分の生きてきた道程を納得できるように書きとどめておきたい、というある意味分かりやすい意図からなされるものが多い。そういう試みのすべてに賛同するわけではないが、ひとりの人の人生が、もう少し大きな社会のなかでどのように影響を受けながら経過していったのか、というようなことが描かれるとしたならば、それはそれで意味のあることなのだろう。しかしながらそのような「自分史」がいくらたくさん集まっても、それは歴史学の枠組みのなかに収まらない。その人の自己満足のためにただたんに書かれたかもしれないからだ。歴史家というのはそうした「自分史」を含めて、ある人物の人生がどのような意味があったのかを判断しなければならない。僭越であるのかもしれない。しかしどのような人の人生に対しても共感を持つということは歴史家として大切なことだと思う。たとえその人の政治的な立場が自分のそれとは異なっているとしても、その人の位置に立ってみて理解しようと努めるのが歴史家の作法なのである。

ある人の人生についてその人が果たした歴史的な役割を忌憚なく叙述することは、歴史家にとっても魅力的なテーマである。本書でも採りあげた森鷗外の『澁江抽齋』は、まさに歴史家が、自分が強い関心を持った当時無名といってもよかった医師のことを執拗に探究する、その過程を丹念に書き進めながら人物に迫っていくという、まるで探偵小説を読むような興奮をもたらしてくれる作品である。鷗外は『澁江抽齋』とその後書かれたいくつかの幕末の医師たちの伝記に「史伝」という名前を与えた。彼の頭のなかで歴史と伝記文学との関係がどのように出来上がっていたか、大変興味深いところがある。鷗外は漱石と並んで日本に近代的な文学を成立させようとした先駆者のひとりであった。しかし晩年に歴史へ、史伝へとシフトしていく。そのあたりのことは今後さらに考えてみたいと思っている。

本書はいわゆる「伝記」を編んだものではないが、人間についてのわたしの関心からそれらの人びとの仕事や人生を述べているものがある。さらにさまざまな歴史家の仕事をとおして、歴史学の流れについて論じているものなども、彼等の人生を傍らに見ながら考えをまとめていったものが多い。思い起こすと、わたしが仕上げたイギリスでの博士論文には人物はもちろんたくさん出てきたが、わたしの関心はもう少し抽象的にイギリスのデザイン教育だとか博覧会だとか、意匠登録や著作権などといったテーマを軸にしたものだった。そうしたテーマの中心や周辺にいた人びとのなかにはもっと知りたいと思わせるような人物も多くいたが、わたしは彼等のことをさらに掘り下げて調べてみることはしなかったし、時間的な制約もあってできなかった。今から思うともっとつっこんで調べておけばよかったなと思う人も何人かいる。表面的にしか捉えきれなかった人物が多かった。テーマを追ってそこから明らかになった問題点を解明しようとすることがその当時の主たる関心だった。そこに関わってくる人間たちはあくまでも脇役であった。論文の構成としては結局そうせざるを得なかったし、それはそれでまとまった研究としては形が整っていたので、とくに不満があるわけではないのだが、その後のわたしの研究は、歴史におけるさまざまな主題を追究する（たとえば消費社会の歴史、中世主義、啓蒙主義など）と同時に、歴史上の人物をもう少し丁寧に見ていこう、結局歴史は人間が作ってきたものなのだから、というようにふたつの関心が平行して共存するといったものになってきたのだと思う。そのささやかな成果が本書である。ここで論じきれなかったテーマについては別にまとめたいと思っている。

# I

# 歴史は文学か科学か——G・M・トレヴェリアン再評価

## はじめに

社会史がブームである。しかし、さて社会史とはいったいどんな学問かと問われると、答えは百人百様であって、これが社会史であると定義するのはなかなか難しい。そうした時によく引用されるのが、G・M・トレヴェリアンの「社会史とは消極的に定義すれば、政治を除外した一国民の歴史といえるかもしれない」という言葉である。しかしこの定義はあまりにも引用されすぎ、しかもトレヴェリアン自身の意図したところさえも歪曲されてしまっているようにも思える。たとえばE・J・ホブズボウムは「社会史から社会の歴史へ」という論文の中で、トレヴェリアンの右の言葉を引用しながら(もっとも「消極的に定義をすれば」という限定を無視しているのだが)、トレヴェリアン流の歴史は社会史を、政治を除いた「残余の研究」としたもので、ドイツで実践されていた風俗史、すなわち日常生活の風俗、風習などの研究に繋がるものであり、おうおうにして下層の階級の人びとへの関心が低く、むしろ上流の人びとに関する研究が多い、といって批判的である。

このホブズボウムの指摘が公平なものであるかどうかは後に見ていくことにするが、特に戦後の歴史学界からはトレヴェリアンのような歴史家が素人受けはするものの、プロの歴史家とは無縁のものであると受け止められるのが一般的になってきたように思われる。それは特に歴史を科学の一分野として考える歴史家たちの立場でもあろう。このエッセイではトレヴェリアンの歴史観の再評価を試みるとともに、彼が生涯にわたって強く訴えた、文学としての歴史という主張についての考察を行い、また最近新しく提起されたローレンス・ストーンの言う「叙述の復活」という議論などの脈絡の中で、検討していきたいと思う。そして社会史とは何かという問題についても、間接的にではあるが、考えてみようと思う。

一

しかし、と言って立ち止まることも可能である。トレヴェリアン再評価といってもあまり勝ち目のない戦いのようではないか、と。特に戦後の目もくらむような歴史学の発達は、M・ブロック、L・フェーヴル、F・ブローデル等を輩出したアナール学派をはじめとして、科学としての歴史が大きな勝利をおさめているかのように見える。しかしながら、ともう一度考え直す。失われ敗北していくものに心を惹かれ、それを追悼するのも歴史家の仕事である、と。いや、それもあまりに感傷的すぎるし、わたしの意図とは異なる。わたしの意図はトレヴェリアンをもっと積極的に評価しようとするものなのだから。

一昔前の血気盛んなわたしだったら、おそらくトレヴェリアンの仕事は古めかしいホィッグ史観の歴史であり、科学的ではない、といって一顧だにしなかったかもしれない。別に年をとったからでもないし、まだそんな年齢でもないが、わたしのトレヴェリアンにたいする評価を改めるように促す読書の体験があったのは数年前のことであった。

キース・トマス（後にサー・キース）は一九七九年にケンブリッジでジョージ・マコーリー・トレヴェリアン・レクチャーを行い、一九八三年にその講義が出版された時にわたしは真っ先に買って読んだ。『人間と自然界』というタイトルで後に翻訳もされたこの書は、『宗教と魔術の衰退』において新しい歴史学のチャンピオンとして揺ぎない地位を築いていたトマスの、単行本としては二冊目で、イギリスにおける自然概念の変遷を扱っており、内容そのものも読む者の期待を裏切らないものであった。それと同時にわたしが強い興味を惹かれたのは、彼が序文で示したトレヴェリアンにたいする敬愛の念のこもった態度であった。そこで彼は、トレヴェリアンの『クリオ・史神』の中の有名なセント・ジョンズ・コレッジの描写が、実際に自分の目で見ることのできた遥か以前に、彼が後にフェロウとなったコレッジについてのイメージを作り上げてしまっていた、と述べて、トレヴェリアンの情感を込めた描写力と詩的な喚起力とを絶賛しているのであった。また彼はこう書いている。「G・M・トレヴェリアンは今日よく読まれている（ファッショナブルな）歴史家とはいえない。しかしわたしの世代で一九四〇年代の後半に学校で学んだものたちにとって、彼はなんといっても歴史家のなかでもっともよく読まれ、もっとも近付きやすい歴史家だった」と。

つまり直接あるいは間接に、トレヴェリアンは今日の歴史家たちの歴史意識形成になんらかの影響力を及ぼしていることは、決して不思議なことではないと言ってよいだろう。歴史好きの少年少女たち、さらには普通の大人たちによってトレヴェリアンの歴史書は読まれ、彼等に歴史の魅力というものを植え付けたであっただろう、ということである。だとすれば、たとえ意識下のことではあったかもしれないが、今日トレヴェリアンのような仕事を非科学的であると批判的に評価している人びとの心のどこかで、歴史にたいするロマンの火を燃え続けさせているものは、トレヴェリアンによって点火されたかもしれないのである。このように、今日の歴史界を支えている人びとの根底にある歴史意識へのトレヴェリアンの貢献を第一に評価しなければならないとすれば、第二に歴史学以外のところで彼によって喚起されたイギリスの歴史のイメージもまたここで指摘しておくことが必要であろう。

これはまだ又聞きの段階であって、しっかりとした調査を自分で行って下した結論ではないのであるが、先般来日したロンドン大学のパット・セインによれば、英国の労働組合の指導者たちへのインタヴューの中で、彼等がいかにトレヴェリアンを愛読し、イギリスの歴史について触発されたか、じつに興味深い事例が多い、ということであった。また、エイサ・ブリッグズがトレヴェリアンの『イギリス社会史』新版の序文で書いていることだが、トレヴェリアンの弟子のジョン・プラムの友人は、スエズ動乱の時に、戦場で多くの普通の兵士たちが『イギリス社会史』のハード・バックを愛読していたのを見たと報告している。『イギリス社会史』の売れ行きの高さが尋常なものではなかったことも、ブリッグズの序文に詳しい。ここにトレヴェリアンの国民史家としての評判の高さ、英国国民の歴史観形成への役割について、あまりにも早急な結論を下すことは控えなければならないとしても、トレヴェリアンの面目躍如といった点を指摘しておくのもあながち大きな間違いではなかろう。

さてトマスが述懐したトレヴェリアンのセント・ジョンズ・コレッジの描写とはどういうものであったか見てみよう。この箇所はプラムも、師の業績と人柄について書いたエッセイの中で、トレヴェリアンの言う「事実を追究し、事実にしがみついている想像力」としての「歴史の詩」の一つの美しい例として引用しているものである。トレヴェリアンは旅行の効用や楽しみは、歴史を知っていることによって倍増させられる、と述べた後、

オックスフォードのセント・ジョンズ・コレッジの庭園の正面は誰が見ても美しいものである。しかし歴史の愛好家にとっては、その外面的な魅力に〔十七世紀の〕内乱の時のコレッジのイメージが重なって、自分の心の中のコレッジにたいする親近感が融合されるのだ。当時コレッジは、王威の命運が尽きようとしていた宮廷の用に供せられており、その最後の時が近づくにつれて、遊歩道や中庭は、自らの人生の中で悲しみを運命として甘受することを学んだ男女、権力への望みを捨てた野心家、イングランドを愛しながら異国へと船出する準備をしている人びと、永遠の別離の宿命にある恋人たちで溢れていた。絶望の夕べが訪れると、人びとは庭園を逍遥し、愈々最後になると、不吉な反復を伴って静寂を打ち破る攻撃砲の音に聞き入っていた。北へ向かって広がる低い丘陵に置かれた大砲の背後では、情け容赦もない人びとが隊列を整え、この美しさすべてを手にかけて、力が支配する固苦しい徳の世界へと変えようとしていた……今は、円頂派の大砲の音も、とうの昔に静まっているが、庭園の静けさの中には、包囲軍も、包囲された軍も、双方を覆い、かくも早急に両者を打ち滅ぼし、無価値のもののみ生き延びることになった不変の宿命が、重苦しくたちこめている。セント・ジョンズ・コレッジは単なる石と土壁ではない。たしかにそれらは優雅に組み合わされてはいる、しかしそれは今日それを見る者とかつて見たものとを繋ぐ、ふさわしくもまた悲

しみを喚起させる証人でもあるのだ。

大野真弓氏の先行訳を参照しながら、わたしなりに訳出してみたが、トレヴェリアンの原文の美しさがどれだけ移せたか心許無い。しかしながら、場所や建物は、書物と同じ様に、それ自体の美しさもさることながら、それにまつわる知識を持つことで生じる、連想によって生みだされる美をも有するのである、と言う彼の主張はよく読み取れるのではないであろうか。

トレヴェリアンにとって、歴史家の仕事とは、このように過去と現在とを詩的想像力によって結びつけるものなのである。こうした認識から、彼は歴史と文学との相互に及ぼす影響力について熱心に語り、その重要性について繰り返し主張したのであった。

二

トレヴェリアンの歴史と文学とに関する考え方をもう少し見て行きたいと思う。彼は十数冊にも及ぶ歴史書の他にエッセイ集を何冊か出版している。最も古いのが、先にも引用した『クリオ・史神』で、初版は一九一三年。次に『自伝およびエッセイ集』が一九四九年。そして『アマチュアの文学愛好』が一九五九年、死の三年前に出版された。これらのエッセイ集を通読すると、彼が折にふれて行った講演や随筆、書評などで、一貫して文学と歴史について考え続けていたことが分かる。歴史は文学、あるいは芸術（わが国には文芸という便利な言葉があるが、アートということ）である、ということを悲壮なまでに主張しているのである。

このトレヴェリアンのかたくななまでの態度には背景があった。ジョン・プラムの簡潔な説明を聞こう。

トレヴェリアンにとって、歴史を書くことは、詩を書くことと同様、イギリス的教養の一部分にすぎない。この教養は少数のものに限られたものでなく、あらゆる人々がこれを利用し、おのれの理解力を深めるのに役立つものである。したがって、歴史は彼にとっては文学上・道徳上の目的をもっている。このような態度は、彼の受け継いだものからいって、彼自身にとって自明のことであったが、これを維持するには不屈の勇気を必要とした。けだしこの見解は、アカデミックな歴史家の間ではもはや行なわれていなかったからである。アカデミックな歴史家は歴史を科学として扱うことをよしとした。それは証拠や専門技術や統計に専心することである。公衆がその結果を退屈だと考えても、それは問題ではなかった。歴史は専門家による専門家のための特殊研究であったからである。このような反対に直面して、トレヴェリアンは自分の態度を明確にし、弁護しなければならなかった。(大野真弓訳)

歴史研究にしっかりした方法論を持ち込んで、科学的なものにしようという試みは、一般的にはドイツで始まったと考えられている。公文書に基づいて客観的な歴史を書こうとした、レオポルド・フォン・ランケによって引き起こされた歴史研究の「革命」は、イギリスにもその信奉者を多く生み、彼等の中から、科学的な歴史を主張し、それまで圧倒的な影響力を持っていたマコーリーなどの歴史家たちの仕事を低く見る人びとが現れてきた。この文学的な歴史への批判は、また歴史家がひとつの専門集団を形成し始めた頃と一致する。つまり歴史家たちの最初の研究機関や専門の雑誌、大学の専門学科などが作られた時代である。ピーター・バークによれば、歴史家のギルドがおそまきながら作り上げられたということである。この、主に大学に本拠を構える専門歴史家たちが、自らの学問を科学として位置づけ、それまで必ずしも専門家の手によらず、むしろアマチュアによって書かれてきた感があった歴史を、専門家の手に独占しようとしたのであった。

イギリスにおけるこうした傾向を代表していたのが、ジョン・シーリーやJ・B・ビュアリ、C・H・ファース等であった。彼等はトレヴェリアンの一世代前にあたる歴史学者であり、マコーリーやカーライルたちの一世代後にあたっていた。彼等の主張や実際に行使した影響力については、ジョン・ケニヨンの『近代イギリスの歴史家たち』に詳しいのでここでは深入りをしないが、トレヴェリアンは、たとえば、学生時代にシーリーがマコーリーやカーライルのことを「ほらふき」と呼んだことを、憤りとともにいつまでも覚えていたという。また一九〇三年にビュアリがケンブリッジの欽定講座教授の就任の時に行った「歴史の科学について」への反論として、先にも引用した『クリオ・史神』を執筆した。

トレヴェリアンが歴史は文学である、と強く主張した大きな理由としては、歴史学そのものの発達が、文学とは切っても切れない関係にあったからである。そしてマコーリーと並んで、歴史学が文学に負っている大きな借りを誰よりも理解していたのも彼であった。もちろん彼は歴史学と文学とは相異なるものであること、その間には一線を引かなければならない、ということをよく承知していた。

たとえば歴史小説について、「ある意味で歴史小説は過去を生き生きとさせるものではあるが、出来事そのものを生き返らせる訳ではない。だから歴史小説は歴史そのものではないのである」と言っている。しかしながら、こうした区別を行いながら、トレヴェリアンは歴史小説がいかに歴史学の発達に寄与してきたか、執拗に主張する。おそらくトレヴェリアンのこの問題に関する功績は、サー・ウォルター・スコットが歴史学に与えた絶大な影響力を指摘した点にあると思われる。これはマコーリーの系譜を自認する彼としてはあるいは当り前すぎることであったのかもしれないが。

マコーリーはスコットの歴史学へ与えた功績は細部への関心であると言う。それまで歴史家たちは歴史の細部、すなわち人びとの身なりや食事、住居のディテイルなどにほとんど関心を払ってこなかった。そこへスコットがいわゆる風俗などへの関心を歴史家に注ぎ込んだのだ、ということである。時代によって異なる衣服、家具、装身具、武具などへの、詳細な点までもおろそかにしない態度が芽生えてきたのは、スコットの、中世やスコットランドを舞台にした小説からの影響であった。トレヴェリアンはこうしたマコーリーのスコット評価からさらに進んで、十九世紀に特徴的な歴史主義の源泉がスコットにあると言う。つまり風俗ばかりでなく、思想、道徳などが、時代、地域、階級などによってそれぞれ異なることを明瞭に示してくれたのがスコットなのであった、と。この結果スコット以降の歴史学は大きな変化を見せることになる。と言うより、新しい近代的な歴史学がイギリスに誕生したとも言えるのである。それまでの歴史研究はどうなのか？　われわれはギボンやヒュームといった偉大な歴史家を有するではないか。一体歴史のどこが変わったのであろうか。十八世紀以前の歴史家たちとスコット以後の歴史家たちとどこがどう違うのであろうか。

## 三

トレヴェリアンは『クリオ・史神』の中で、クラレンドン以降のイギリスの偉大な歴史家を論じ、いかに彼等の著作が文学的にも読む価値の高いものであるかを説いている。しかし、クラレンドンや彼の後の歴史家たちの仕事は、同時代の歴史であり、それはまた政治史であった。そして十八世紀の半ばには、歴史家自身の体験を超えた過去の出来事に関する資料を収集し、信憑性の高い歴史を書こうという努力が始まる。この努力は「理性の時代」の尚古趣味と科学探究の精神によってもたらされたもので、スコットランド学派のヒュームやロバートソンなどの仕事が代表的なものであるが、彼等の研究態度は、ギボンという天才の中で大きく開花することになった。彼は当時手にいれることのできたあらゆる資料をふるいわける、という科学的な仕事を厭わぬ一方、その成果を文学的な表現によって著したのであった。しかしこの大歴史家にもひとつの限界があった。それは彼の同時代人やフランスの百科全書派と同様に、人間はいつの時代どこの国であっても本質的には同じである、と考えたことである。トレヴェリアンは言う。「(ギボン) が情感を持たずに冷静に記録にとどめた何世紀にもわたる人びとの様々な体験は、彼の理性の、冷たく古典的な光の下では皆同じ様に見えてしまうのだ」と。この「冷たく古典的な光」をステインド・グラスの中世風の色調に取って変えたのがウォルター・スコットであった。実はフランス啓蒙主義者、特にフランス革命の支持者たちが抱いていた人間の普遍性への信仰を、人間や社会の特殊性や一回性の立場から手厳しく批判したのはエドムンド・バークであった。スコットはこのバークの考えを例証し一般化したのであった。

この指摘は重要である。つまり、われわれはヘロドトスやツキディデス以降、多くの歴史家が輩出し、歴史というものは古代ギリシアから綿々と書き続けられてきている、と考えがちであるが、ある出来事やある思想などが、それらの時代や社会によって大きく性格付けられて生起する、という歴史観は、実は十九世紀に入ってから、しかも一小説家によってなされた、ということなのである。このことは単に十九世紀の歴史学に関する問題に留まらず、あらゆる文化的・社会的現象における、十九世紀的問題と関連してくる。たとえば、スコットをも含めた文学、あるいは絵画や建築・工芸などにおける中世主義の運動とも関わりあってくる。さらにもっと大きな問題として、十八・十九世紀のロマン主義の本質をめぐる複雑な関係が浮かび上がってくる。それはともかく、スコットが英国の歴史学の分岐点にあたり、彼によってマコーリー、カーライルなどの十九世紀の偉大な歴史家たちが生まれたとするトレヴェリアンの考えは傾聴に値する。特に最近スコットの再評価が盛んに行われており、歴史学者の中で、逸早くスコットの歴史学への貢献を熱心に説いた彼の見識と歴史観は高く評価されてよいと思う。

サー・ウォルター・スコットの場合に典型的に現れている歴史小説家の資質とは、トレヴェリアンによれば、ある時代の記録を研究するためにふさわしい歴史的なこころを持っていること、そして、人生の様々な色模様を描くことに用いられた感性を再現することのできる、創造的構想力を具えていることである。前者を尚古趣味、後者を想像力とすれば、これらはなにも歴史小説家のみに特徴的な資質であるとはいえず、歴史家にもまた必要な大切な資質であろう。

歴史家は、起こりもしなかったこと、資料に書かれていないこと、単なる空想的な出来事を書くわけにはいかない。あくまでも事実を解釈して、その結果を叙述していくこと、これが歴史家の仕事である。彼にとって想像力は歴史小説とは別の次元で必要なのである。そうした目的のために歴史家が研究している時代の文学作品を読むことは、彼にとってきわめて有意義なものとなる。文学作品の中には、年代記や法律や経済の資料が明かすことのできないことを伝えてくれるものが多い。たとえ作者の偏見がそこに隠されていようとも、もし歴史家が想像力をもって作品を読むことができるならば、文学は歴史家にとって当時の人びとの考えや風習を学ぶことのできる重要な資料となる。これがトレヴェリアンの信念であった。もちろんF・R・リーヴィスも指摘しているように(『共同の仕事』中の「社会学と文学」)、トレヴェリアンが彼の信念に沿った結果を自分の作品の中に提示しているかといえば、残念ながら彼の文学の扱い方はいささか表面的にすぎるといえる。しかしわれわれ後世の研究者としては、彼の至らなかった点は補っていけばよいのだし、またそのためには、文学研究者の側からの研究の進展もみられているのであるから、そのような仕事をどんどん吸収していくべきであろう。たとえば、リン・ハントのフランス革命の研究がいかに多くをミハイル・バフチーンなどの文学研究から負っているかを考えれば、このことがトレヴェリアンを否定することによって生まれたのではなく、むしろ発展させたものであるともいえるのである。

## 四

トレヴェリアンの文学への傾斜は、なかでも叙述を重視することによって特徴が見られるともいえる。ナラティヴの問題である。彼の場合、もちろん、ナラティヴは物語(ストーリー)であると同時に表現（プリゼンテイション）のことである。しかし歴史を文学的に書くのは、才能の問題もあって、必ずしも、その歴史研究が良いものであるかどうかを判断するのに、公平な基準となりうるかどうか難しい。もちろん読みやすい文章で書かれるべきであることは言うまでもないことではあるが。誰しもトレヴェリアンのように文学的に歴史を書ければよいに決まっている。これは個人差のあることでもあるので、ここではもうひとつのナラティヴ、物語・叙述について考えていくことにする。

もう十年も前のことになってしまったが、ローレンス・ストーンが「叙述の復活」という論文を『過去と現在』誌に掲載し、そのすぐ後にエリック・ホブズボウムがそれに反論を載せて話題になった。この論文で興味深いのは、イギリスというよりヨーロッパ史学史のクロノロジーである。彼もまた科学対文学という対抗の図式が十九世紀以来の歴史研究を特徴付けてきた、と考えているのだが、ランケ流の公文書中心の科学的な歴史を踏まえ、トレヴェリアンも巻き込んだ対立の後に、さらに科学としての歴史の圧倒的といってよい程の進展が見られ、それには次の三つの理由が考えられるという。それらは特に方法論や歴史モデルに関するものであった。（一）一九三〇年代から五〇年代にかけて影響の強かったマルクス主義の経済モデル、（二）五〇年代から七〇年代にかけてのフランスの環境・人口モデル（アナール派）、（三）六〇年代から七〇年代に優勢を誇ったアメリカから起こった数量経済史の方法である。特に第二次世界大戦以後に大きな影響力を持ったフランスとアメリカのモデルと方法論は、いわゆる「ニュー・ヒストリー」として、歴史学の最先端を行くと自負していた専門家としての歴史研究者たちによって、古めかしい叙述を中心とした文学的な歴史に壊滅的な打撃を与えた、と信じられていた。

しかしながら、ストーンは、近年になってこの趨勢に変化が見られ、ニュー・ヒストリアンの間にも叙述へ逆戻りする傾向がある、というのである。その理由としては、経済決定論に対する幻滅から、社会史・思想史が勢いを取り戻してきたこと、特に西欧の歴史家の間で政治的な関わりが少なくなってきたこと、数量化された歴史が必ずしも新しい解釈を生み出した訳ではないし、歴史家にとって大切な「なぜ?」という疑問を喚起することができない、という認識が広まってきたことなどによるという。この叙述の復活はもちろんトレヴェリアン以前に戻るということではないが、新しい装いをとっているとはいえ、ストーンのような歴史家にとっては逆行と映りかねないものであった。その新しい装いとは、社会学や経済学の代わりに人類学に依拠するということである。人類学者が開発した、未開の地の人びとの生活を読解する手法を、時間的に遡らせ、過去に生活するということはどういうものであったのか、かつて人びとはどのようなことを考えていたのか、といった問題にニュー・ヒストリアンたちが関心を持ち始めたのである。

トレヴェリアンの社会史は必ずしもエリートだけを扱ったものではないが、古いタイプの社会史はエリート中心という批判をまぬがれなかったことは確かである。もっともそれは、文学的歴史研究に限らず、むしろ科学的歴史研究を標榜する人びとの間でも強かったといってもよい。たとえば、ネイミアの研究はエリート集団の研究以外のなにものでもないし、ネイミア自身がエリートや上流階級に、強いまるで子供じみたあこがれを持っていたことはよく知られている。しかし、最近の叙述の復活の好例としてあげられている研究——カルロ・ギンズブルグの粉屋の話、ナタリー・ゼイモン・デイヴィスのマルタン・ゲールと彼の妻の話など——はエリートよりも無名といってもよい一般の民衆をその対象にしている。また彼等は新しい科学的な社会構造の探究の方法を完全に捨て去った訳でもない。しかしまた、ストーンも言っているように、これらの歴史家たちが、知的で歴史を愛好する広い読者層に向けて物語を書くことに大きな意義を見出すようになったことも確かなことである。狭い研究者仲間だけに通用する仕事ではなく、多くの読者に向けて書かなければならない、という歴史家としての強い義務感と責任感は、トレヴェリアンの職業意識でもあったが、優れた歴史家の中から、読者を意識しながら物語る人びとが出て来たことは歓迎しなければならないであろう。トレヴェリアンはフランスの歴史家たちは文章を書くのが上手である、と述べているが、フランスのそうした伝統はさておき、イギリスにも、ある程度の教養を持っている広い読者層に向けて専門的な本を書くという伝統があり、ホブズボウムも、最近翻訳の出た、左翼の歴史家たちとのインタヴューを集めた『歴史家たち』の中で、アダム・スミス以来の伝統について言及している。そうした意味では、トレヴェリアンは必ずしも孤立していたわけではなかったとも言えるであろう。

## 五

さて、わたしはこのエッセイの冒頭でホブズボウムなどに言及しながら、有名なトレヴェリアンの社会史についての定義がたびたび誤解され誤用されてきたのではないか、と述べた。トレヴェリアンの定義はあくまでも「消極的に定義すれば」ということであったことも指摘しておいた。実際彼の『イギリス社会史』は出版社ロングマンの意向が相当強く、すでに定評のあった『イギリス史』との姉妹本として計画されたものであったこと、そして『イギリス史』は伝統的な政治史主体のものであったことが想起されるべきであろう。またよく見落とされるのであるが、『イギリス社会史』が、アイリーン・パワーに捧げられていることにも注意を向けたい。（ブリッグズはさすがにこの点を、トレヴェリアンの社会史への序文の中できちんと指摘している）。トーニーと組んで次々に重要な経済史の仕事を発表し、後に経済史の大家マイケル・ポスタンの妻となったパワーの研究を、トレヴェリアンは高く評価していた。また彼はハモンズ夫妻などの仕事に大きな影響を受けており、友人関係にもあったことはよく知られている。トレヴェリアンは、経済史がまだその揺籃期にあった時に、逸早くそれが社会史の研究と相互に必要不可欠な関係にあるものであることを認めた歴史家でもあったのである。それはまた政治史との関係においてもそうであった。

そのうえで、彼は社会史の独自性を主張している。社会史とは一体なにを研究する学問なのであろうか。彼の言葉は今でも注意深く聞くに値すると思う。彼は言う、

社会史の扱う範囲は、過去における一国の、住民の日々の生活であるといえる。その対象は、異なった階級間の人間関係や経済関係、家族や家計の特徴、労働や余暇の状態、人間の自然に対する態度、このような生活の一般的な状態から生じ、宗教、文学、音楽、建築、学問、思想など、絶えず変化を見せるその時代その時代の文化である。

トレヴェリアン以降の社会史の研究領域は、彼がここで定義したものをさらに深めてきた、といっても過言ではない。もちろん、方法はより厳密になり、また科学的になってきたともいえる。特に労

働者階級に関する研究は、マルクス主義がイギリスの歴史家たちに大きな影響を与えたことによって、飛躍的に発達し、E・P・トムソンやホブズボウム、クリストファー・ヒルなど優れた歴史家を輩出してきた。彼等はイデオロギーではトレヴェリアンとは異なっていたかもしれないが、社会史の歴史の中では、実は彼の正統な後継者たちであったとも言えるのである。

もちろん、新しい社会史家たちは、トレヴェリアンの言う歴史の社会的側面という考え方には批判的で、自分たちの研究は社会の歴史である、と考えている。最初にあげたホブズボウムの論文もその点を強調したものであった。しかしながら、ホブズボウムのいう社会とはどちらかというと、経済史中心の社会構造の分析を重視し、社会学にたいしては、むしろクールであるといえる。それはトレヴェリアンの考え方に近くて、彼等の反社会学の旗印は彼の科学的歴史に対する態度に似ていると言えないこともない。

イギリスの社会史の伝統は、トレヴェリアンがいみじくも指摘したように、スコットの歴史小説から出発し、それがマコーリーやカーライルを経てトレヴェリアンに継承され、さらに丁度同じ頃台頭してきた経済史を吸収しながら、戦後は労働史、オーラル・ヒストリー、女性史、文化史などを巻き込んで大きく発展してきたといえる。この流れは必ずしも、現在社会史の研究に従事している歴史家たちには十分に自覚されてはいないかもしれない。しかしわたしの見るところ、この流れは基本的には間違いではないと思われるし、この歴史を知ることによって、将来の社会史の展望が開けてくるのではないか、とも考えられる。それは現在のように、研究が細分化してきており、狭い領域の専門家たちが、全体の構図を見失っているかに見える時に、ますます重要なことだと思う。初期の社会史が、科学的になり、アカデミズムの中で市民権を得ていく過程で、社会史はその文学的な側面を捨象しなければならない、と考えられるようになってきた。一方で今日の社会史の繁栄はこうした面を写しだしているといえなくもない。しかし「叙述の復活」について見てきたように、文学的な歴史としての社会史という考え方は、相変わらず根強い支持を受けており、歴史家がなぜ歴史を研究するのか、そしてそれを発表するのか、という根源的な問題を考える時に必ず顔を出してくるのである。ここにトレヴェリアンをもう一度読み直すという理由がある。一歴史家の復権に留まらず、社会史全体の将来にとってトレヴェリアンの再評価の必要性があると思われる。

## おわりに

わたしはトレヴェリアンの『クリオ・史神』をたびたび引用してきたが、この本のタイトルと同じように、クリオに捧げられたもう一冊の本のことについて述べずにはいられない。E・H・ノーマンの『クリオの顔』である。ノーマンもまたケンブリッジのトリニティ・コレッジに学んだ歴史家であり、わが国では安藤昌益などの研究でよく知られているが、左翼の歴史学に大きな影響を受けた彼の歴史観の根底にあったものが、トレヴェリアンのそれと大きく一致していることは実に興味深い。ノーマンはわたしが知る限りトレヴェリアンのことを直接論評してはいない。また彼の尊敬するイギリスの歴史家は、有名な中世法制史家F・W・メイトランド、十字軍やビザンチン史研究の大家スティーヴン・ランシマン（ノーマンのスーパーヴァイザーであった）などと、トレヴェリアンとは若干異質な歴史家たちであった。そして彼がケンブリッジの学生であった頃は、むしろ社会主義的な歴史観に強く影響を受けたといわれている。しかしながら『クリオの顔』の中で「芸術としての歴史というものがその精神において詩、ことに悲劇と密接につながるものでないとするならば、あの英知をもってきこえたギリシア人が、ミューズの一人に歴史を司らせはしなかっただろうと思われる」と述べた時、わたしは彼の歴史への思い入れに、トレヴェリアンとの類似の多いことに驚かされる。また彼は言う「歴史という学問は、過去において人びとがどのような生活をしていたか、どういう制度を創り出したか、そしてどのようにその生活様式および制度が変化したかをたずねる学問である……歴史を、たとえば物理学、地質学、化学、ないしは数学を指していうような純粋科学とみなすことは避けようではないか」と、歴史は科学か文学かという問題について極めて明確に考えを述べ、さらに「歴史の叙述は大いなる芸術であり、おそらく最も困難な仕事の一つであろう……それは散文で書かれるけれども、生命の神秘感の多くを伝え、別の時代の雰囲気の一部を、すぐれた詩と同様に、芸術的な形式をもって伝達することができる」と主張している。ノーマンもまたトレヴェリアンと同様に、古き良き時代のイギリスの歴史学の薫陶を受けたといってしまえばそれまでであろうが、それだけでは説明することのできない、歴史家としての使命感、歴史の持つ道徳的な力への信頼を感ずるのはわたしだけではないであろう。「ノーマンももう古めかしいよ」という人びとにはこの随想は無縁なものであるかもしれない。しかし歴史が専門家のものであることを超えて、広い読者を対象にしながら、彼等に何らかのインパクトを与えるほどの魅力を携えたものでなければならないと考えるものにとって、トレヴェリアンやノーマンの立場はいまだに貴重な示唆に富んだものである。『近代イギリスの歴史家たち』の中で、ケニヨンは、多くの論争や反目をかかえて発達してきた近代のイギリスの歴史研究の、今日でも党派を分けた争いとなりうる問題は、歴史は科学であるかあるいは文学であるか、という問題である、と述べている。もっとも彼はトレヴェリアンについては批判的である。トレヴェリアンの書いた歴史書は、あるいはセンチメンタルなホィッグ史観によって色濃く覆われているかもしれないし、われわれはそうしたものには与する必要はない。もっともブリッグズはバタフィールドのホィッグ史観批判は必ずしもトレヴェリアンには当てはまらないのではないか、と指摘しているが。イデオロギーや方法論の問題でもない。しかし、彼が文学としての歴史ということで叙述を重視し、文学と歴史学との繋がりについて、生涯をかけて訴えたことは、今も尚多くの歴史家たちによって受け継がれてきている。今日書かれる「社会史」はトレヴェリアンのものとは大きくことなっている。新しい資料の発見ということだけではない。新しいアプローチ、そしてなによりも新しい視点が社会史を豊かなものにしてきている。しかしそこでも描かれた歴史が科学なのかそれとも文学なのか、社会史の研究者の間にも論争があるだろう。ストーンが嘆いてみせた「叙述の復活」も、実は文学と科学という両面を持たざるを得ない近代の歴史の性格をよく示しているといえよう。また専門化した歴史と一般読者を対象とする歴史との断絶の問題も近年ますます大きくなってきている。たとえば、日本の読者にトレヴェリアンをめぐるこのような議論をいくらしても、あまり喜んで読んでもらえる訳ではないだろうから、実に我が身にふりかかる火の粉ともなりかねないのではあるが。そうした問題を考えていくうえでも、トレヴェリアンの問題提起は古くて新しいということができるのではないか。

このエッセイを書き終える頃、『タイムズ文芸付録』(一九九〇年九月七―十三日号)にデイヴィッド・

キャナダインによる *The Cambridge Social History of Britain, 1750–1950*（ed. by F.M.L. Thompson）の書評が出た。キャナダインは一九五五年に出版され、トレヴェリアンに献呈された『社会史の研究』（J・プラム編）の献呈ディナーから話を始めて、その本で書かれている「社会史」がいかにエリートを研究の対象にしていたか、そしてそれがその後盛んになったマルクス主義歴史学の影響を受けた「社会史」とどれだけ異なってきたかを指摘しながら、さらに彼の書評の対象としている研究のような、包括的で学問的にも専門化が進んだ研究が大量に現れてきた経過を述べている。と同時に、『ケンブリッジ社会史』に見られる研究の水準の高さを評価しながらも、歴史家たちが対象にしている人間にたいするあまりにもドライで冷厳な関わり方について不満を述べている。そしてトレヴェリアンの歴史書には人間的な関心が色濃くでており、人間らしい人間が描かれていたことを読者に喚起し、今こそ社会史家は人びとの声に耳を傾けるようになるべきだ、と結んでいる。わたしがこのエッセイで主張しようとした、トレヴェリアンの再評価が、イギリスでも起こりつつあることを感じざるをえない。

［付記］

キャナダインはこの書評を書いた時、トレヴェリアンの評伝を書いていたと思われる。*G. M. Trevelyan: A Life in History*（Harper Collins, 1992）は、トレヴェリアンと彼が歴史家として生きた時代とをバランスよく重ね合わせ叙述しており、トレヴェリアンの再評価を試みている。わたしがこのエッセイで指摘した多くの点がふれられていて心強く思った。とくに歴史が科学か文学かという議論については共通する部分が多かった。

# 人文主義者ピーター・バーク

ピーター・バークの仕事はたいへん幅広く、そのすべてに目を通しているわけではない。しかし彼が新しい仕事を発表するたびに、今度は何について書いているのだろうかと、関心を持ってきたことも事実である。わたしが彼のことを知ったのは一九七〇年代の後半、ロンドンで下宿をしていた歴史家のラファエル・サミュエルを通してであった。丁度その頃、日本から由良君美先生の紹介で、史学史を研究していた佐藤正幸さんが、イースト・エンドのスピタルフィールズにあるわたしの下宿に訪ねてきた。彼をラファエルに紹介すると、バークに会うべきだ、という話になって、その後わたしも彼に会ったのだと思う。その当時すでにバークは新しい文化史の旗手として、学際的な仕事で頭角を現し、サセックス大学からケンブリッジに移る頃だった。佐藤さんとバークとの交流はいまでも続いているらしい。

それから数年して、たまたま彼と同じエマニュエル・コレッジに客員フェローとして滞在していた慶應義塾大学の安東伸介先生からエマニュエルのゲスト・ナイトに呼ばれたときにバークと再会した。ディナー・ジャケットに赤いカマー・バンドをしたおしゃれなバークのことを思い出すが、その時に、黒澤明の『影武者』の話をしたことを覚えている。彼が映画にとおりいっぺんではない関心を持っていて、それが彼の歴史研究に影響を与えていると知ったのは、もっと後になって彼が『時代の目撃者——資料としての視覚イメージを利用した歴史研究』（二〇〇一年）を出版した頃であるが、彼はその前にも映画のフラッシュバックの手法は歴史叙述に有効かもしれない、などと何かの論文で書いている。それからさらに数年して、わたしがケンブリッジのニーダム研究所（当時は「東アジア科学史図書館」）で働くようになったとき、研究所でセミナーシリーズを開催することを若い研究員たちと計画し、バークにも協力してもらうことになった。「西と東との出会い」というテーマで、ジョゼフ・ニーダム先生に最初の講義をしてもらい、たしかその次がバークの講義だった。「西と東との出会い」というテーマも彼の発案だったように思う。彼がヨーロッパ以外の地域についても並々ならぬ興味と知識を持っていることが分かったが、講義の中身についてはいまやはっきりと思い出すことが出来ない。しかし、その頃から彼との付き合いが深まっていった。

ユネスコが企画していた「世界文明の歴史」というプロジェクトの編集委員に誘ってくれたのもバークだった。おかげでスペインのセヴィッジャやトルコのアンカラなどに編集会議で出かけることが出来た。

十年間のイギリス滞在から帰国して数年後に、バークを日本に呼ぼうと考えた。翻訳も何点かあり、名前が日本でも知られるようになっていた彼を日本の研究者に紹介したいと思ったからである。そこで彼の『ヨーロッパの民衆文化』（一九七八年）を翻訳した京都大学の中村賢二郎教授を招聘者にお願いし、国際交流基金で招聘したのが彼の初めての日本訪問となった。東京（上智大学、東京大学、慶應義塾大学）と京都（京都大学）、大阪（大阪大学）などで研究会があり、ずっと彼に同行した。その後ケンブリッジを訪れる度にかならずエマニュエルでランチをご馳走になり、彼の部屋でお互いの仕事の話をしたりしたが、二〇〇三年から〇四年にかけてわたしがケンブリッジのガートン・コレッジのヘレン・カム・フェローとして一家で一年間滞在したときにも久しぶりの再会を喜び合った。彼の主催するセミナーに出席したり、エマニュエルのゲスト・ナイトに夫婦で呼ばれたり、彼と奥さんをガートンに招待したりした。昨年、最初の訪日から二十数年ぶりに来日した際には、招聘された東洋大学のご厚意で十年ぶりに再会することが出来た。その際、出版されたばかりの *A Social History of Knowledge*（『知識の社会史』）の第二巻をもらったが、その時にうれしそうにわたしの昔書いた論文を註に載せているよ、と言ってくれる友人なのである。

……などなどとわたしとバークとの付き合いについて書き出したのには『思想』の読者にはどうでもよいことかもしれないし、またそれによって読者に伝わることは少ないのかもしれないが、彼との交友で知ることのできた彼の人柄と歴史家としてのバークの研究の魅力を書いてみたいというのがわたしの意図なのである。彼の研究の魅力は、実は彼の人柄と大いに関係があると考えているからである。

バークが最初に来日したときだったと思うが、雑談のなかで、ウォーバーグ・インスティテュート（ヴァールブルク研究所の英語風の発音）のたしか入り口のところに掲示されているという警句を教えてくれたことがある。彼の好きな言葉だと言っていたが、ポンペイの遺跡で発見された言葉らしい。それは、

Otiosis locus hic non est. Descede morator.

というものだったが、その意味は「ここは怠けて過ごす場所ではない。怠惰なものは去りなさい」ということだった。バークの勤勉な仕事ぶりを見ていると、まさにこの警句がぴったりのように思えてくる。

また『モンテーニュ』（一九八一年）という小著のなかで、彼はテレンティウスの警句を引用している。この警句はモンテーニュの書斎の梁に刻まれていたもののひとつで、バークに言わせると「広い意味での人文主義のモットー」とされている」。

Homo sum humani a me nihil alienum puto.

「わたしは人間である。人間に関することで無縁なものは何一つないとわたしは考える」

この言葉はそのままバーク自身の好む格言に思えてくる。彼の好奇心の根本にはこのような人間への幅広い関心が見え隠れするからである。

バークの仕事の特徴の一つは、その絶妙なバランス感覚である。彼との会話の中で、わたしがなにかについて発言すると、「イエス、バット」とかならずわたしの意見とは別の考え方の可能性を提案してきたものだ。わたしの考えを否定するのではなく、別の見方もあるよ、と示唆するのである。そういえば彼の研究の特色は、特定の学派に肩入れせずに、それぞれのよいところを自分のものにしていく、柔軟な姿勢ではないか、と思う。あらゆる問題について、つねに相対的な立場をとること、決定論的な言説を用心深く回避しようとすることに徹底しているのである。しかしそれは後述するように、必ずしも彼をポスト・モダンの歴史家と呼ぶことにはならない。わたしはバークのことをきわめてイギリス的な歴史家だと考えているが、この点では彼の拠って立つ基盤は多くの伝統的なイギリスの歴史家とはかけ離れているような気がする。それがどのような経緯で築き上げられたのか、確証があるわけではないが、オックスフォードでの指導教授であったヒュー・トレヴァー・ローパー、そして彼が尊敬してやまないキース・トマスという、ともに近世史に多大な貢献をした歴史家の影響を考慮する必要があるかもしれない。

ピーター・バークはわたしとの会話の中で、トレヴァー・ローパーの文章の魅力について語ってくれたことがある。トレヴァー・ローパーはマスメディアで活躍した歴史家のA・J・P・テイラーとともに、ラジオにたびたび出演して講演するマスコミにとっては重宝な歴史家であったが、話し手としては、あまり印象的ではなかった。というよりむしろ、かれの高いピッチの話しぶりは魅力的ではなかった。しかしひとたびペンをとると、実に説得力のある、英文の見本のような文体を駆使して歴史を書き上げた、と言っていた。トレヴァー・ローパーの歴史家としての業績は多岐にわたり、十七世紀の研究で秀でた仕事を残したが、そのほかにも初期近代の歴史から現代史まで高く評価されるべき仕事は多々ある。そのなかでもスコットランド啓蒙主義についての先駆的な再評価、啓蒙思想の新しい解釈の提起、エドワード・ギボンをヨーロッパの啓蒙主義の脈絡に位置づけた歴史家としての先進性など、今日ジョン・ポーコックたちが主導する政治思想史の研究を先取りしたものとして、きわめて優れたものであった。ジョン・ロバートソン（スコットランドとイタリアのナポリの啓蒙思想の研究者。トレヴァー・ローパーの教え子で現在ケンブリッジ大学教授）は、トレヴァー・ローパーの論文集『歴史学と啓蒙主義』（二〇一〇年）の編者序文で、トレヴァー・ローパーが一九六〇年代になって初めて史学史の研究に焦点を当て始めた、と指摘している。ギボンとともにトレヴァー・ローパーが高く評価した歴史家はヤーコプ・ブルクハルトであるが、ブルクハルトを読むことをすすめたのが美術史家バーナード・ベレンソンであったとロバートソンは述べている。一九四九年のことであった。それは四〇年代に批評家ローガン・ペアソール・スミスによって再読をすすめられたエドワード・ギボンへの関心と同様に、トレヴァー・ローパーを史学史に向かわせる原動力となる体験であったと思われる。

もう一つのこの頃の大きな経験は、フランスのアナール学派との出会いである。アダム・シスマンによるトレヴァー・ローパーの伝記では、一九五〇年代の初めに彼はフェルナン・ブローデルの『フェリペ二世の時代の地中海と地中海世界』（一九四九年）を「自分の知る限り、十六世紀について書かれた最高の仕事だ」と賞賛していたが、そのブローデルの招きで一九五五年にパリで講演した際、そこで出会った歴史家たちによる質問の斬新さ、そして彼等が全く新しい歴史を生み出していることに強い印象を受けている。彼はフランスではそれまで自分が考えてもみなかったようなテーマや方法で歴史が研究されており、「フランス人だけが歴史を書くことが出来る」とまで言い切っている。彼はブローデルをオックスフォードに招聘し講演を依頼している。また優秀な学部生たちにブローデルを読むことを課している。

バークがその中のひとりではなかったか、とわたしは考えている。この点については後でもう少し考えてみたい。

シスマンによるもう一つの証言も、バークを理解する上で欠かせないだろう。「ヒュー〔トレヴァー・ローパー〕はコスモポリタンであった。フランス語、ドイツ語、スペイン語、イタリア語を自在に読むことが出来、ルーマニア語、ポルトガル語、セルヴィア＝クロアチア語での歴史研究を読むことの出来る力もあり、もちろんラテン語と古代ギリシア語についても堪能であった。彼は他の国々の研究者たちの仕事を熱心に読んでいたが、ルーマニアやブルガリアといった孤立していた国の研究にさえ目を通していたのだ」。この国際性、ヨーロッパをひろく眺め渡す姿勢は、若きピーター・バークには大変魅力的だったと考えても不思議ではない。バーク自身、翻訳家でもあった父親からの影響もあったろうが、多くの言語に堪能である。バークは指導教授の指導は「きわめてほったらかしであった（very loose）」と言っているが、このエッセイの掲載された『思想』の同じ号の「思想の言葉」に彼自身が書いているように、博士論文（これは未完であったが）でヴェネチアのパオロ・サルピについて書こうとしたのはトレヴァー・ローパーによって強くすすめられたからだということ、それ以降史学史への関心を持ち続けている、と述べていることなどを考え合わせると、トレヴァー・ローパーからの大きな影響力を思わざるを得ない。サルピについては、イタリアの啓蒙思想家ピエトロ・ジャノンネへの関心から、またギボンが「あの無比の歴史家」と絶賛していることなどから、トレヴァー・

ローパーが調べていたことは確かで、その痕跡は彼のその頃に書かれた論文にも見出される。バークも彼がサルピの『トレント公会議の歴史』を読んでいた、と証言している。さらに先にも指摘したように、トレヴァー・ローパーによって地ならしされた「アナール学派」のイギリスへの紹介の上に、バークの「発見」があるのだと思う。彼の「発見」を媒介したのは彼の師であったと考えた方がよいのだ。彼は奥さんのマリア・ルシアとのインタヴューではトレヴァー・ローパーについてあまり語っていないが、アラン・マクファーレンとのインタヴューでは彼との微妙な関係について述べている。トレヴァー・ローパーは論争家で、かなり敵の多い教師であった。バーナード・ベレンソン宛の手紙を集めた『オックスフォードからの手紙』のなかでも同僚たちを手厳しい調子で描いており、欽定歴史講座教授職に若くして就き、華やかにオックスフォードとロンドンとを行き来する多忙な指導教授をバークは冷静に見つめていたようにも思われる。自分への指導について“very loose”と表現していたが、実際は歩き回りながら一方的に講義して終わり、自分との間のコミュニケーションはまったくなかった、とも回想している。

わたしが興味深かったのは、バークとヒストリー・ワークショップとの関わりが、トレヴァー・ローパーとの関係を終結させた、というバークの証言である。ヒストリー・ワークショップは、キース・トマスとベイリオル・コレッジにおける同窓で指導教授も同じクリストファー・ヒルだったラファエル・サミュエルがラスキン・コレッジで始めた、左派による歴史運動である。バークはトマスと一歳違いのサミュエルのことを少し年長の兄貴分と考えていたようで、彼の民衆の歴史を発掘していくダイナミックなエネルギーから大いに影響を受けたと言っている。『ヨーロッパの民衆文化』を書くきっかけは、ヒストリー・ワークショップから来ているとも述べている。詳しく尋ねたわけではないが、トレヴァー・ローパーのある意味で天敵でもあったクリストファー・ヒルの弟子の運動にバークがコミットすることに対して、トレヴァー・ローパーの方から三行半を突きつけたのかもしれない。いずれにしても七〇年代の半ばまでには、バークはかつての恩師とは袂を分かつことになったようである。そのラファエル・サミュエルのところにわたしが下宿したのはその頃のことで、もちろんそんなことは知るよしもなかったが、バークとわたしの人生の結節点が彼にとっても学問的なひとつの変わり目だったのだなと思うと、その時には気が付かなかったが、人生は面白いと思う。

しかし、師との決裂というのはあまり愉快なことではない。わたしもかつて一度だけそうした経験があるのだが、後味の良いものではない。そうであっても師から受けた影響は消えるわけではないと思う。アナール学派への導き、ブルクハルトの魅力、史学史の重要さをトレヴァー・ローパーから学んだことは、確実だと思う。またバークのことを考えるうえで重要なのは、バーク自らトレヴァー・ローパーから紹介されたというもうひとりの歴史家アルナルド・モミリヤーノである。モミリヤーノについては、バークは自分がこれまで出会ったなかでもっとも偉大な学者だったかもしれない、と告白しているが、これも私的な軋轢は別として彼が指導教授の学問的な恩恵を深く享受した例にあたるかもしれない。バークがモミリヤーノのなにに最初に影響を受けたのかははっきり分からない。彼の比較的早い時期の論文にタキトゥスの初期近代への影響を論じたものがあるので、そのあたりかもしれないと見当をつけているのであるが。人文主義の研究者であり、史学史を生涯の研究課題と決意した歴史家にとって、古典古代の哲学や思想について、また彼等の後の思想家たちへの影響についての革新的な仕事をしたモミリヤーノは、等閑視することの出来ない重要な歴史家であったろうと思う。

キース・トマスの影響については、トレヴァー・ローパーほど明確ではないように思われる。トマスはバークより四歳年長であり、言ってみればバークにとっては少し年上の兄のような存在であったと彼は述べている。トマスにとってバークは最初の学生だった。オックスフォードでは個人指導をテュートリアル、ケンブリッジではスーパーヴィジョンと言ったと思うが、コレッジに所属すると、そのコレッジのフェローが個人指導を行う。そこでの指導の質によって学生の成長ぶりは大きく変わってくることになる。トマスはベイリオルを優等の成績で卒業すると、セント・アントニーズ・コレッジを経てオール・ソウルズの若手フェローになり、五七年にバークの入学したセント・ジョンズ・コレッジのフェローとなる。バークはトマスのことを「内気で真摯な教師で、学生たち誰もが懸命に勉強するように望んでいた」と述べているが、トマスはバークのことを「やっかいな学生で、彼は自分で書いたエッセイを四分で読み終えてしまう。十二時五分過ぎには彼のやるべき事は終わってしまい、しかも与えられたテーマについて言うべきことはすべて言ってしまっている。自分のような若いテューターにとって残りの五十五分をどうやって過ごすか困った」と告白している。バークの頭の冴えと、トマスの初々しい若い教師ぶりを示す面白いエピソードである。バークは彼が学部学生の時にトマスの書いたものでもっとも印象深かったのは「ダブル・スタンダード」についての論文だったと言っている。この論考は一九五九年に『ジャーナル・オブ・ザ・ヒストリー・オブ・アイデアズ』誌に掲載されたもので、男性と女性の性にたいする価値観の相違をダブル・スタンダードとして思想史的に明らかにしようとしたものである。バークはさらにトマス自身ダブル・スタンダード的だと評している。彼の学生への教育はクリストファー・ヒルのやり方を踏襲した伝統的なものだったが、研究はそれとはまさに反対で、新しい歴史を目指していた、というのである。バークはセント・ジョンズを卒業すると、トマスもいたことのあるセント・アントニーズで未完に終わった博士論文にとりかかるようになるが、その頃、トマスは伝統的な歴史学に飽きたらず新しい歴史学を模索していたようで、『オックスフォード・マガジン』誌を編集する中で、学際的なアプローチの可能性を模索していた。オックスフォードの人類学者エヴァンズ・プリッチャードについての論評をその雑誌に載せたものを後に書き改めたのが「歴史学と人類学」で、これはローレンス・ストーンの薦めで『パースト・アンド・プレゼント』誌に掲載された。

トマスのバークへの影響で最も大きかったのは、この歴史人類学への開眼であったと思われる。人類学を歴史学研究に導入しようとした主要なグループがアナール学派であることは今日ではよく知られているが、バークの場合、トレヴァー・ローパーからの影響と、トマスからの影響がともに学生時代と院生時代に訪れたのは、もちろん彼の新しい歴史への感受性があったとしても、幸いなことであったと思う。トマスが実際に人類学的な手法を駆使しながら大著『宗教と魔術の衰退』を著すのは一九七一年のことであるが、この書を読んでバークはトマスを一流の歴史家として自覚するようになったらしい。同時代の歴史家の仕事で言えば、ローレンス・ストーンの『アリストクラシーの危機』（一九六五年）、エドワード・トムスンの『イングランド労働者階級の形成』（一九六三年）とならぶ傑作だと考えていたようである。いずれにしても、バークの「文化史」形成の過程で、アナール学派のみならず、イギリスから生まれたエヴァンズ・プリッチャードたちの社会人類学の伝統をトマスなどから吸収していったのは確かなことであろう。

一九六二年ピーター・バークはセント・アントニーズでの博士論文執筆を中断して、前年に新設されたばかりのサセックス大学に移ることになるのだが、その時彼はまだ二十五歳であった。トマスとともにオックスフォードで学際的なセミナーを組織していたときに「社会学と歴史学」についての講演をしたのが、エイサ・ブリッグズであった。ブリッグズはすでに『ヴィクトリア朝の人びと』（一九五五年）、『改良の時代』（一九五九年）などを著し、社会史、労働史の分野で華々しい活躍をしていた。彼はリーヅ大学から新設されるサセックス大学に歴史学の教授として着任することになっていたが、バークを誘ったのは彼であろう。サセックスを学際的研究の拠点にすることが、彼の計画であり、バークだけでなく、多くの若い研究者が呼ばれた。バークはそこで社会学の講義をしたり、人類学のセミナーを開いたりしたと述懐しているが、一方で自らの専門であるイタリア・ルネサンスについての研究を進めていた。それは深化と拡大の両方をともないながら、十年もしないうちに次々と著作を発表し、歴史家ピーター・バークが誕生していくのである。わたしが最初に彼と出会った頃はまさに彼の仕事の脂がのってきた時期であったのだな、と今考えると思うのだが、その頃はわたしの研究とは交差しなかったので、ヨーロッパ文化史の先駆者、という感想しか持たなかったというのが正直なところである。

ピーター・バークの『文化史とは何か』の翻訳者である長谷川貴彦さんは、「訳者あとがき」のなかで、バークがブラジル人の奥さんとともに第三世界に目を向け始めたことを、「ヨーロッパのエラスムスから世界の文化史研究者へと脱皮」したと、指摘している。バークは若い頃から日本やブラジルなどヨーロッパ以外の地域を視野に入れていたし、後述するようにオックスフォードの学生になる前に兵役でシンガポールに二年滞在しているので、彼が「脱皮」したかどうかは分からないが、「ヨーロッパのエラスムス」という点については、わたしも同感である。というより、バークは現代の人文主義者なのではないか、と思うのである。わたしの考えでは、バークはエラスムスというより、現代のモンテーニュである、といえるのではないか。彼は、博士論文の研究を始めたときから、十六・十七世紀の人文主義者を常に自分のロール・モデルとしてきたと考えられる。もちろんそうはいっても一定の留保をつける必要があろうが。バークはモンテーニュを論じた小著のなかで次のように書いている。

モンテーニュを人文主義者とみなすことは、彼を何らかの文化的伝統に位置づけることなのである。しかもその伝統抜きで『エセー』を理解することは困難であろう。しかし、モンテーニュが特異な世代の人文主義者であり、その前の世代が抱える問題とはむしろ異なった知的問題に直面したことは見てきたとおりである。

ここでいう「知的問題」の第一は懐疑主義であった。モンテーニュの愛読したローマの哲学者セクストス・エンペイリコスのピュロン主義（懐疑主義）は、慣習や法律の多様性を主張し、自分たちの慣習や考え方が普遍的な正義を持つと考える独断主義を批判した。わたしはバークが懐疑論者であると主張するものではないが、モンテーニュは古典古代の懐疑論者や同時代の人文主義者たちの思想を踏まえながら、それ以前の哲学者たちとは全く異なる新しいパラダイムで世界を理解しようとした、とバークが述べるとき、それはそのまま自分の立ち位置を説く言葉のように思えるのである。

バークはモンテーニュを相対主義者だとも言っている。バークは自らを言語論的転回の主張者が強要するような相対主義者だとは言っていないが、モンテーニュ的な相対主義には共感を持っていることは確かであろう。彼は奥さんのマリア・ルシアとのインタヴューではたびたび自分のことを相対主義者だと言明しているが、それは彼の言葉で言うと、厳格な（ハードな）相対主義者ではなく、柔らかな（ソフトな）相対主義者だ、ということである。彼女のインタヴューではクウェンティン・スキナーも同じようなことを「マイルドな」相対主義と言って自分の立場を説明している。厳密に言うと文化的相対主義である。確乎とした立ち位置を求めるものには歯がゆい立場かもしれないが、モンテーニュもバークも出来うる限り開かれた態度でものごとを考察するという点では変わりがないように思われる。バークのモンテーニュについての叙述のなかで、しばしば見られるのはモンテーニュのどちらともつかないグレイゾーンを残した煮え切らない態度への肯定的な評価である。バークはそれを時代による制限（例えばカトリックとプロテスタントとの宗教的な対立へのモンテーニュの遠慮あるいは自己規制）として理解を示し、また彼の懐疑主義から来る相対主義的な立場の表明など、幾つかの根拠から説明しているが、バーク自身、自分の研究をさまざまな学問分野へと、自らの関心と好奇心をきっかけとして、広げていく中で、それらを次々に取り込んでいきながら、異なった分野の間、また時には同じ分野の間に存在する、軋轢に調和を見出そうとする。ただ、このことは一方で、「いいとこ取り」の釈明としてモンテーニュを援用している気がしないでもない。もちろんここで彼のことを批判しているわけではなくて、彼の立場に共感しながらこれを書いている。

多くの研究者たちの二者択一的な姿勢に対するバークの留保、彼等の相違を乗り越える総合化の試みもまた彼の研究態度の特徴のひとつである。たとえば、『文化史とは何か』のなかで、民衆文化とエリート文化との相互交流について論じている箇所で彼は、やや楽観的ではあるが、次のように指摘している。

研究者たちは、しばしばエリート文化と民衆文化とのあいだに多く見られる相互交流を指摘することによって、二つの形容詞を用いることを断念する理由としてきた。問題は、そうした形容詞が存在しなければ、エリートと民衆との相互交流は描くことが不可能になるという点にある。最善の策とは、たぶん二項対立をあまり厳密なものとせずに二つの用語を用いることで、またエリート文化と民衆文化とをより広い枠組みに位置づけることだろう。

この方法のひとつの事例として、彼は一九六三年という早い時期にジョルジュ・デュビーが『パースト・アンド・プレゼント』誌に書いた封建社会における文化モデルの普及についての論文を例に挙げて、「文化を二つに分割しないで、財と慣習行為の上昇と下降の動きを検討」することができる、と指摘している。

バークは時々こうした自分の相対主義的な態度を“detachment”(訳しにくい言葉ではあるが「無関心」あるいは「公平さ」といった広い意味合いを持った単語である)と呼んでいる。また自分の態度は“spectator”(傍観者・目撃者)であるとも述べている。深くコミットしないで距離を置いて眺める、あらゆる考え方に留保をつける、ということであろうか。彼の『ヨーロッパの民衆文化』の翻訳者である中村賢二郎と谷泰は「ギンズブルグやデーヴィスによる民衆文化の取り組み方には、民衆ないしヒューマンなものへの愛着が感じとれるのに対して、バークのそれはニュートラルである。それはわれわれにとっても気にかかる点である」と訳者のあとがきで書いている。わたしも時折、バークの態度はあまりにも傍観者的だなと思うことがある。しかし、バークの書いているものの行間を読むと、単なる無関心ではないような気がしている。それは彼の中では「積極的な無関心」であり、消極的なものではないのである。自覚的な方法論であるといってよいかもしれない。

バークはモンテーニュについての小著を書いた後、同じキース・トマス編集の「オックスフォード・パースト・マスターズ」のシリーズから『ヴィーコ入門』(一九八五年)を出版している。一六六八年ナポリ生まれのジャンバッティスタ・ヴィーコを十七世紀の人文主義の教養を身につけた思想家・歴史家として論じたこの書もまたバークのソフトな相対主義を知ることのできる好著である。ヴィーコの知的形成を論じた章では、彼と同時代の知識人たちが進めていた「新しい哲学」について考察している。エピクロスへの関心の深まりと、彼を斬新に解釈したルクレティウスへの賞賛は、当時のヴィーコのいたナポリをはじめ、フランスやイギリスの新プラトン主義者たちの信奉する新しい思想の核心であり、またカトリックの正統派からは異端ともみなされかねないある意味で危険な思想でもあった。その間の事情についてのバークの叙述は実に見事である。

近世初期のイタリアにおける異端の危険性というものは、等閑にされるべきではない。ヴィーコを読む時に、かれが意識してあからさまに表明しているよりもはるかに異端的な思想を抱いていたのではないかという疑念が、どうしても起こってくるのである。しかし、一方宗教裁判がナポリ人の古代対近代論争を抑圧することは全く不可能であったという事実を想起することも必要である。この論争の進展のうちに、ヴィーコの思想が形成されたのである。その思想は、多くの場合に反対者の立場を綜合したものであるか、もしくはそれを超克しようとする試みにほかならなかった。

この同時代の政治潮流を十分に理解し、主流とそれに対抗する人びととの間の複雑な力関係に留意しながら、なおかつ一人の思想家の揺れ動く考えの行間を読みつつ考察を深めていくバークのやり方は、ヴィーコの方法でもあったと彼は指摘している。

重要なのは、ヴィーコが何を読んだかということだけではなく、いかに読んだかということなのである。かれのもっとも著しい成果のひとつは、その資料の行間を読み、著者の言おうとすることに注目するばかりでなく、(イタリアの偉大な歴史小説家アレッサンドロ・マンゾーニ〔一七八五―一八七二年〕が、そのヴィーコ試論で指摘しているように)同時代の文化と社会にかんするその著者の「無意識の表明」に着目するというかれの読書術であった。

バークの著作を読む誰しもが驚嘆するのは、彼の博識とそのカヴァーしている文献の並外れた量である。しかし彼の場合、ただ単に膨大な量の書物を読み飛ばしているのではなくて、読書のあり方が、その対象を丹念に読みながら、絶えず著者との対話を行いつつ、それこそ行間を読んでいっているのではないかと思わせる、その読解の楽しみをわれわれに与えてくれることに思いいたるのである。

バークはモンテーニュを理解するために重要なことの一つは、モンテーニュが「一五三〇年世代」だったことである、と述べている。前にも指摘しておいたが、モンテーニュの生きた時代は新しい知的な問題に直面しており、同時代の思想家たちはその問題に、アプローチの仕方はさまざまではあったが、答えを見出そうとしていたのであり、モンテーニュのみを時代から切り離し、現代的に読み替えることは、その誘惑は十分すぎるほどあるのだが、きわめて危険である、というのである。わたしはそれと同じアナロジーをバークについても考えてよいのではないかと考えている。彼と同世代の歴史家たちもまた新しい知的な問題に直面して、それぞれ方法は異なりながらも新しい歴史学を創出してきた人びとなのである。そうした世代を「一九三〇年世代」と呼んでみよう。このことによってバークの仕事を相対化することが出来るかもしれない。この世代のなかには、当初はバーク自身自覚していなかったが、後に彼自身の研究の広がりの中で繋がってきた人たちも含まれる。つまり、彼の仕事を理解するためにはバークの言葉を借りれば彼を「彼の時代の文化的伝統」のなかに置かなければならないということである。

世代論はかなりトリッキーなアプローチではある。また「一九三〇年世代」といってもすこし幅を広げて考えてみる必要があるかもしれない。同じような問題を共有していた人びとの幅は、そう簡単に括弧に入れられないし、むしろ第二次大戦後の大学での教育を受けた人びと、五〇年代に大学に入り、そこでそれまでの歴史学のあり方に疑問を強く感じた歴史家たちと考えた方が分かりやすいかもしれない。

では一体どのような歴史家たちがいたのか。バーク自身は一九三七年生まれである。徴兵制のあった世代で、彼はシンガポールに二年滞在している。このこと自体大変興味深いことではあるが、ここでは無視することにする（ちなみに、キース・トマスも十七歳で入学を許可されたあと、陸軍に入りジャマイカで過ごしている）。バークはオックスフォードに十七歳という若さで入学を許可されたあと兵役に就き、十九歳、つまり一九五七年に大学での勉強を始める。まずこのことを覚えておこう。その時のテューターがキース・トマスであるが、トマスはバークの四歳年上、つまり一九三三年生まれである。トマスの一学年上で同じベイリオルの学生だったのが、ラファエル・サミュエルである。彼は一九三四年生まれだが、トマスが正式にオックスフォードに入学する前に兵役を含め二年をギャップ・イヤーとして送っているために、年下のサミュエルが学年では一年上なのである。バークは『文化史とは何か』のなかで、人類学に目を向けた社会史研究者で二十世紀後半に指導的歴史家になったものとして次のような人びとをあげている。エマニュエル・ルロワ・ラデュリ、ダニエル・ロシュ、ナタリー・デーヴィス、リン・ハント、カルロ・ギンズブルグ、ハンス・メディックである。ルロワ・ラデュリは一九二九年生まれ、ロシュ一九三五年、デーヴィスは一九二八年、ハントはやや若く一九四五年生まれ、ギンズブルグ一九三九年、メディック一九三九年生まれである。このリストにロバート・ダーントンを加えると彼は一九三九年の生まれである。わたしはさらにこのリストに日本人の名前を加えたい誘惑に駆られる。二宮宏之である。彼は一九三二年生まれ、「一九三〇年世代」である。

これらの「一九三〇年世代」に共通しているのは、彼等が歴史研究を始めたときの大学での歴史学部の主流が国制史、つまり国家の政治や制度を動かしていた政治家や外交官、別の言葉でいうと支配者たちの歴史であり、公文書の読解がその研究の中心であった、ということである。これはイギリス、ドイツなどではとくに顕著であった。トマスもバークもオックスフォードの伝統的な歴史学に新しいものを加えようとしていたことはすでに述べた。人類学や社会学を歴史研究に導入することでその突破口を開こうとしていたのである。これら「一九三〇年世代」の突破口はさまざまであったことが分かる。ギンズブルグにとってはマルク・ブロック、とくに『王の奇跡』が決定的であったようであるし、メディックの場合は、六〇年代にイギリスに留学し、エドワード・トムスンやエリック・ホブズボウムとの出会いが彼の将来を変えた、と述懐している。彼もまた旧態依然の保守的なドイツの歴史学に魅力を感じていなかったようだ。

「一九三〇年世代」のそれぞれが新しい歴史学に取り組み始めた契機はさまざまだといってもよいかもしれない。しかしその時にいち早く新しい方法、問題意識をもとにそれまでの歴史学とは異なった試みを行っていたフランスの歴史学界の影響が大きかったことを見過ごしてはならないと思う。それは必ずしもアナール学派だけではなく、フランスの歴史学界がすでに早い時期から保守的な国制史からの離脱を試みていたからである。アナール学派はその試みの一つの答えであり、もっとも影響力のあるものであったが、それは必ずしも唯一の答えではなかった。その間の事情についてはエリック・ホブズボウムの証言が興味深い。彼は一九七八年にアメリカのビンガムトンのニューヨーク大学にイマニュエル・ウォーラースティンが「フェルナン・ブローデル・センター」を設立した折に行った講演で、アナール学派の英国の歴史学への影響について自分の経験から発言をしている。そこにはピーター・バークも招かれて講演をしており、彼の発言についてはあとで触れるが、ホブズボウムの発言の核心は、二十世紀の初頭から歴史学で重要な分野となり始めた経済史が、イギリスとフランスでほぼ同じ頃に歴史家の中心的な関心となったことと関係する。アナール学派はこの経済史を取り込むことで新しい領域への進展を可能にしたのであるが、ホブズボウムによると、その貢献者はカミーユ＝エルネスト・ラブルースであった。ラブルースは必ずしもアナール学派のひとりとはみなされていなかった。しかしながらイギリスの歴史家で新しいフランスの歴史家たちの業績に親しんでいた人びとはラブルースもブローデルも同じ新しい新鮮な方法で過去の世界を明らかにする開明的な歴史家だと見なしていたのであった。この点で二宮宏之がフランス留学で師事したのがラブルースとジャン・ムーヴレであったことを想起してもよい。彼はアナール学派にあこがれてフランスに渡ったわけではなかったのである。それは日本における経済史のある程度の進展を吸収しながらも、彼が古い東京大学文学部史学科の学問的なあり方に満足していなかった証といえるだろう。

マルクス主義者のホブズボウムも、保守的なトレヴァー・ローバーも、ともに同じ頃に、フランスでは自分たちとは違う新しい歴史学が誕生している、と自覚をしたことが、次の世代の革新的な歴史研究を促す準備となったことを忘れてはならないだろう。

しかしなぜイギリスでフランス学派（アナール学派よりもひろい指標として）が、一部ではあれ、感性の優れた歴史家たちに受け入れられたのであろうか。ホブズボウムはマイケル・ポスタンの存在をあげている。ポスタンはケンブリッジの経済史の教授で、ホブズボウムに言わせると「非常に国際的（コスモポリタン）な感覚と幅広い知識を有していた」。彼の影響は当時はケンブリッジというローカルなものであったかもしれないが、彼を通して、戦前にもフランス学派の影響は見て取れるし、またマルク・ブロックがケンブリッジで講演したことは、一つの出来事であった、と回想している。さらにホブズボウムの考えでは、バークの世代がアナール学派を受容するまでは、イギリスのマルクス主義者の歴史家たちとフランスの新しい歴史学の旗手たちの間で、経済史、社会史を通じて親しい関係が築きあげられていた、ということである。イギリスで革新的な歴史学を創出しようとしていた歴史家たちは、その中心にはマルクス主義を信奉するものが多かった。彼等は、伝統的な国制史への抵抗に、イギリスより数十年早くとりかかり、大学の中枢へと入り込み、自分たちの拠って立つ場所を確保したフランス学派（アナール学派は、右にも述べたようにその一部であり、やがて主流になっていった）に対し先駆者として敬意を感じていた。

ここで少し十九世紀末からのイギリス史の史学史を概観しておこう。いわゆる国制史中心の歴史学に新しい息吹を吹き込んだのは経済史であった。歴史を為政者たちの業績の研究から社会構造のそれへと広げたのである。そして経済を社会の基盤と考えたマルクスの影響がすぐに見られるようになる。

当初の経済史は今日主流の計量経済史とは異なり、人びとの経済活動を幅ひろく見ていこうというもので、そこから、たとえば生産活動の担い手であった働く人びとへの関心が研究の対象となった。十六世紀の農業史の大家R・H・トーニーの仕事は、農業だけではなく商業や工業など広い視点から初期近代のイギリスを調べたものであるが、彼がアイリーン・パワーと一緒に編集した『テューダー朝の経済文書』は、当時から見るとまったく新しい歴史資料の発掘を伴う、新しい歴史学の誕生を意味していた。トーニーが拠点を置いていたLSE（London School of Economics and Political Science）にはパワーをはじめ先進的な経済史研究者が集うようになっていたが、そのLSEの創立者であったシドニー・ウェッブと夫人のビアトリスは労働者の歴史や彼等の組合の歴史を書いた労働史の先駆者であり、彼等の研究の方法のひとつの重要な源泉は、『ロンドンの人びとの生活と仕事』を著し、貧困の問題に焦点を当てたチャールズ・ブースの社会学的な調査にあった（ブースとビアトリスはいとこ同士であり、彼女はウェッブと結婚する以前にブースのロンドン調査を手伝っていた。わたしもLSEに所蔵されているブースの調査資料を博士論文のために使用した。彼等の資料整理の方法は、ビアトリスの自伝『私の修業時代』に詳しいが、それもずいぶんと勉強になった）。フェビアン社会主義の主流でもあったウェッブの仕事は、第二次大戦後に労働史が新しい展開をする中で（その中にはホブズボウムもいる）批判されることになるのだが、それにもかかわらず彼等がそれまでとはまったく異なった歴史学を誕生させたことは確かである。

LSEにはオックス・ブリッジの卒業生もいたが、そのオックス・ブリッジにはこうした経済史や労働史などの新しい歴史学を本流とすることには強い抵抗が存在していた。ケンブリッジ大学欽定歴史学教授だったG・M・トレヴェリアンは数少ない例外であった。ケンブリッジにおけるポスタンの場合も例外であったろう。その他にも、ジョン・ローレンス・ハモンドとバーバラ・ハモンド夫妻の『農村の働き手たち』、『都市の働き手たち』など、必ずしも大学に所属していなかった歴史家たちによる斬新な研究が次々に出版されたことは記憶にとどめるべきであろう。バークも彼等の研究の重要性を評価している。新しい歴史学、社会史や文化史はイギリス以外でも伝統的な大学をセンターとするとその周縁に存在していたのであり、「一九三〇年世代」にとっては古い伝統は対抗すべき相手だったのであろう。

社会史についていえば、風俗や慣習（マナーズ）を歴史叙述のひとつの重要な対象と考えていた歴史家は昔からいた。ヘロドトス、トゥキディデス、タキトゥスから始まり、十八世紀のギボンなど、社会のありよう、古代の人びとの考え方や風習に関心を持っていたことは明らかである。実はわたしなどは彼等の歴史を読む楽しみのひとつは、古代からの偉大な歴史家たちがいかに人間に興味を持ち、人間のさまざまな生き方に共感し、好奇心を最大限に発揮しながらその詳細を叙述しているところだと思っているくらいである。マコーリーやJ・R・グリーンなど十九世紀の歴史家も人びとの日常的なあり方に関心を寄せていた。それは必ずしも系統的でしっかりした方法論の確立した研究ではなかったが、二十世紀に入り、G・M・トレヴェリアンが述べたように、政治史中心の歴史にたいして「政治を除外した残余の歴史」としての社会史とみなされていた。トレヴェリアンは否定的な意味でそう呼んだのではなかったが、歴史学の本流のなかでは、非科学的な歴史研究とされる傾向があった。バークは『社会学と歴史学』（一九八〇年）において古い社会史とは異なる新しい社会史の誕生を、社会学と歴史学との切磋琢磨の歴史を示すことによって説明しているが（社会史は社会学だけではなく他の学問領域、社会心理学、社会人類学、文化地理学などとの対話のなかで生まれた）、当然のことながら、社会史を実践する歴史家ひとりひとりには個性があり、どの隣接分野との親近性を持っているかによって、研究の特徴も違ってくる。しかしながら、普通の人びとの生き方、生活を活写しようという新しい歴史研究の目的は皆共通したものがあると言える。やがて、社会史は、アナール学派の影響もあり、総合性、全体史を目指すようになるが、その議論はここでは割愛する。

もう一点、ホブズボウムの指摘の中で重要と思われるのは、フランスの新しい歴史が主として十六・十七世紀に焦点を当てていた、ということである。イギリスにおいても戦後の歴史学が「封建制から資本主義への移行」、「ジェントリー論争」、「十七世紀の全般的危機」などと、近代の成立をめぐる多くの論争が十六・十七世紀の問題を対象にしてきたのであった。「一九三〇年世代」の多くの研究者もまた、この時代のスペシャリストであることは偶然ではないのかもしれない。これはわたしの印象であるが、かつては、秀才たちは中世史を研究するものが多かったが、戦後のある時期から、つまりトマスやバークの前の世代あたりから、十六・十七世紀が秀才たちのタックルする時代となり、今日では十八・十九世紀により才能ある歴史家たちが挑戦しているように思われる。もちろん、他の時代を研究している人びとに才能がないなどと言うつもりは全くない。歴史研究のトレンドとしてそう言えるのではないかというだけである。しかしいずれにしても、ホブズボウムも指摘しているように、アナール学派の隆盛がいわゆる初期近代（日本的に言うと近世）の研究に収斂していたことは間違いない。そういった意味で、トマスにしてもバークにしてもいち早く新しい歴史学に敏感であったと言うことが出来るかもしれない。

しかしながら研究の対象としていた時代が同じだからといって方法も同じであったとは限らない。バークはビンガムトンの学会での報告で、イギリスの歴史学の「経験主義と方法論の個人主義の伝統がフランスの全体論的研究（holism）の理解を不可能ではないにしても困難にしていた」と述べている。方法論や理論にたいする伝統的な研究姿勢が保守的であったがために、すれ違いが生じていたというのである。バークはやはりこの問題でも世代論で説明しようとしている。そこでの正当化は「共感（sympathy）」と「影響力（impact）」との違いである。バークたち以前の歴史家たちはアナール学派に共感こそ持っていたかもしれないが、彼等は全く別の影響から、つまりイギリス特有の歴史学の伝統を維持しながら、同じような主題について並行的に研究していたのであり、バークたちの世代こそアナール学派の影響力をまともに受けた世代である、と強調している。たしかに「一九三〇年世代」の仕事の革新性は、例えばわたしのような彼等のあとに出発したものたちにとって、その斬新な問題提起と方法に目もくらむような衝撃を与えるものであった。ホブズボウムとバークのアナール学派への反応の違いは、世代論だけでは説明できないかもしれないが、イギリスだけにコンテクストを絞らなければ、やはり世代の相違は存在しているといわねばならないだろう。

ピーター・バークの仕事の魅力を考える上で、彼の個人的な、しかも若い頃の環境に拘泥しすぎたかもしれない。その後の彼の仕事はめくるめくような広範囲の分野に広がっていったのだが、わたしにはやはり彼の出発点が彼の仕事の魅力を物語っているような気がする。それは彼のその後の仕事をないがしろにするという意味では決してない。けれども日本において、文化史の先駆者、紹介者としてのみ評価されているような現状には、わたしはやや否定的な考えを持っているのだ。確かにバークの新しい文化史や民衆史、あるいは情報に関する近年の仕事は大きなインパクトを持っているかもしれないし、それはそれで正当に評価されなければならないと思う。そうした彼の仕事は史学史の視点から書かれることが多く、そのために彼の膨大な読書を背景にした博識にもとづく研究史を参考にするのはきわめて便利なのであろう。しかしながら、バークを研究史の紹介者としてのみ位置づけてよいのだろうか。

わたしは彼をイギリスの歴史学の流れの中で考えなければならない歴史家だと考えているのである。それはイギリスの歴史研究のなかで、ヨーロッパの史学史に絶えず目を向けていた、すぐれて批判的な歴史学の流れである。この流れを正しく理解しなければ、イギリスの歴史学のみならず、ヨーロッパの歴史学を日本で研究するわれわれの存在意義が疑われるというものである。バークの『社会学と歴史学』の翻訳者である森岡敬一郎先生はその「訳者解説」で、バークの特徴をイギリスの歴史家特有の「個人主義に依拠した個人実在論」の流れのなかで考える必要を説いているが、バークを単なる取っ付きやすいアナール学派の紹介者とのみ見なすのは彼の仕事を矮小化するものだろう。彼の個人主義的な、それゆえものごとのなかに対立を認め、ひとりひとりの立場に理解を示そうとする「ソフトな相対主義」は、アナール学派を一面的に捉えようとはしない彼の柔軟性を物語っている。

バークがイギリスの歴史的な伝統に反抗した歴史家であるとしても、彼がイギリス的な歴史学の伝統を捨て去ったわけではない、という点を認識しなければならないと思うのである。彼が古い因習的な歴史学と戦い、世代間の違いを自覚しながらも、その鋭敏な触覚を働かせながら、自らの納得のいく歴史学を模索していたありさまを理解せず、なぜバーク論を語ることが出来るのであろうか。

バークの柔軟な相対主義についてはすでに指摘しておいたが、かつて石川淳は「歴史と文学」という小論のなかで、「一般に、精神が柔軟であることをやめたとき、精神上の仕事はレアリテをもちえない」と言い、「歴史家は自分の史眼を信じ、選び取った資料を信じ、書かれた歴史の内容に真実性があると思ひこんでゐるであらう。都合よく、時代がそれを支持するであらう。しかし本当と思はれる断片をいくつも組み立てて行きさへすれば、出来上つた全体がかならず本当だとは限らない。かりにある断片が本当だとしても、組み立てられたものは別物である。過去の人間の社会はまさしく実在したものには相違なからうが、歴史家がその像をことばで再現しえたと信じたとき、ありやうは空虚な枠の中に手製の図式を嵌めこんでみただけかも知れない」と述べている。この文章が書かれた時代にもよるが、歴史家にたいして全体的に懐疑的な文章であり、歴史学は相対的なものであるとはっきりと断言している。「史眼」のありようによって書かれる歴史は変わってくるからである。バークは歴史家だからそこまで懐疑論には陥っていないが、歴史の持つ多様性には十分目を向けている。そして歴史家とは石川淳が言うようなある種の重荷を背負っていることを覚悟しなければならないのだが、バークの文章にはその覚悟が垣間見える。

バークの講演を聴いた人は皆気が付かれたと思うが、彼は常にすこし顎を突き出すように上に向けて、メモもなしに頭のなかにある原稿を流暢に話す。ほっそりとした体軀は鳥（それもアオサギ）のように見えるときがある。そしてその身体で、歴史研究者が当然持つべき謙虚さと真実の重みを背負っているのだ、と思わせるところがある。短いセンテンスで手際よく話の筋を整理しながら、問題の核心に迫るのがバークの講演の魅力である。それは彼の書いた著作と変わらない。

バークはわたしにいつも複数の仕事を並行して書いていると言ったことがある。そのほうが楽しいし、生産的だ、と言うのである。わたしにはとても真似できないが、いまも彼はそうやって新しい仕事に取り組んでいるに違いない。友人として、一読者として、彼が次にどのような新しい歴史を書いてくれるのか、楽しみにしている。

**参考文献**

Peter Burke, 'Reflections on the Historical Revolution in France: The *Annales* School and British Social History', *Review* (Fernand Braudel Center), Vol. 1, No. 3/4, Winter/Spring 1978.

——, *Popular Culture in Early Modern Europe*, Temple Smith, 1978.（中村賢二郎・谷泰訳『ヨーロッパの民衆文化』人文書院、一九八八年）

——, *Sociology and History*, George Allen & Unwin, 1980.（森岡敬一郎訳『社会学と歴史学』慶應通信、一九八六年）

——, *Montaigne*, Oxford University Press, 1981.（小笠原弘親・宇羽野明子訳『モンテーニュ』晃洋書房、二〇〇一年）

——, *Vico*, Oxford University Press, 1985.（岩倉具忠・岩倉翔子訳『ヴィーコ入門』名古屋大学出版会、一九九二年）

——, *What Is Cultural History?*, 2nd ed., Polity Press, 2008.（長谷川貴彦訳『文化史とは何か』（増補改訂版）、法政大学出版局、二〇一〇年）

Peter Burke, Brian Harrison, and Paul Slack（eds.）, *Civil Histories: Essays Presented to Sir Keith Thomas*, Oxford University Press, 2000.（木邨和彦訳『サー・キース・トーマス　オックスフォード大学退官記念謹呈エッセイ集　市民と礼儀——初期近代イギリス社会史』牧歌舎、二〇〇八年）

Melissa Calaresu, Filippo de Vivo, and Joan-Pau Rubiés（eds.）, *Exploring Cultural History: Essays in Honour of Peter Burke*, Ashgate, 2010. 編者たちによる序章 'Peter Burke and the History of Cultural History'.

Eric Hobsbawm, *On History*, Weidenfeld & Nicolson, 1997. とくに第十三章 'British History and the Annales: A Note',（原剛訳『ホブズボーム歴史論』ミネルヴァ書房、二〇〇一年）

石川淳「歴史と文学」、『文学大概』中公文庫、一九七六年。原文は正字体であるが、引用は新字体に直した。

Hans Medick, 'Grabe, Wo Du Stehst: Recovering and Up-Close Look at History, Violence and Religion. A Conversation with Professor Hans Medick', *Focus on German Studies*, Vol. 17, 2012.

Maria Lúcia G. Pallares-Burke, *The New History*, Polity, 2002.

Adam Sisman, *Hugh Trevor-Roper: The Biography*, Weidenfeld & Nicolson, 2010.

Hugh Trevor-Roper, *Letters from Oxford: Hugh Trevor-Roper to Bernard Berenson*, edited by Richard Davenport-Hines, Weidenfeld & Nicolson, 2006.

——, *History and the Enlightenment*, edited by John Robertson, Yale University Press, 2010. とくに編者による編者序文。

Interview with Peter Burke by Alan Macfarlane: http://www.sms.cam.ac.uk/media/1114181.

Interview with Keith Thomas by Alan Macfarlane: http://www.sms.cam.ac.uk/media/1132829.

# 鷗外の史伝と社会史

“Style is the art of the historian's science.”
Peter Gay; *Style in the History*
(Basic Books, Inc. New York, 1974)

木下杢太郎は「森鷗外は謂はばテエベス百門の大都である」という名文句を残し、鷗外文学の多角性、その全貌を極めることの困難さを示唆している。その鷗外の作品中、いわゆる史伝と呼ばれるものは、百門のなかでも最も大きい大門であり、一際高く聳えている。しかしそれはなかなか入るのに難しい門でもある。

わたしが初めて読んだ森鷗外の史伝は『澀江抽齋』だった。イギリス留学時代のことである。青年時代はどちらかと言うと夏目漱石を愛読していて、鷗外は『雁』『舞姫』などを除いてどことなく敬遠していたのだが、その頃彼の史伝を読んでいたとしても、きっと途中で投げ出していたに違いない。鷗外の史伝を読んだのはわたしが三十代半ばであり、歴史研究をまがりなりにも始めたところであった。もちろん鷗外の史伝が難しい作品であることには変わりがない。とりわけ漢学の素養のない者にはその作品のすべてを味わい得たとはとても言えない。しかしそれでも『澀江抽齋』を読みながら彼の筆にぐいぐいと引き込まれていったのである。

では一体鷗外の史伝の何がそんなに魅力的であったのだろうか。少くともそれまでのわたしの知識では、晩年の鷗外は自分の軍人、医師としての地位に不満で、そのためにどこか憑かれたように歴史へと沈潜していった、否むしろ逃避していったのだ、といった解釈や、江藤淳がどこかで言っていたように、鷗外にはすさまじいまでの心の痛みがあり、それが彼を無味乾燥な歴史的資料へ埋没させていった、といったどちらかというと負のヴェクトルを背景としたイメージが強かったのも、わたしを史伝から遠ざけた理由かもしれない。史伝を非常に高く評価し、日本文学の中でも最高の位置を与えている石川淳や唐木順三、そして近年の鷗外研究では群を抜いている富士川英郎などの鷗外論を読んだのは、もっと後のことであった。

しかし今思い返してみると、わたしが『抽齋』に惹かれたのは文学作品としてというよりも、むしろ歴史を読んでいるという実感からではなかったかと思う。その歴史の方法や叙述が実に爽やかで新鮮に思ったのである。歴史家としての鷗外の姿が彷彿としてくるのであった。

わたしが慶應義塾で学んだのは主として経済学史であり、故遊部久蔵先生が指導教授だった。歴史の勉強を本格的に始めたのは、イギリス留学の時である。わたしがでかけた一九七〇年代の半ばは幾つもの新しい歴史研究の流れが活発に行われていた。労働史協会やヒストリー・ワークショップ、オーラル・ヒストリー協会といった研究会や学会には熱心な研究者や学生たちが集まって来ていた。またフランスからのアナール学派の影響も見られはじめていたし、ケンブリッジのピーター・ラスレットに率いられた人口史も足場を固めつつあった。いってみれば、今日広い意味で「社会史」と呼ばれる研究が勢いを持ち始めていた時期にあたる。そうした歴史研究の新しい息吹の中で、自分なりに手探りで勉強をしていたわたしに、鷗外は実にモダーンな、新しい社会史をすでに六〇年も前に開拓していた歴史家として映ったのだった。

鷗外の史伝に精彩を与えているものに「聞き書き」がある。わたしが『澀江抽齋』を初めて読んだ時に、まず最初に思ったのは、ああ鷗外はオーラル・ヒストリーを使っていたんだな、ということであった。不思議なことに、この点を強調している論者はほとんどいないと思われる。わたし自身の研究は十九世紀前半がその対象だったのでオーラル・ヒストリーは直接自分に関係あるとは思わなかったが、この手法を用いることによって優れた研究を行っている研究者が周りにたくさんいた。この方法は特に文献資料あるいは史料をほとんど残すことのなかった労働者やその家族の歴史を知るには非常に有効であると考えられていた。その成り立ちが比較的新しく、市民権を得ようという意気込みが当時のオーラル・ヒストリーのリーダーたちに見られ、その一人でオーラル・ヒストリー協会の会長を務めているポール・トムスンもオーラル・ヒストリーは「歴史の本性の第一にあげられるもの」と述べている。彼はヘロドトス、ビード、クラレンドン、スコット、ミシュレ、メイヒュー等々の歴史家がいかにオーラル・エヴィデンスを利用したか、しかもそれが彼等の歴史研究の中枢に位置していたかを示し、少くとも十九世紀末まで、文献史料偏重の歴史は存在せず、それはドイツ、とくにランケ流の歴史研究と歴史学の制度化によってもたらされたものである、と論じている。

今日、オーラル・ヒストリーはかなりの程度体系化され、インタヴューの方法なども洗練させられてきている。学界で支配的な文献資料重視に対して、客観性を主張するためでもあろう。また文献資料と絶えず突き合わせることによって、主観的になりがちな口述記録をチェックする努力も行われている。それは、大学などにおける制度化された歴史研究に食い込むための必要なステップであり、オーラル・ヒストリーを「科学」として成立させようという意志の表れかもしれない。

トムスンによれば、今世紀初めのケンブリッジ大学の経済史の大家ジョン・クラッパムも実業界に活躍する企業家たちの「聞き書き」を奨励したそうであるが、オーラル・ヒストリーは、どちらかというと、民間の歴史家（大学以外のという意味で）に優れて採用された手法であると言えなくもない。というよりは、より正確には歴史が歴史学となり科学となる過程で、それまで支配的であったオーラル・ヒストリーがその地位を失っていったというべきかもしれない。

わが国でもそれと丁度同じような経過を辿ったといえる。

松島榮一が筑摩書房『明治文學全集78』「明治史論集（二）」の解題の中で、明治中期に現れた重野安繹や久米邦武等による、いわゆる抹殺博士・〝抹殺論〟と呼ばれた、一つの思惑を持って歴史を書く態度を排し、「史実を考え、実証を求め、直接にその史実を実証する、実物や古文書の存在に、大きく眼を開き、それを手がかりに批判的に歴史を考えなおす」という主張の背景を次のように論じていることは、この点大変興味深い。

重野と久米は、幕末の昌平黌の出身であり、とくに清朝考証学風の影響をうけている……太政官の修史館・修史局に参加し、その中心となってきており、とくに「大日本編年史」編纂の主導者でもあった。そして文部省御雇教師のドイツ人リース博士による、ランケ史学の移植は、わが国における近代史学形成の上の、大きな機会であったが……それらを理解するわが国の史学者が、清朝考証学など漢学の智識の豊かな人々であった点は、注目に値する事実であるとせねばならない。そうして、やがてこれらの人々を中心とする帝国大学文科大学史学科また国史学科を中心とする官学アカデミー史学の形成が、考証的学風を出発点としておこなわれたことは、当然の成りゆきであるが、その本質と限界は、さらに歴史研究の深まりのなかで、漸進的に訂正されたこともいうまでもない。

鷗外の場合こうした影響を一方で強く受けていることは否定できない。大岡昇平はやや冷めた視点で日本の事情の特殊性と鷗外の史伝との関係について語っている。

『愚管抄』『神皇正統記』の思弁的歴史の傾向は、新井白石『読史余論』まで、系統が辿れるかも知れない。しかし白石はすでに清の実証史学の影響も受けていたのである。こういう考証趣味は江戸市井の野史、随筆の中にもあって、明治に到っている。

しかし、これらは多くの場合、無定見な羅列主義でなければ、病的な瑣細主義であった。明治以来流入した西欧の文明史的史観に触れて、一見中断したように見える。しかし明治初期の戯作者の「実録物」にも、民友社の「史伝」の中にも、その痕跡を止めている。鷗外が二、三の歴史小説の秀作を残しただけで、あわただしく「史伝物」にのめり込んで行った理由は、彼の精神形成の初期にあったこういう伝統から説明されよう。

たしかに鷗外が考証を第一に考えたことは否定できない。そもそも鷗外が澀江抽齋という儒家医師に関心を寄せるきっかけとなったのは、彼が江戸時代のいってみれば武家の紳士録である『武鑑』を蒐集し始めてからのことであった。乃木将軍の自殺をきっかけに『興津彌五右衛門の遺書』を書いてから鷗外はいわゆる歴史小説を次々に発表していった。その執筆のために必要な資料のひとつが『武鑑』であった。彼が古書店などから集めた『武鑑』の中に澀江といった蔵書印を押してあるものが多かったこと、そしてそれらの中に抽齋という名で書かれたコメントが記されているものがあり、いつしか鷗外は澀江氏と抽齋とが同一人物ではないかと推測するようになる。自分と同じように古い『武鑑』を蒐集していた人物、そして自分と同じように『武鑑』の中の誤りを訂正したり注を設けていた人物は一体誰だったのかと思い調べを開始する。そして自分の推測が当っていたことから精力的に抽齋の追跡が始まった。

この『澀江抽齋』の最初に出てくる『武鑑』蒐集があまりにも熱心に書かれているので、鷗外の歴史へのアプローチが史料中心主義であるかのごとく主張する論者も多い。もちろん『武鑑』だけでは歴史を書けないことは、紳士録やWho's whoを何年分も揃えて読んでもそこから歴史が書けないのと同じであるが、鷗外が史料を極めて重要に考えたこと、そしてその蒐集（情報を含めて）を執拗に行ったことなど、歴史家として鷗外を考える時にきちんとおさえておかなければならないことであろう。彼が『武鑑』について展開する蘊蓄や、公共の図書館に完全なセットの無い不備を指摘するところなど、今日の歴史家が読んでもなるほどなるほどとか、そうだそうだとうなずかせられるところが多い。

しかし話を元に戻すと鷗外という人は事実の探索のために友人、知人、学者、市井の研究家たちに頻繁に問い合わせの手紙をしたためたばかりでなく（彼の史伝は「大阪毎日新聞」「東京日日新聞」に連載されたため、鷗外は読者にも情報の提供をしばしば呼びかけさえした）、ひとたび抽斎のことをアイデンティファイするとその子孫を訪ねて情報を集めていることである。つまり書かれた史料だけでなく関係者からの生の資料をも同等に重要視していることである。そしてこれが彼の伝記を精彩のある生き生きとしたものにしている理由の一つであると思う。鷗外は自分ではあまりすすんで人を訪ねたりすることを好まない作家であった。「逢ひたくて逢はずにしまふ人は沢山ある。それは私の方から人を尋ねるといふことが、殆ど絶対的に出来ないからである」と言っている。長谷川辰之助（二葉亭四迷）も鷗外の「逢ひたくて逢へないでゐた人の一人であつた。私のとうとう尋ねて行かずにしまつた人の一人であつた」が、この場合四迷が鷗外を訪ねたので二人は会うことができた。これほど人を訪ねることの少ない鷗外が抽斎の子孫を訪れ、また墓を尋ねる。公務で多忙な中にもより多くの素材を求めて人を訪ね歩く姿は歴史家の姿でもある。それは抽斎について文献だけからしか伝わらないものでは満足できずに、さらに多くの情報を手にしたいという欲求と共に、抽斎の人間的な面について彼を実際に見知っていた人びとから聞き出したい、ということではなかったかと思う。

上に見たトムスンによれば、聞き書きの伝統を最もよく活かした歴史研究は民謡や民話の蒐集、歴史小説、そして伝記や自伝があり、自覚的なコレクションが十七世紀後半、とりわけ十八世紀に発達したそうであるが、例えば有名なジョン・オーブリの『名士小伝』（ブリーフ・ライヴズ）は多く聞き書きから成っている。このように、誰かの伝記を書こうとする場合に、その人が百年も二百年も以前に死んでいればともかく、子孫や親戚、友人知人などとのインタヴューは欠かすことのできない手順であるが、鷗外はおそらく日本におけるその先駆者であったといえる。

彼は抽齋の史伝の後で、『壽阿彌の手紙』、『細木香以』、『小嶋寶素』など比較的短い、『抽齋』から派生した副産物ともいえる小伝を書いた後、『伊澤蘭軒』『北條霞亭』とさらに大部な史伝を次々ものにしていくことになるが、それらの中でもこの態度は変わらなかったといえる。

ここで少し鷗外のオーラル・ヒストリー（彼がそのように自覚していたかはともかく）についての見解を見ていくことにしたい。このことは究極的には、歴史とは何か、どのように歴史を書くか、という大きな問題に逢着するのである。まず、先程引いた二葉亭四迷について書かれた小品「長谷川辰之助」に興味深い一節がある。これは明治四十二年、即ち二葉亭がインド洋上で不帰の人となった年に書かれたものである。ある日、長谷川が鷗外を訪れた。「話をする。私には勿論隔《へだて》はない。先方も遠慮はしない。丸で初て逢つた人のやうではない。何を話したか」。こう書いておいて鷗外は自分の筆先一つで二葉亭を自分よりもえらくも詰まらなくもさせることができる、と言っている。そして話し相手は書かれた内容について反駁も取消もできないと注意を向けて次の様に記している。

何事でも、それを見聞したといふ人の伝へは随分たしかな筈である。自ら其局に当つたといふ人の言ふことなら、一層確な筈である。

併しどこの国にも沢山あるメモアルなんぞといふものは、用心して読むべきものであらう。意識して筆を曲げたものがあるとすれば、固より沙汰の限である。縦令《たとひ》それまでゞなくとも、記憶は余り確なものではない。誰の心にも自分の過去を弁護し修正しようと思ふ傾向はあるから、意識せずに先づ自ら欺いて、そして人を欺くことがある。

この文章は個人の記憶の不確かさと、記録というものに対する懐疑の表明である。それはもちろん記録にたいする否定ではない。慎重さを要する、あやふやなもの、白にも黒にもなりうるものと考えているようである。これは彼が歴史小説を書く二、三年前のことであり、最初の史伝『澀江抽齋』を書く七、八年前である。この記憶や記録にたいする留保は『抽齋』を書く前年に発表された「歴史其儘と歴史離れ」では「わたくしは史料を調べて見て、其中に窺はれる『自然』を尊重する念を発した。そしてそれを猥に変更するのが厭になつた」という態度に変わっていく。また「メモアル」についても、『伊澤蘭軒』では幾らか鷗外のスタンスに変化が生じている。

しかし口碑などと云ふものは、固より軽しく信ずべきでは無いが、さればとて又妄に疑ふべきでも無い。若し通途の説を以て動すべからざるものとなして、直に伊澤氏の伝ふる所を排し去つたなら、それは太早計ではなからうか。

ここでは、口碑（言い伝え）に通説をひっくり返すかもしれない事実解明の可能性を見るというように積極的な役割を期待する鷗外がいる。この当該の箇所は、鷗外が通説にあえて疑義をはさみ、若き頼山陽が伊澤蘭軒宅に一時期逗留したのではないか、ということを伊澤家に伝えられている話からその可能性を示唆しようとしている。近年富士川英郎によって、鷗外の仮説には相当無理があり、そのために鷗外は後の方で論に筋を通すためにかなり苦しい説明を余儀なくされている、という明解な指摘がなされているので鷗外の思惑ははずれてしまったのであるが、そのことが鷗外の言っていることの一般的な妥当性がなくなることを意味しない。

鷗外はまた関係者の証言が持つもう一つの積極的な側面についても肯定的に考えるようになったと思われる。蘭軒の長子伊澤榛軒の娘柏、後の曾能刀自から多くのエピソードを聞いてそれを榛軒の人物を語るのに用いた。「榛軒の生涯は順境を以て終始したので、その人と為《なり》を知るべき事実が少い。わたくしが刀自の此一話に重きを置く所以である」と。まだここでも事実＝文献といった考え方が強いようであるが、この態度はおそらく変わることはなかったであろう。しかし、エピソードだけで成り立つ歴史は危ういものであるが、エピソードが歴史に膨みをもたらすことも事実であるし、ことはどのような歴史を書くかという点に大きく係ることである。これは文体の上からもテクストに変化を与える結果となる。特に『伊澤蘭軒』の後半は聞き書きによるアネクドートが多用されているが、それまでの漢詩を中心としたスタイルから口語体で書かれた臨場感のある会話が挿入され、読む者をホッとさせると共に当時の様子が生き生きと活写させられていることに気づくのである。

主人公の時代が書き手の時代に近ければ近いほどその有効性は増大する。蘭軒の子で榛軒の弟の柏軒について記述を終えて鷗外は聞き書きのメリットをこう言っている。

柏軒の世は今を距《さ》ること遠からぬために、わたくしは柏軒の事を記するに臨んで、門人の生存者三人を得た。志村、塩田、松田の三氏が是である。就中松田氏の談話はわたくしをして柏軒の人となりを知らしめた主なる資料であつた。松田氏の精確なる記性と明快なる論断とが微《なか》つたなら、わたくしは或は一堆の故紙に性命を嘘《ふ》き入るゝことを得なかつたかも知れない。

資料提供者へのコンプリメンツを差し引いても鷗外が「談話」を重視するようになったことは明らかである。これは必ずしも歴史家鷗外の内部に小説家鷗外の顔が現れたというわけではなかろう。歴史の「自然」を追究することと矛盾することではなかったし、「故紙に性命を嘘き入」れることはある意味で歴史家の大切な仕事だからである。

鷗外は一方でオーラル・ヒストリーを用いて叙述に彩りを与えたが、他方文献、特に定説を成している資料の文献批判にも熱心であった。蘭軒の年長の友菅茶山の朝顔（牽牛花・朝貌）について蘭軒に宛てて書かれた手紙の内容を調べるところがある。他の多くの箇所と同様に、花鳥風月を楽しむ文人サークルの雅を思わせる二人の交際であるが、そこで老茶山の記憶の誤りを指摘していう。

啻《たゞ》に書の尽《ことごと》く信ずべからざるのみではない。古文書と雖、尽く信ずることは出来ない。漳州の牽牛花の種子は何年に誰から誰に伝はつても事に妨《さまたげ》は無い。わたくしの如き閒人の閒事業が偶《たまたま》これを追窮するに過ぎない。しかし史家の史料の採択を慎まざるべからざることは、此に由つても知るべきである。

これは、「長谷川辰之助」で述べた記憶や記録に対する懐疑を確認しているというよりも、自分の探査によって文献の誤りを発見した得意が感じられる文章であるが、一見他人には仔細なことをも追究の手をゆるめない真の歴史家の姿が彷彿としてくるのはわたしだけではないであろう。

史伝を書き進めるにあたって鷗外がオーラル・エヴィデンスに新たな意義を見出していったことを見てきたが、文献についても鷗外の選択の眼が変化してきていることに、ここで注目しておきたい。もちろんそれは彼が記述に正確さを求めたい、真実を得たいという欲求から来ているという注釈付きなのではあるが。鷗外は頼山陽の臨終の場面について、手に入った史料を幾つか検討した結果、これまでの定説に疑問を持った。その一つは山陽が死ぬ時に眼鏡をかけていたのかどうか、というものであった。

わたくしは山陽が絶息の刹那に、其面上に眼鏡を装つてゐたか否かを争ふことを欲せない。わたくしは惟正確《たゞ》なる山陽終焉の記を得むと欲する……江木鰐水《がくする》は頼山陽を状したが、山陽が歿した時傍《かたはら》にあつたものでは無い。それゆゑわたくしは傍にあつたものの言《こと》を聞かむことを欲する。就中わたくしの以て傾聴すべしとなすものは小石氏里恵の言である……若し此に積極的言明があつて、直接に里恵に由つて発表せられてゐるとしたなら、その傾聴するに足ることは何人《なにひと》と雖も首肯すべきであらう。然るに此の如き里恵の言明は儼存してゐる。人の珍蔵する所の文書でもなく、又僻書でもない。田能村竹田の屠赤瑣々録《とせきさゝろく》中の里恵の書牘である……わたくしは敢て貴重なるものを平凡なるものの裏《うち》より索《もと》め出さうとするのである。

小石氏里恵とは山陽の妻である。こうして鷗外が里恵の手紙を引用し、山陽の死に際して眼鏡を付けていたことなど書かれておらず、伝説が作り上げられたものであることを示すのだが、ここで鷗外の言う「敢えて貴重なるものを平凡なるものの裏より索め出」すとは一体どういうことなのであろうか。真実をどこでも手に入れることのできる平凡な資料から明らかにする、あるいは女の書いた誤字のあるような（鷗外は引用するにあたって「原文の誤字、仮名違の如きは、特に訂正して読み易きに従はしめる」と言っている）手紙も時には真実を表すのにかけがえがない、といっているのであろうか。いずれにしても鷗外が「歴史其儘」、あるいは歴史の自然と言っていたものの内容が、史伝の中ではより具体性を持ち、歴史を書くということ、歴史の真実というものの厚みが生じてきていること、これが史伝の魅力の大きな一つであろう。

森鷗外の史伝の魅力の一つ、それはこのエッセイで見ようとしている社会史的なものばかりでなく、多くの文学者などが指摘しているように標題の主人公、澀江抽齋、伊澤蘭軒のみならず、彼等の子孫の略歴が綴られていることが挙げられる。古くは永井荷風が一九二三年に発表した『隠居のこゞと』で『澀江抽齋』の面白さの一つに「伝中の人物を中心として江戸時代より明治大正の今日に至る時運変動の迹を窺ひ知らしめ読後自づから愁然として世味の甚辛酸に、逞命の転暗然たるを思はしむる処にあり」と指摘していたことではあるが、『抽齋』を執筆するに到った契機は上にも述べたように偶然に自分と同じように『武鑑』を蒐集している人物に興味を持ったのだが、それが息子の澀江保や娘の杵屋勝久の代まで物語られることになり、また『伊澤蘭軒』(抽齋の師蘭軒について調べるといっておきながら)においても、息子たち榛軒、柏軒、孫の棠軒の代まで実にゆっくりとした筆運びで叙述を展開している。大岡昇平によれば、日本で最初に本格的な歴史文学論を書いた岩上順一は『伊澤蘭軒』『澀江抽齋』は、主人公自身の生活だけではなくその友人、子孫まで描くことによって、維新の動乱期から、明治末の庶民生活の安定期までの日本の社会を表わしたという説である」。大岡自身普段は鷗外に厳しいのであるが、この点については次のように大変高い評価を示している。

これらの史伝は対象たる人物の一生だけではなく、その子孫の代まで追及したのが特徴である。厳密な考証的方法によって人間の自然が浮き彫りにされているだけではなく、江戸、明治、大正三代にまたがった動乱の時代における、平凡な日本人の群像を示すことになった。これはむろん日本で初めての試みであり、世界文学に例のない大壁画が完成されたのである。

この大壁画に描かれているのは抽齋とその子孫、あるいは蘭軒と彼の子孫だけではない。江戸時代後期の儒家、医師、文人などが次々に登場するばかりでなく、その一人々々の系譜などが時には均衡を失するのではないかと思われる程詳細に叙述されていく。しかしそれは読み進んで行くうちに、実は鷗外がこうした重層的な人物の系譜や関係を積み重ねながら、多くの場合埋れていた人びと、忘れられていた人びと(抽齋や蘭軒はもし鷗外が掘り起こさなければ、おそらく今でも忘れられた学者であったろうという論者もいる）に限りない愛情を感じ共感を抱いていたことが明らかとなり、さらにはそれらがまとまってみると一つの雄大な叙事詩の中に定着していると感じられるのである。それは多くの支流が注ぎ込む広くて深い流れのゆったりとした大河のようであり、富士川英郎は「大河史伝」とさえ呼んでいる。

鷗外自身こうした方法が新しい方法であることを十分に自覚していた。『伊澤蘭軒』の筆を措くにあたり、自らの試みた叙法について感慨を述べている。

> わたくしの叙法には猶一の稍人に殊なるものがあるとおもふ。是は何の誇尚《くわしやう》すべき事でもない。否、全く無用の労であつたかも知れない。しかしわたくしは抽齋を伝ふるに当つて始て此に著力し、蘭軒を伝ふるに至つてわたくしの筆は此方面に向つて前に倍する発展を遂げた。一人の事蹟を叙して其死に至つて足れりとせず、其人の裔孫のいかになりゆくかを追蹤して現今に及ぶことが即ち是である。
>
> 前人の伝記若くは墓誌は子を説き孫を説くを例としてゐる。しかしそれは名字存没等を附記するに過ぎない。わたくしはこれに反して前代の父祖の事蹟に、早く既に其子孫の事蹟の織り交ぜられてゐるのを見、其糸を断つことをなさずして、組織《そしよく》の全体を保存せむと欲し、叙事を継続して同世の状態に及ぶのである。

鷗外は『澀江抽齋』でも「大抵伝記とは其人の死を以て終るを例とする。しかし古人を景仰《けいかう》するものは、其苗裔《べうえい》がどうなつたかと云ふことを問はずにはゐられない」と言っている。これを言ってみれば史伝の縦の流れとすると、横の拡りは友人、知人、師たちの事蹟である。この方法も『澀江抽斎』で確立された。抽齋の父允成について述べた後鷗外は抽齋の経学の師市野迷庵、狩谷棭齋《えきさい》、医学の師伊澤蘭軒、痘科の師池田京水《けい》、年長者として儒者・国学者たち、安積艮齋《あさかごんさい》、小島成齋、岡本况齋、海保漁村ら、医家では多紀の本末両家就中茝庭《さいてい》、蘭軒の長子榛軒、芸術家・批評家の谷文晁、長島五郎作、石塚重兵衛、また友人森枳園《きえん》などを詳述する。

さて其抽齋が生れて来た境界はどうであるか。允成の庭の訓《をしへ》が信頼するに足るものであつたことは、言を須《ま》たぬであらう。オロスコピイは人の生れた時の星象を観測する。わたくしは当時の社会にはどう云ふ人物がゐたかと問うて、こゝに学問藝術界の列宿を数へて見たい。しかし観察が徒に汎《ひろ》きに失せぬために、わたくしは他年抽齋が直接に交通すべき人物に限つて観察すること丶したい。即ち抽齋の師となり、又年上の友となる人物である。抽齋から見ての大己《たいこ》である。

これは社会史における踏査分析をふまえたプロソポグラフィあるいは集団的伝記でなくて何であろう。プロソポグラフィというとルイス・ネイミア等の十八世紀イングランド「庶民院」の研究やローマの「元老院」のメンバーの伝記を通した研究などが想起されるが、鷗外の史伝は澀江家あるいは伊澤家を軸にしながらその周囲にできうる限りの小伝を配することによって当時のインテリのプロソポグラフィを叙することを目指しているといえるのである。これは実に斬新な手法であったといわねばならない。

鷗外の手法は単に伝記を積み重ねていくだけではない。その中で当時のインテリたちの生活や風習が自ら浮び上がってくるところに特徴がある。小堀桂一郎は「歴史家としての鷗外」という講演の中で『伊澤蘭軒』について「蘭軒の場合医学者であり、かつ考証学者であつた人でありますが、これを江戸時代の知識人の一つの代表例と見てよろしく、その知識人の日常生活の情景がまことに丁寧に描写されてゐる。当時の人達が弟子をとる場合どういふ形式を踏んでとり、そして書生を養ふとは一体どういつた事であつたのか、学者である主人の蘭軒の平生の衣食住はどういふ形のものであつたか、普通の政治史にはもちろん文化史にも学芸史にも載つてゐない、そんなことが実に詳細に書いてあるわけでありますす」と指摘しているが、こうした側面も含めてクリフォード・ギアーツのいう「厚い記述」の好例といってよいかもしれない。

鷗外の「厚い記述」を読み進むにつれて、わたしの徳川時代のイメージ（すくなくとも後期の）が大きく変えられた。もちろんそこには庶民の中でも百姓農民などの姿は全くといってよいほど現れない。職人も幾つかのエピソードにかろうじて登場してくるにすぎない。そうしたなかで商家の人びとは多く登場してくるし、しかも時にはとても重要な役割を担っている。例えば、抽斎の後添いの五百は商家の娘であったし、また狩谷棭斎をはじめ商人の学者、文人が、武士の学者たちとほとんど対等に交際している。先に菅茶山と伊澤蘭軒との朝顔をめぐるエピソードに関して言及したが、文人同士、学者同士の交際がどんなものであったか、鷗外はおそらく羨望の気持ちを抱きながら描写している。

当時の人びとは春は桜、夏は花火、秋は月、冬は雪などを風流にまかせて集って愛でた。向島の花見や墨田川の舟遊びなどを叙述する鷗外の筆は淡々としてはいるが、文明批評の趣きもある。例えば文化二年、

七月十五日に蘭軒は木村文河《ぶんか》と倶に、お茶の水から舟に乗つて、小石川を溯つた。此等の河流も今の如きどぶでは無かつただらう。三絶句の一に、「墨水納涼人牘有、礫川吾輩独能来」と云つてある。墨水の俗を避け、礫川《れきせん》の雅に就いたのである。

という一節は、蘭軒たちの美意識の一端を見るという一方、鷗外の孤高をも感じさせる。（もっとも蘭軒らは墨田川の花見や花火に行かなかった訳ではない）。『澀江抽斎』を読む人の多くは、抽斎の後妻で、保の母五百の女性としての魅力に感動する。三島由紀夫なども「『澀江抽斎』で奥さんが風呂場から泥棒を腰巻一つで追つかける、あそこにほんとうに感動した」と述懐しているが、この五百は抽斎が三度目の妻を亡くした時に、知人を介して自ら抽斎の妻に売り込んだのだが、蘭軒の子柏軒の妻たかも「女のしかけた恋」であった。

たかの気質は男子に似てゐた。言語《げんぎよ》には尋常女子の敢て口にせざる詞《ことば》があり、挙措《きよそ》には尋常女子の敢て作さざる振舞があつた。……これを読むものは、たかの性行中より、彷彿として所謂新しき女の面影を認むるであらう。後に抽斎に嫁した山内氏五百も亦同じである。此二人は皆自ら夫を択

んだ女である。わたくしは所謂新しき女は明治大正に至つて始て出でたのではなく、昔より有つたと謂《おも》ふ。そしてわたくしの用ゐる此称《となへ》には貶斥《へんせき》の意は含まれてをらぬのである。

数年前に鷗外は、中国の故事を用いて『魚玄機』という作品を書き、この中で新しい女を描いている。この小品は中国の文献を利用して歴史小説の体裁をとってはいるが、実は平塚らいてうを念頭に置いていたらしい。当時のフェミニズミに共感を抱いていたか否かを別にして、鷗外が強い関心を示しており、それが江戸時代にもその先駆者を発見したことによって、ついこのような文章になったのであろうが、読んでいて微笑がでるところである。ついでのことではあるが、石川淳の『森鷗外』は大変な名著であり、わたしもずいぶんと影響を受け何度も読んだ作品である。しかし「鷗外晩年の史伝は『雁』『ヰタ・セクスアリス』ほど読者の数を持ちえないにきまつてゐる。むつかしい字が使つてあるせゐでもなく、はなしがしぶいせゐでもなく、努力のきびしさが婦女童幼の智能に適さないからである」と言っているのはいかがなものであろうか。

その他医家の人びとが薬草を栽培し、また郊外に採薬に出かける様子、豚肉を食らう話など多くのエピソードがあり、新鮮な感銘を受けたが、ここでなお二、三の例を引いて鷗外の風俗、生活へのなみなみならぬ関心を示しておきたい。その一つは斬髪についてである。

此年〔明治四年〕十二月三日に保と脩とが同時に斬髪をした。……紫の紐を以て髻《もとゞり》を結《ゆ》ふのが、当時の官吏の頭飾《とうしょく》で、優が何時まで其髻を愛惜《あいじゃく》したかわからない。人は或は抽齋の子供が何時斬髪したかを問ふことを須《もち》ゐぬと云ふかもしれない。しかし明治の初に男子が髪を斬つたのは、独逸十八世紀のツォップフが前に断たれ、清朝の辮髪が後に断たれたと同じく、風俗の大変遷である。然るに後の史家は其年月を知るに苦しむかも知れない。わたくしの如きは自己の髪を斬つた年を記してゐない。保さんの日記の一条を此に採録する所以である。

ここには風俗史家・社会史家としての鷗外の面目躍如たるものがある。尚古家（アンティクエリアン）といってもよいかもしれない。この風俗への関心はさらに積極的な言説としても表れ、民衆文化の評価にも見られる。ある武士の家で行われた「茶番」（素人芝居）について詳説した後、

茶番が此の如く当時の士人の家に行はれたのは、文明史上の事実である。何れの国何れの世にも、民間藝術はある。茶番と称する擬劇も亦其一である。……

わたくしは小野の家の茶番が、河原崎座の吾嬬下《あづまくだり》五十三次《つぎ》興業と同時であつたことを言つた。然らば茶番の時は即ち八月狂言の時で、八月狂言の時は即ちスタアリングの率ゐた英艦隊の長崎に来舶してゐた時である。人或はその佚楽戯嬉《いつらくきき》の時にあらざるを思つて、茶番の彼人々の間に催されたのを怪むであらう。しかしそれは民衆心理を解せざるものである。上《かみ》に病弱なる将軍家定を戴き、外《ほか》よりは列強の来り薄《せま》るに会しても、府城の下《もと》に遊廓劇場の賑つたことは平日の如く、士庶の家に飲讌等の行はれたことも亦平日の如くであつただらう。近く我国は支那と戦ひ露西亜と戦つたが、其間民衆は戯嬉を忘れなかつた。啻《たゞ》に然るのみならず、出征軍陣営中の演劇は到る処に盛であつた。

この文章は『伊澤蘭軒』にあるが、鷗外は『澀江抽齋』の中で次のようにも書いている。

抽齋が後劇を愛するに至つたのは、当時の人の眼《まなこ》より観れば、一の癖好《へきかう》であつた。だらくであつた。啻《たゞ》に当時に於て然るのみではない。是の如くに物を観る眼《まなこ》は、今も猶教育家等の間に、前代の遺物として伝へられてゐる。わたくしは嘗て歴史の教科書に、近松、竹田の脚本、馬琴、京伝の小説が出て、風俗の頽敗を致したと書いてあるのを見た。

しかし詩の変体としてこれを視れば、脚本、小説の価値も認めずには置かれず、脚本に縁つて演じ出す劇も、高級藝術として尊重しなくてはならなくなる。

森鷗外の史伝は大部分新聞の連載であった。(北條霞亭は中途で連載が打ち切られ『帝國文學』『アララギ』へと発表場所が移っている)。そのため、執筆の過程で新しい情報、史料が入手されることも多かった。そういう時に鷗外は話を過去へ遡らせることも珍しくなかった。これは映画のフラッシュ・バックのような技法を想起させる。もとより鷗外は最初からこうした構想を抱いていたわけではなかったのだろうが、叙述に及んでこのようなスタイルが自分の求めている最終的な体系に必ずしも不適合であるわけではないことを確信していたに違いない。この意味で史伝は「開かれた叙述」である。大岡昇平は「『澀江抽齋』には対象の発見とともに、方法の発見の喜びが感じられる」といっているが、この「開かれた叙述」もまた鷗外が結果的に発見した方法であった。

鷗外は『伊澤蘭軒』の中で「科学の迹は述作に由つて追尋するより外に道が無い」と信念を吐露したが、しかも口碑、伝聞を用いることによって作品に馥郁たる香気を与え、同時に真実に迫ろうとした。また雄大な流れの中に多くの人物を配し、時代の移り変わり、人びとの人生の移り変わり、意識の変転を描くことを通じて社会史に先鞭をつけた。ピーター・ゲイの文頭に引いた文章「スタイルは、科学する歴史家の芸術である」は鷗外においてもまさに至言である。

**参考文献**


『鷗外全集』岩波書店
『鷗外選集』岩波書店（鷗外の引用はこれによった。）
『文芸読本森鷗外』河出書房新社　一九七六年
稲垣達郎『森鷗外の歴史小説』岩波書店　一九八九年
尾形仂『森鷗外の歴史小説史料と方法』筑摩書房　一九七九年
『石川淳全集』筑摩書房
『唐木順三全集』筑摩書房
小堀桂一郎『鷗外とその周辺』明治書院　一九八一年
富士川英郎『鷗外雑志』小澤書店　一九八三年
『明治史論集（二）』筑摩書房　一九七六年
大岡昇平『歴史小説論』岩波書店　一九九〇年
Paul Thompson, *The voice of the past: oral history*（2nd edition, Oxford University Press, 1988.）

# 歴史工房での徒弟時代——親方ラファエル・サミュエル

## はじめに

『わたしの修業時代（*My Apprenticeship*）』と題されたビアトリス・ウェッブの本がある。夫シドニーとともに十九世紀末から二十世紀にかけて英国の知性を代表するビアトリスは、裕福な家庭に育ちながら、大英帝国の拡張と並行して貧困が堆積していった英国の社会問題に関心を持ち、有名なチャールズ・ブースのロンドン貧困調査の助手として、またシドニーとの結婚後は彼と協力して労働組合運動の歴史や地方政府の歴史、救貧法の改正等にとりくみ、フェビアン協会を創立し、と実に様々な分野で活躍した女性であった。そんな彼女が晩年に自分が歩んで来た半生を綴ったのがこの本である。修業時代とは、本来徒弟時代ということである。中世以来の職人や商人たちを養成する制度で、通常七年間の徒弟期間を経て、独立職人となり、やがては親方《マスター》になっていくわけである。男たちだけではなく、多くの女たちも徒弟となって働いていたといわれている。ビアトリスは彼女が研究者として、社会調査のフィールド・ワークの調査員として、先輩の研究者たちからその方法を学んでいった時期のことを「修業（徒弟）時代」と呼んだわけだが、多くの学問研究の道のりは実はこのような職人的世界と全く無縁ではない。ここではわたしのたどった徒弟時代を想い起こしながら歴史研究を志した者がその過程で味わった愉びや悩みについてお話しすることにしたいと思う。そこでまずわたしとわたしの親方との出会いから話を始めよう。

## 内弟子への道

わたしは大学・大学院と経済学、それも経済学説史を専攻していた。大学紛争が激しかったころで、わたしもその渦中にいて人間疎外の問題に関心を持ち、若きマルクスと経済学研究との出会いについて卒業論文や修士論文の中で考えた。しかしその過程で単に経済社会の分析を抽象的な理論的・哲学的な研究を通して行うことに違和感を覚え、もっと具体的な人間(初期マルクスが「類的存在」と呼んだその人間)の姿を人間らしい営みの中で考えていくことができないか、と切実に思うようになり、理論よりも歴史へと分野を拡げていきたいと考えていた。そんな思いを抱きつつ大学院生の時に(第一次オイル危機のすぐ後だった)ヨーロッパを旅行し、英国には一カ月ほど滞在した。その頃たまたま大学の先輩だった松村高夫さん(現在慶應義塾大学名誉教授)がウォリック大学で博士論文を書いていて、彼を訪ねた。そこで松村さんの所属していた「社会史研究所」のセミナーに連れていっていただくことになった。その時のゲスト・スピーカーが後にわたしの親方になるラファエル・サミュエルだった。彼についてはもう少し後で詳細に話すが、わたしは彼の魅力にすっかり参ってしまい、帰国してからは英国留学の夢を追うようになった。その時に励みになったのが、ウォリック大学のあったコヴェントリの大聖堂の跡(第二次世界大戦の時にドイツの空爆で破壊された)で、松村さんが「是非英国にくるべきだ」と強く勧めてくれたことであった。修士論文の執筆もそこそこにして、博士課程に進学すると同時に英国のシェフィールド大学で歴史の勉強を一からやり直すことにした。当時のわたしの指導教授はマルクス経済学の泰斗遊部久藏先生だったが、先生はわたしの勝手な夢に理解を示されて、「君は外で羽搏いてきた方がいい」といって送り出してくれた。またその頃慶應義塾では一橋大学名誉教授だった大塚金之助先生が大学院の講義をされていて、「君たちは若いうちに長期留学をしなさい」というのが口癖だった。かつての一橋での大塚ゼミは都筑忠七・良知力《らちちから》などのお弟子さんが長期外国留学をしており「空飛ぶゼミナール」と呼ばれていた。大塚先生の影響も大変大きいものがあり、わたしはその意味では大塚先生の最後の学生にあたるわけである。

このような環境の中、博士課程に進学すると同時にバタバタと留学手続きを始めて、その年の夏休みにはイギリスに行ってしまったのだからかなり無謀なところもあったと思うが、十月から無事シェフィールド大学での勉学が始まった。

その年の十一月に労働史学会の大会がサセックス大学で行われた。研究テーマを詩人・銅版画家・画家であったウィリアム・ブレイクを中心に、銅版画家たち（芸術家というよりは職人だった）の急進主義と十八世紀後半から十九世紀にかけてのロンドンの職人たちの政治運動について調べようと思っていたわたしは（こうしたテーマにたどり着くまでには色々なことがあったが、その話はまた別にしよう。ただし由良君美先生の影響が大きかったことはここで記しておかなければならないが）、当然のごとく労働史学会の大会に勇んで出かけて行った。

労働史学会は、その頃E・P・トムソン、エリック・ホブズボウム、ロイドン・ハリソン、エイサ・ブリッグズなど戦後のイギリス社会史・経済史・労働史を築き上げてきた錚々たる人びとがまだ活力もあり、また彼等に影響されたすぐ下の世代の熱気ある仕事ぶりとも相まって、大変充実し、魅力のある学会だった。サセックスでの大会は「社会統制かそれとも民衆文化か」という共通論題でスポーツやレジャーなどをめぐる民衆・労働者と、中産階級による、その頃しきりに用いられはじめた社会統制（social control）についてのかなり大規模な集まりとなっていた。わたしはそこでのパーティでラファエル・サミュエルと再会したのだった。

彼はもちろんわたしとウォリックで言葉を交わしたことは覚えていなかったと思うが、わたしがそのことを話し、現在関心を持って研究しているテーマについて話すと興味を示してくれ、ロンドンに来ることがあったら是非訪ねてくるようにといって電話番号を教えてくれた。そこで次の機会にロンドンに仕事をしに出かけた時に思いきって電話をすると、夕食にさそわれた。十八世紀のテラス・ハウスで絹織物工たちが住んでいたというその家はロンドンのイースト・エンドにあった。地下の食堂に下りていくと、子供が数人とその他何人かの大人がいて、大人たちはそれぞれ何らかの研究者だと紹介された。またこの家に住むことになり改造したらこういうものが出てきたんだ、といって見せてくれたのは「ロンドン通信協会」の会員のバッジだった。E・P・トムソンの『イングランド労働者階級の形成』に出てくる「自由の木を植える」という標語の書かれているバッジである。わたしはそれを見せてくれる彼の得意そうな、というよりうれしそうな顔が忘れられない。それから資料調べをしにロンドンに出かける度にラファエルの家を訪ねることになり、研究の相談にのってもらうようになったが、やがて彼は「ロンドンに住んで研究をした方がよい」と忠告してくれるようになった。そして夏に大学の寮を出なくてはならない、というと丁度その頃彼が一緒に住んでいた女性（歴史家のアナ・ダヴィン、最初に行った時にいた子供たちは彼女と最初の夫との間に出来た子供だった）が出ていって三人のうち下の娘と息子が付いて出て行くので、彼等の部屋に住まないかという、願ってもない申し出をしてくれたのだった。わたしがどんなに有頂天になったか想像がつくだろうか。こうしてラファエル・サミュエルの徒弟として住み込むことになった。

## 親方の学問と〝方法〟

ラファエル・サミュエルは一九三四年にロンドンで生まれ、若い頃から共産主義運動に積極的に参加し、オックスフォード大学でも左派の歴史家クリストファ・ヒルのいたベリオル・コレッジで学び、左翼活動と歴史研究の両方で頭角を現し始めた。ソ連のハンガリー侵略をきっかけに共産党から多くの党員が離れ、所謂ニュー・レフトが誕生した時に、彼は『ニュー・レフト・レビュー』の最年少の編集者となり、雑誌の編集にとどまらず、当時ソーホーにあったニュー・レフトのカフェを経営するなど五〇年代から六〇年代の活力ある新しい左翼の運動の若きリーダーだった。そして六〇年代からはオックスフォード大学のラスキン・コレッジのテューターとして、成人教育を行うなかで、有能でありながら高等教育を受ける機会のなかった労働組合の活動家たちの歴史教育に身を投じ、そこでヒストリー・ワークショップ（歴史工房）の運動を始めた。

一九五〇・六〇年代からイギリスの労働史研究は上に述べた労働史学会などを中心に、ウェッブ夫妻が行ってきた労働組合の制度史的研究を批判的に継承しながら、草の根の労働運動の歴史に視野を拡げてきていた。ホブズボウムやトムソンの研究はそうした水準を一躍高めることに貢献した訳だが、ラファエルはそれをさらに押し進め、アカデミックな背景を持たない若者たちに自分たち、あるいは自分たちの家族や祖先のことを調べさせることによって、学校で習うのではない、日本的な言い方をすれば自分史・家族史を書かせることによって、庶民の歴史に大きな光をあてようとしたのだった。ヒストリー・ワークショップはオックスフォードのラスキン・コレッジから全国に派及する大きなうねりのような運動に成長していった。ラファエルはこの魅力的なワークショップという名前を、演劇の前衛的で草の根活動をしていたシアター・ワークショップ運動からもらった、と言っていた。ラスキンの大会には全国から寝袋をかついだ歴史家たちが集まり、大学の教室の床に寝泊まりをして夜を徹して討論をするという、歴史への情熱を持ち、それを自分たち自身の歴史へ変えていくという志を持った人びとに支えられていくようになった。またここからイギリスのフェミニズムの歴史家が多く育っていったことも指摘しておかなければならない。アナ・ダヴィンやシーラ・ロウボトム、サリー・アレクサンダーという優秀で若くて魅力的なフェミニズムの歴史家たちが、同じ左翼でありながら、女性の立場に理解を示さない男性の歴史家たちをいってみれば「つるし上げた」大会は今でも語りぐさになっている。後に『ヒストリー・ワークショップ・ジャーナル』誌が発行された時、副題として「社会主義歴史家たちのための雑誌」となっていたが、すぐに「社会主義とフェミニズムの歴史家たちのための雑誌」とされたことでも彼女たちの発言力の大きさがわかる。

さて、ラファエルの歴史家としての仕事だが大変多岐にわたっている。ラスキンの学生たちと書いた鉱山労働者や農業労働者たちについての論文集や、ロンドンのイースト・エンドの犯罪組織にいた老人とのインタビューをもとにした犯罪史、十九世紀の経済史を手工業者の目でとらえなおした画期的な論文「世界の工場」、さらには晩年には新しい歴史哲学をめぐる論争へ参加したりしているが、単著としては『記憶の劇場』などがある。『記憶の劇場』は歴史について考え続けてきた彼が、歴史や過去が商品化される現代社会を鮮やかに切りとり批判しながら、それでも歴史への愛情を込めながら、歴史化された社会を肯定的に読み込んでいくというすぐれた研究だった。また彼の死後、友人たちによって未完の原稿が『記憶の劇場第二巻・島国の物語』として刊行された。

親方サミュエルの家はリバプール・ストリート駅から歩いて数分のスピタルフィールズの青果市場の近くにあった。ホークスモアの設計したクライスト教会のすぐそばで、「切り裂きジャック」という名のパブも近くにあった。金融の中心シティも目と鼻の先で、そこにあるレデン・ホール・マーケットには魚や肉を買いによく行ったものである。イースト・エンドは古くはフランスのユグノーの移民、そしてユダヤ人、現在はバングラディッシュと移民が多く住んできたことで有名だが、そのためか政治的急進主義の一つの拠点にもなっていたところで（上にも述べたロンドン通信協会は十八世紀末に共和制を要求した政治結社だった）、ラファエルはそこに住んでいることに心から満足しているようだった。またその一帯は古くから絹織物工をはじめ、建具職人、家具職人など職人たちが多く住んでいたところで、そこからほど近く、現在マルクス記念図書館のあるクラーケンウェルは時計職人が大勢集まっていたことでも有名である。という訳でもないがわたしもすっかり徒弟気分でラファエルの家に移り住むことになったのだった。部屋から廊下から階段まで本にあふれている家はまさに学者の家にふさわしいものだったが、何よりも驚いたのは彼の書斎の壁を埋めている大きなファイルの列だった。そのファイルをとってラファエルは冒頭にあげたビアトリス・ウェッブの『わたしの修業時代』を読むように教えてくれたのだった。それは彼女がブースのロンドン調査の助手をしていた時に習得した、梅棹忠夫氏のいう、「知的生産の技術」が書かれている付録のところで、彼女が何よりも強調しているのは「一枚の紙に一項目」という方法だった。梅棹氏や京都大学がそれを開発するずっと以前から「一項目一点」主義の原則は社会学や人類学のフィールド・ワークでは実行されていたのであるが、ウェッブ夫人はそれを簡潔な言葉で説明している。一枚のノートに二つ以上の項目が登場する時には、後で分類して整理する時に混乱するのがその第一の理由である。その後ＬＳＥの図書館でブース・コレクションやウェッブ・コレクションを利用した時に、彼女が実践している手法を実際に知ることになった。ラファエルのファイルの群は彼女の教えを見事に実行に移しているものであった。時には一行しか書かれていないＡ４判の紙も、パンチされファイルされていく。彼は図書館や文書館で調べものをして帰宅すると、夜遅くまでノートの整理をしていた。メモがたまってしまわないうちにテーマ別に分類してしまうのである。ラファエルはいわゆるノートブックを持たずに、いつもバラのＡ４の用紙をたくさん持っていて、すぐにノートをとるのだった。人と話をする時も、本を読む時も、ノート魔と呼んでもいいくらいにせっせと記録をとり、ファイルが増えていく。新しい仕事やテーマが見つかると当然新しい名前のファイルも増えていく。時にたとえ一項目でも二〜三通りのテーマに関連すると近所にコピーしに出かけ、それぞれのファイルにとじていく。わたしは彼ほど徹底的にファイルを有効に作ることはできなかったが、このやり方は博士論文を書く時に大変役に立った。

このようなファイルが何百とあれば（一つずつのファイルには何百枚にもなるノートが入っている）、論文を書く時には構想を練るなかで関連のあるテーマのファイルからさらに関連の深い項目をつぎつぎに探し出して、あとはそれを繋げていくと出来上がり、ということになる。彼の論文やエッセイが、これでもかというほどに次から次へと史料が登場して彼の言わんとする論拠を固めていくのは、このような舞台裏の地味な仕事が積み重ねられているからなのであった。彼の論文だけではなく講演もまたこのような形式だった。ウォリックでのセミナーで彼の話を初めて聴いた時の強い印象も、こうした彼の研究方法によっていたことが後でわかったのだが、彼は話の手順を考えると、それに関連したファイルから矢継ぎ早にノートやコピーや資料を集め、それらをあらすじにそって並べ変えるのだが、話をする時の彼の前にはこうしてノートや資料の山が出来上がりそれを次々に見ながら、具体的な例証を示して話を繋いでいくのである（時に違ったところにノートがはさみ込まれてあちこち探しまわるというのもお愛嬌ではあったが）。

## 切磋琢磨の日々

イギリスに留学してから一年たったかたたないうちにラファエルのような、学生に共感を示し、励ましながら指導してくれる先生に出会え、しかも一緒に生活しながら手とり足とり教えを乞うことができたのは幸運以外の何ものでもなかったが、当初抱いていた「ロンドンの銅版画職人と急進主義」という私のテーマはその後あまりかんばしい進展もなく、砂をかむような、というか徒労感の多いリサーチが続いていた。資料がごそっと出てこないのである。多くの関連分野の研究者たちを訪ね、ロンドンのギルド・ホール図書館、LSEの図書館、大英博物館やヴィクトリア・アンド・アルバート博物館等々で調べ回っても、周辺の情報しかわからず、銅版画家たちについても有名な人びとを除いては、名前だけのリストや彼等がどこに住んでいたかなどの情報以外何もわからず、一年半たっても一向に展望が見えないという有様だった。ラファエルも時々心配して論文の進み具合を尋ねてくれたのだが、あまり良い返事もできずにいた。そこで彼はわたしが「周辺の事実」といっているものがどういうものか質問してきた。実は絵画の複製を作る銅版画家についてはあまり多くの資料は集められなかったのだが、産業で働く銅版や木版画家たちについてはかなり資料がありそうだということがわかっていたのだった。たとえば、金・銀細工の仕事、捺染（いわゆるテクスタイル・プリント）、地図や楽譜、天文などの精密器具のための彫版など。中には棺おけのプレートやドア・プレートにいたるものまで、産業革命によって大量生産が一つの大きな流れになると、一枚の銅版なり金属の型を用いて、同じデザインのものを大量に作り出す、彫りものをする職人たちが多く存在していたことがわかってきていたのである。その頃ラファエルは「世界の工場」という論文を書いていたので、わたしにそれらの版画家や彫版師についてもっと調べ、デザインと産業について研究することを強くすすめてくれた。わたしは当初「芸術と政治」という問題について考えようと思っていたので、芸術ではなく産業となるとどことなく程度が下がるような気がしてラファエルの助言にはあまり乗り気がしなかった。芸術の方が上等で産業は下等といわないまでも位が低いと思っていたのである。その時彼は次のように言って励ましてくれた。

「たしかに芸術と政治という問題は重要だが、君は博士論文を書かなくてはならない、という制限がある。それもある定められた期限内に。そのためには山のような資料が目の前になければならないが、君は一本の章を書くのにさえまだ十分な資料を持っているとはいえないのではないか。『産業とデザイン』というテーマであればいくらでも資料が見つかるし、まだ誰も真剣にこのテーマで研究はしていない。これはとても重要なテーマだと思う。どうだやってみないか」というのだった。わたしは親方の言葉に耳を傾け、忠告に従うことにした。

親方の忠告は、今から思うと正しかったのだと思う。わたしは産業で働く彫版師たちを調べるうちに、一八五一年の万国博の資料に出会い、さらにそれをさかのぼる歴史に関心を持つなかで、地方の職工学校で開かれていた博覧会の情報を手に入れた。親方の勧めでコリンデイルの大英図書館付属新聞図書館で地方紙を次々に読んでいくと、全国いたるところで開かれた博覧会の詳細な記事がでてきたし、地方の文書館にはポスターなどの資料を保存しているところもあった。この調査の結果は、丁度ヒストリー・ワークショップが「芸術と社会」をテーマに開催された時に口頭発表の機会を与えられ、さらに『ヒストリー・ワークショップ・ジャーナル』に掲載され、文字通りわたしのデビュー作品となった。今でもこの論文には相当思い入れがあるが、口頭発表の直前まで英語の手直しをしてくれたハナ・ミッチェル（当時ラファエルの恋人だった）、「芸術と社会・ヒストリー・ワークショップ」の組織委員会を一緒にやっていた労働組合旗《バナー》の研究家ジョン・ゴーマンの笑顔（皆故人になってしまった）などの当時の姿をつい昨日のことのように想い出す。

ラファエルの家（彼を知る人は親しみを込めてエルダー・ストリート十九番地と呼んでいた）はい

つも彼に会いにくる人たちがひっきりなしだったし、またジャーナルの編集会議が開かれていたので、その時は大勢の編集委員たちがやってきて、そのおかげでわたしも実に幅広い人びとと知り合うことができた。そこでは情報交換や相互批判が友好的に行われ、まるで熟練職人たちがある製品を作るための技術や方法について熱心に議論している、という光景だった。ラスキン・コレッジの現役の学生やOB・OGたちも多くやって来た。皆それぞれ様々な仕事を背景として持っていた人たちで、ダラム炭鉱夫だったデイヴ・ダグラス、名前は忘れたが元消防夫、船員だったスタン・シップリー、農業労働者だったアラン・ハウキンズやイヴ・ホステットラーなど彼等の過去の話を聞くことも大変興味のつきないことだったし、ダグラスやハウキンズは素晴らしいフォーク・シンガーで日頃とても聞けない曲をたくさん知ることができた。

これらのいわば先輩の職人や徒弟たちとのつき合いは、わたしの論文執筆に直接有益であったというわけでは必ずしもなかったが、わたしがイギリスという社会を見るときにその社会の様々で多彩な色調に気をつけることを教えてくれた。理論や構造といったもので一刀両断に出来ない綾の存在をわたしに自覚させたのだ。

ラファエルが強く勧めてくれたことの一つにロンドン大学の歴史研究所（Institute of Historical Research）で開かれているセミナーに出席することがあった。ここではロンドン大学の様々なコレッジの歴史の先生たちが実に多様なセミナーを主催しているのだが、わたしは彼の教えてくれたエリック・ホブズボウムのセミナーと、F・M・L・トムソンのセミナーの二つに参加した。イギリスに留学した人びとは口をそろえて大学のセミナーの面白さを賞賛するが、わたしもその仲間に加わるのに何の躊躇もない。そこで繰り広げられる議論の質の高さと学問をすることへの愉《よろ》こび、時には激論がパブにまで流れていき、ビールを飲みながら文字通り泡を飛ばしたりする楽しさを学んだ。ここには徒弟も親方もない自由なディスカッションがあったと思う。ホブズボウムが引退する最後のセミナーでわたしが報告を行い、その後ワイン・パーティをしたことも懐かしい思い出である（ホブズボウム先生はわたしの博士論文の主査となってくれた。彼のセミナーに出ていたおかげで、あまりあがらずに済んだし、ケンブリッジのニーダム研究所の研究員になる時もレフリーになっていただいた。エリックもわたしにとって別格の親方のようなものである）。

博覧会についてまとめた後は、デザイン学校について調べはじめた。博覧会も広い意味ではデザイン教育として出発した、というのがわたしの考え方だが（つまり趣味の涵養《かんよう》ということ）、このデザインと産業、デザインと社会ということについては当時（十九世紀前半）英国議会でも委員会が開かれ盛んに議論され、またマンチェスター、バーミンガム、シェフィールドといった工業都市でもしっかりしたデザイン教育の必要性が強く叫ばれており、それぞれの都市の文書館通いを楽しんだ。自転車を列車に積んであちこち出かけたものである。そして行く先々ではラファエルの友人や学生たちの家に泊めてもらった。こうして芋ヅル式にテーマが見つかり何年か後に無事博士論文を書き終えることができた。「工業化とデザイン　一八三〇—一八五一」というタイトルだった。

ラファエルは本当にワークホリックな親方だった。朝も早いし夜も遅くまで仕事をしていた。まだワープロやコンピューターが普及する前だったから、大きなタイプライターをものすごい勢いで打っていた。時々活字が跳ねたりしていたが。彼は一度タイプで打った原稿をハサミで切っては別の紙に貼りつけるという仕事（今のコンピューターなら編集機能で楽々できることだが）を始終やっていたが、私もそのやり方がすっかり身についてしまった。書けるところからどんどん書いていって、それを後で切ったり貼ったりしてつなげていくのであるが、このやり方は前もってある見通しが必要でありながら、それがその仕事をしていくなかでさらに様々に見えてくるという面白さをもっていることを知ったのも親方の熟錬の仕事を通してだった。

## 親方から学んだこと

わたしにとってかけがえのない親方は一昨年（一九九六年）の暮に六十二歳というまだまだ歴史家としては若い年齢で亡くなった。わたしは全く不肖の弟子で、日本に帰る時も挨拶をする暇も持たずに帰ってきてしまい、帰国してからもずい分音信不通の時があった。きっとまがりなりにも独立した職人として親方の働きぶりから一度離れてみたかったのかもしれない。そして何年かたってロンドンで再会した親方は、放蕩息子を迎える父親のようにわたしを温かく抱いてくれ、わたしたちはその時関心を持っている研究の話をワインを酌み交わしながら続けた。親方の眼は初めて会った時のように、相手の目をじっと見つめ、手には昔のようにパーカーのボールペンを握り、A４のコピー用紙にメモをしながら、こちらの話に次々と鋭い質問をあびせ、時折わたしの家族について優しい微笑を浮かべながら尋ね、幸福そうにグラスを傾けるのだった。

ラファエル・サミュエルという歴史家は、歴史と社会主義そしてそれらを共有する仲間たちへの同志愛《コムレイドシップ》のために、短いけれども常人にはとても及ばない充実した一生を生きた男だった。生活や恋愛にはまるで無頓着であったが、晩年にはアリスン・ライトという英文学研究者と結婚し（ボヘミアンのラファエルが結婚すると言い出した時、彼を知る皆は仰天し、次に心から祝福した）幸福な家庭を持ったことで、彼は自分の人生を見事に完結させたのだと思う。ガンと告知されても入院を拒み、薬にも頼らず、アリスンの胸に抱かれて亡くなったそうである。彼が心血を注いで研究したヴィクトリア朝の労働者階級のように、病院で死ぬことを嫌い、家で家族に囲まれて息を引きとった親方の尊厳死は、わたしにまた大きな教えを残してくれたような気がする。歴史研究とは結局は人生なのであり、過去の人間を共感を持って知ることで自分の人生を豊かにしていくことができないのならば、何のための歴史なのだろうか。悩みや悲しみを楽天的に乗り越えていく勇気を身をもって示してくれた親方を持てたわたしは本当に幸福な徒弟であると思う。英国に留学させてくれた父親を年頭に亡くし、年末には歴史研究の親方を喪ったわたしは、辛い人生の試練を通して、また彼等の魂を受け継いで歴史工房をこの地に伝えることで、親からの恩、師からの恩に報いたいと思っている。歴史家にはこのパッション（受難と情熱！）が必要なのではないだろうか。

# ジョゼフ・ニーダムとの出会い

ジョゼフ・ニーダムに初めて会ったのはたしか、一九七七年の晩秋だったと思う。当時リーズ大学に滞在していた東洋史の加藤佑三さんと車で旅行をし、イングランドの東部を北から南下してケンブリッジに行った（加藤さんはこの時の英国滞在の経験を、帰国後『イギリスと日本』（岩波新書）として出版した。その際ラファエル・サミュエルの家に下宿していたわたしのことも書いてくれた）。ケンブリッジ大学図書館に所蔵されていたジャーディン・マテソンの資料を研究されていた石井寛二夫妻にすき焼きをご馳走になったことも忘れ難いが、何といっても東アジア科学史図書館へ出かけ、そこでニーダム先生、魯桂珍先生などとお話をし、図書館を見せていただいた印象がとても大きかった。まさか五年後に自分がそこで働くことなど夢にも思わず、この二十世紀の生んだ大学者と言葉を交わしたことだけで何か熱いものが心を占めたことをはっきり覚えている。その頃の図書館はケンブリッジ大学出版局の敷地の中にあり、プレハブ建てであった。しかし入れ物は貧相でもここから世界的な研究が生み出されているのだと思わせる張りつめたような空気があった。

わたしがニーダム先生のところで仕事をするようになったきっかけを作ってくれたのは、当時研究所の評議員をしていたスティーヴン・ケインズだった。彼はウィリアム・ブレイクの研究家ジェフリ・ケインズの息子で、経済学者ジョン・メイナード・ケインズが伯父という名門の出である。その彼から突然ニーダムのところで働かないか、といわれた時思わず自分の耳を疑った。一度しか会ったことがなく、自分とは全く無縁のただ尊敬の念を抱いて遠くから望んでいるだけの学者だと思っていたからである。しかし丁度博士論文が書き上がり、その先の生き方を決めかねていたわたしにはこれ以上願ってもない有難い話だった。博士論文の主査をしてくれたロンドン大学のエリック・ホブズボウム教授にも紹介があったらしく、先生は喜んで推薦してくださった。それから二年半程、晴れて研究員《リサーチ・フェロウ》としてニーダム先生のところで過ごした思い出は生涯忘れ難いものになった。

## FRS（生化学者）でFBA（歴史家）

ジョゼフ・ニーダムは、一九〇〇年ロンドンの医者である父と芸術の才能に恵まれた母との間に生まれた。ケンブリッジ大学のゴンヴィル・アンド・キーズ・コレッジで医学を学び、当時ケンブリッジにキラ星の如《ごと》く輝いていた多くのノーベル賞科学者の一人F・G・ホプキンズの影響で、その頃から目ざましい進歩をとげはじめた生化学の分野に進んで頭角を現すようになる。その後ニーダムは母校ケンブリッジの講師として研究生活に入り、特に発生学における顕著な貢献をなし、また生来の歴史への関心から浩瀚な生化学の歴史に関する大著をものにしている。彼は生化学の分野の仕事で一九四二年にはFRS（学士院会員）となっているが、彼の妻でやはり生化学者のドロシー・モイルもFRSで、夫婦そろってFRSというのは大変珍らしい。

英国には日本の学士院にあたる団体は二つある。ロイヤル・ソサイアティとブリティッシュ・アカデミーである。前者は自然科学、後者は人文・社会科学の研究者たちによって構成され、メンバー(フェロウ)はそれぞれFRS、FBAという略号を自分の名前の後に付ける。日本の学士院のようにもっぱら老人たちの集まりではなく、若くても優秀な仕事をした人たちはフェロウに推薦され、その会員の数も多いが、両方の会員に推挙された学者はそうはいない。ニーダムは若くして発生学の研究でFRSとなり、後に『中国の科学と文明』の仕事でFBAとなった。

歴史家としてのニーダムの仕事は本来の研究領域、生化学における発生学の系譜を古代エジプト時代から十九世紀初頭に至るまでを叙述した浩瀚な第一巻を含む全三巻の『化学的発生学』(一九三一年)において、すでに彼の百科全書的な知識とアラビア文献を含め多くのヨーロッパの言語を駆使して資料を踏査していく研究方法が出来上がっていたと考えられる。若い頃からニーダムは専門の研究の合間に社会科学、人文科学などの膨大な読書を習慣としており、宗教、政治についての思索にも没頭していた。彼は死ぬまでキリスト教を信仰していたが、宗教と社会主義との、宗教と科学との統合を目指していた。このような関心は、エセックスのサックステッド教会の牧師コンラッド・ノエルとの出会いによって、ますます確信に変わっていくようになった。それは神の王国の訪れを信じることであり、その王国は人類が何世紀にもわたって地上の正義と友情の世界とを築き上げることに他ならないという確信であった。

ニーダムの初期の論文に十七世紀大内乱時代の「水平者たち《レヴェラーズ》」についてのものがあることはよく知られているが、この頃彼はマルクス主義者とキリスト教徒とが共働すべきだという、はっきりとした信念を抱くようになったと考えられる。

## 中国への関心

ニーダムの学者としての転機は、一九三〇年代に中国から三人の留学生がケンブリッジ大学の生化学研究室にやってきた時に起きた。当時ドロシーと共同研究を行っていた魯桂珍の影響力は大きかったといわれている。ニーダムはキーズ・コレッジのマスターを退いた後も一部屋与えられており、そこで『中国の科学と文明』の研究の多くが行われたのだが、一度わたしも案内してもらったことがある。彼の机の上に魯さんの若い時の写真が飾られていて、チャイナ服に身を包んだ彼女の愛らしい姿に目を見張った覚えがある。魯さんはそれ以来ニーダムの片腕として、どこへ行くにも一緒で、ドロシーが一九八七年に亡くなるとすぐニーダムの後妻になった。彼の全面的信頼を勝ち得た女性であり学問的な同伴者であった。

中国からの留学生たちは、ニーダムに異文化の中にある秀いでた伝統について強い印象を与えた。近世以降の西洋の科学・技術の発展は疑いのない事実であるが、中世において中国は西洋を凌ぐ優れた科学・技術を有していたことを熱心に説く若い留学生たちに、ニーダムも情熱的に応えた。やがて彼は中国語をほぼ独力で学び始めた。

中国に関する強いあこがれと興味がさらに本格的な研究の対象になったきっかけが日中戦争であった。ジョージ・サンソム(外交官で日本史研究家)の提唱で、英国は重慶に文化使節を派遣することになり、ニーダムはロイヤル・ソサイアティから選ばれ、一九四二年に中国に到着する。そして四年弱中国に留まり、その間に中国の科学技術の歴史を執筆する構想がふくらんでいった。ニーダムは中英科学合作館をつくり、中国の科学者との交際を拡げていく。中国科学技術史を書こうという意図はすでに中国に出発する前に抱いていたようであるが、滞在中に古書籍を集め、写真を撮影した。これらの多くがその後『中国の科学と文明』のイラストを飾ることになったし、戦争が始まり、散り散りになっていた魯桂珍をはじめ中国人研究者たちとの再会も彼にとって心強かったと思われる。

中国での精力的な調査の経験は、一方で辺境の人びとにも科学のサービスを伝えようという使命感となり、これが戦後のユネスコの活動へと結実する。当時ユネスコの事務総長をしていたジュリアン・ハクスレーの下で科学部長として多忙な生活を送ったが、ユネスコの自然科学部門は中英科学合作館をモデルにしていた。

朝鮮戦争が始まり、米軍による細菌散布が指摘されると、一九五二年ニーダムは細菌戦争摘発調査委員会の一員として中国を再訪した。彼が細菌爆弾がアメリカ軍によって使用されていたことを明らかにする見解を示したことが、やがてニーダムに共産党シンパとしての烙印を押されることになり、長くアメリカとの関係を疎遠にするという不幸な事態を招くことになり、英国においても孤立してしまう。しかしこの問題はその後ヴェトナム戦争で米軍が細菌散布した事実が判明することによって、ニーダムたちの主張の一貫性に歴史の審判が下ったと考えてよいであろう。これはまた戦時中の日本軍七三一部隊の細菌戦争についての論議にも有力な資料的貢献を与えている。

## 『中国の科学と文明』の執筆

一九五四年、『中国の科学と文明』の第一巻がケンブリッジ大学出版局から刊行された。その後この大プロジェクトは現在も進行中であるが、当初中国研究者からも科学史研究者からも批判を受けた。ニーダムの展望していた全体像を、まだ初期の段階では論評者にも雲をつかむようで理解できなかったということもあったであろう。あるいはより真実は、彼の研究が進むにつれて彼自身の中で仕事の全体像が明らかになったのだが。

アメリカの中国学者アーサー・ライトは、ニーダムの仕事は人類の社会進化と自然認識の前進についての過大な信奉があり、科学の進歩には目的論的な論理が内在しているといった欠点があると指摘したし、また科学思想家の中には、ニーダムは中国の科学を有機体論的に解釈しすぎており、西洋の科学は機械論的であるとし西洋科学の発展を相対化しすぎている、と批難した。

ニーダムの仕事が着実に刊行を続けていく間にこうした批判はトーン・ダウンしはじめ、細かい事実の間違いなどの指摘がなされるぐらいになってきた。そしてその場合でも、彼の抱く雄大な構想が、いままで誰もなしえなかった、画期的なものであることが分かってくるにつれて、ニーダムの評価はいやが上にも高くなっていった。ニーダムの大きな構想とは何であったのか。必ずしもわたしは適任者ではないが、理解している限りで少し述べてみたい。

ニーダムがよく引用していた十七世紀英国の科学者・哲学者フランシス・ベーコンの文章に概略次のようなものがある。ヨーロッパの文明が今日見られるような偉大な形をとったことの前提には、羅針盤・火薬・印刷術（紙）の発明がある。羅針盤はヨーロッパが世界に進出したこと、火薬は武力の強大化、そして印刷術は知識の普及に決定的な役割を果したというのである。たしかに近世以降のヨーロッパの世界への展開、イマニュエル・ウォーラーステインのいう「近代世界システム」の成立、ルネサンス・宗教改革を経て拡がった知識・学問などの普及と、新しい戦争の形態の成立といった西欧の歴史の転換をなす様々な出来事にこれらの発明がある意味で決定的な役割を果たしたことを否定する人はいないであろう。このベーコンの言葉にたいしてニーダムは、実はこれらの発明は既に西欧に先んじて中国においてなされていたことを証明しようとする。つまり西洋は中世の終わりまで中国に較べれば科学技術に関しては後進国であり、中国の圧倒的な優位を認めるべきだ、というのである。このニーダムの主張は、古代ギリシアから始まる西欧世界における科学、ひいては学問の発展を西欧に内在した一系列の展開として捉えていた科学史家たちにとって、到底受け入れられないものであった。また非西欧世界の中でも、アラビアにおける貢献を相対的に低いものとし、古代ギリシア思想の伝達者、中国科学技術の仲介者的役割とみなすニーダムの考えに反対する者が多かった。

勿論ニーダムは全ての点で中国の方が西洋やアラブ世界に勝っていたといっていた訳ではないし、相互に独自に発生し展開していった科学の存在を認めていた。しかし、西洋近代の成立に不可避の科学技術の中には、中国から伝播したに違いないものがあまりにも多いと推論するのである。

ニーダムはこれら三（四）大発明のみならず、天文・数学・機械工学・物理・化学・医学・薬学などあらゆる科学の分野における中国の貢献を夢中になって発掘しはじめた。それは、これでもか、これでもか、という程の新しい発見があった。古い文献を探索し、時には考古学資料をあさり、また自らフィールド・ワークで再発見した史料の数々を積み重ね、次第に集まってきた中国人をはじめとする協力者たちの助けを得ながら、中国が築き上げてきた科学技術の百科全書的な書物が次から次へと出版されていった。また時には求めに応じて書かれ、『中国の科学と文明』に必ずしもおさまり切らない論文を集めた論集も次々に出版されていったのも圧巻であった。

これらの研究に共通しているのは、中国の科学技術の高さにたいする驚きと敬意であり、さらにはそれを西洋の科学史をふまえながら（彼が元来は生化学、発生学の歴史家であったことを忘れてはならない）、比較史の立場から総合しようとした点である。彼の比較史の方法は、あらゆる思想、信仰の相対性を認めようという点にある。今まで西洋の学者が無知であったが故に過小評価、あるいは無視してきた非西洋の文明を一旦虚心に見つめ直し、その相対的な位置を確めること、この点にニーダムは大きな努力を払ってきたのだった。こうした態度にたいして私たちは率直に彼の仕事の先見性と偉大さを認めなければならないと思う。

## なぜ中国に近代科学は生まれなかったのか

しかし、ニーダムにとっての問題はここにとどまらなかった。さらに高くて厚い壁が彼の前に立ちはだかっていたのであり、彼自身この問題に一〇〇パーセント満足のいく答を出したとはいいがたい、それほどの難問であった。それは、これだけ高い科学技術の段階に達していた中国で近代的な科学技術が生み出されず、西洋の後塵を拝したのはなぜか、という疑問である。

ニーダムはその問題にたいする一つの解答として社会経済的な相異を挙げている。つまり、近代科学がヨーロッパで生まれたのは歴史的偶然であり、それ以前のヨーロッパには軍事的・貴族的封建制度があったが、他方、中国やインドには様々な官僚的封建制度があったことに起因する、というのである。中国で発明された科学技術、たとえば火薬や鐙《あぶみ》は、官僚（＝文人）的封建制度の下では発達できず、西洋の軍事的封建体制の下で大きな社会的力を持つようになった。機械技術も同様に西洋では産業革命をもたらすようになる。即ち、社会経済的な必要性に応じて科学技術は異った用いられ方をし、西洋では軍事的・貴族的封建制はやがて宗教改革・科学革命を経て資本主義の台頭をもたらし、これがさらに科学技術を社会「進歩」のために応用する目的論的な立場へと発展させていった。これが近代科学技術の根幹にあるという。このようなニーダムの考え方には勿論批判はあるし、細かいところを見ていくと必ずしも社会経済的な説明だけでは解決しない問題も多い。ニーダムも自分の理論に完全に整合性があると考えている訳ではないようで、ひとつの信念《ビリーフ》のようなものだとも言っているが、かといって西洋と東洋の科学技術の発展の違いを上手に説明する他のアプローチがあるかというと探すのは難しい。西洋の歴史だけを見ても、なぜイギリスに最初に工業国家が成立したのか、論者の数だけ仮説があることを考えれば、たった一つの正解などはありえないことなのだろう。

私が勤めていたころの研究所は植物園のそばのブルックランズ・アヴェニューにあり、まだ「東アジア科学史図書館」という看板がかかっていた（後にロビンソン・コレッジの裏に、東洋風の立派な建物が出来た）。私はその建物の三階の小さな部屋をもらって使っていた。一階の入り口のすぐ右手はカタログ室となっていて、蒐集された大量の文献がカード・インデックスとなって整理されていたが、またテーマごとのカードやメモもファイルされていた。彼の記録魔ぶりは有名で、おそらくレストランで食事中に思いついてメモをとったものか、紙ナプキンにかかれたレファランスなどもまだあったりして、思わず微笑んだことも度々あった。科学者の整理のしかたとはこういうものなのかと目を見張る徹底した知的生産のために考えぬかれた、しかもニーダム独自の整理方法でできていた。

私が研究所にいたころも、ニーダムは講演や名誉博士号を受けるために、魯桂珍を伴って世界中を飛び回っていた。名誉博士号については面白いエピソードがある。『タイムズ』のコラムで、現在だれが英国一の学者かというアンケートをとった。国内から一番多くの名誉博士号をもらったのが思想家のアイザイア・バーリンで、外国から一番多く名誉博士に叙せられたのがニーダムで、結局彼が英国で最高の学者という称号を得たのだった。

とにかくニーダムは体も大きかったが、仕事も精力的だった。我々若手の研究者よりはるかに長時間研究所で仕事をしていたし、つぎつぎに依頼された原稿を書き、講演の下書きを作り、その頃完成に近づいていた医学に関する『中国の科学と文明』の巻を執筆していた。

しかし、若い頃行き始めたサクステッドの教会には日曜日には出かけ、時には世俗説教も行っていたし、コレッジでの食事にも我々や来客をよく連れていった。ワインや食事を愛し、決してグルメではないが、健啖家であり、食後の葉巻をこよなく楽しんでいた。またジョークを言うときのいたずらっ子のような目は、彼の何事にたいしても見せる純真さの表れであった。

ニーダム亡き後の『中国の科学と文明』がどのような形で終結するのか分らない。彼が生きている間にも彼の手をほとんど経ない単著ともいうべき巻が出ているが、例えばニーダムとは趣きを異にするが流麗な文体で書かれたフランチェスカ・ブレイの『農業技術』の巻と、叙述にややバランス感覚に欠けた感のあるディーター・クーンの『繊維技術Ⅰ』のように出来・不出来がはなはだしい場合もあるが、ニーダムたち先駆者の精神とスタイルを受け継いだ続巻の刊行と、新しい視野を入れた後継者たちの研究の進展に期待したいと思う。

（本稿執筆の際、左記文献のうち中山茂他編『ジョゼフ・ニーダムの世界』を多く参照させていただいた）。

**主要著作**

*Chemical Embryology*, 3vols., Cambridge, 1931.

*A History of Embryology*, Cambridge, 1934.

*The Levellers and the English Revolution*（Henry Holorenshaw: ニーダムのペンネーム）, London, 1939.

*Biochemistry and Morphogenesis*, Cambridge, 1942.

*Science and Civilisation in China*, vol. I 〜 VII, Cambridge, 1954〜 .（東畑精一他訳『中国の科学と文明』思索社　一九七四年〜　）

Needham, Joseph et al. *Heavenly Clockwork: the Great Astronomical Clocks of Medieval China*, Cambridge, 1960.

*The Development of Iron and Steel Technology in China*, Cambridge, 1964.

*The Grand Titration: Science and Society in East and West*, London, 1966.（橋本敬造訳『文明の滴定—科学技術と中国の社会』法政大学出版局　一九七四年）

*Within the Four Seas: The Dialogue of East and West*, London, 1969.

*Clerks and Craftsmen in China and the West*, Cambridge, 1970.（山田慶兒訳『東と西の学者と工匠』（二巻）河出書房新社　一九七四、七七年）

*Celestial Lancets: a History and Rationale of Acupuncture and Moxa*, Cambridge, 1980.（橋本敬造・宮下三郎訳『中国のランセット—針灸の歴史と理論』創元社　一九八九年）

**参考文献**

Li Guohao, Zhang Mengnen, Cao Tiangin（eds.）, *Explorations in the History of Science and Technology in China: compiled in Honour of the Eightieth Birthday of Dr Joseph Needham*, FRS, FBA, Shanghai, 1982.

中山茂・松本滋・牛山輝代編『ジョゼフ・ニーダムの世界—名誉道士《メオイスト》の生と思想』日本地域社会研究所　一九八八年

# II

# 商業、宗教、帝国と中世主義

一年間イングランドのケンブリッジ、ガートン・コレッジのヘレン・カム・フェロウとして滞在し、どのような成果をあげてきたのか、留守中に迷惑をかけた方々に多少なりとも報告する務めがあるのだろうが、行く前にいろいろ立てていた研究計画――一次資料をたくさん読むこと――はほとんどできなかった。そのかわりといってはなんだが、あれこれと思索する《スペキュレイト》時間は十分すぎるほどあったので、いままで漠然とさまざまなテーマをあまり脈絡づけずに研究していたことを撚りあわせて、一本の太い糸にすることが少しはできたような気がしている。

わたしが研究らしい研究を開始したのはイギリスへ留学してからだが、博士論文では産業革命の頃のデザインに関するさまざまな議論について考えた。デザイナーと呼ばれる職業の登場とそれに伴う工芸における分業の問題、機械化とデザインとの関係、産業博覧会の歴史、デザイン教育、意匠登録《コピーライト・オブ・デザイン》、デザインをめぐる製造業者と商人や代理店との攻防など、自分では当時としては先駆的な研究だったと自負していた。しかし自分の研究が他の分野の研究者たちの研究とどのように切り結んでいくことができるのか、といった点ではあまり明確な自覚はなかったというのが正直なところであった。

当時、英国ではプロト工業化の議論が盛んで、遠隔地との交易を目的とした消費財の生産、ファッションの重要性など、それまで経済史研究の中心であった生産だけではなく、流通や消費を含めてひとつのまとまりを持った経済活動のなかで工業化の問題を考えようとする若手の研究者たちが出てきた頃であった。さらにジョーン・サースクのパイオニア的な研究、そしてニール・マッケンドリック、ジョン・ブルーア、ジャック・プラム等による論文集を皮切りに、その後次々に消費社会の物質文明的な内実が明らかにされてきた。またそれとは別の問題意識から、十八世紀を産業社会の展開として捉えて、そこにおける国家の経済政策や社会文化の変容を重視する研究者たちも現れた。前者は主に社会経済史家たち、そして後者は社会史、文化史、政治史の研究者たちが中心であった。

さらに、これはわたしとしては全く迂闊であったのだが、ケンブリッジに三年弱いたときの友人たちの研究内容を自分ではほとんど理解していなくて、何年も経ってからやっと自分の関心と実は密接に繋がっていることが分かったものに、政治思想史の研究がある。まあ、わたしの研究の主な関心が十九世紀だったために、彼等の十七、十八世紀についての仕事はあまり自分には関係ないだろうと思っていたのだった。ジョン・ポーコック、クェンティン・スキナー、イシュトヴァン・ホントなどのいわゆるケンブリッジ学派による初期近代の英国の政治思想史研究によって、商業社会の発展にともなう社会思想の大きなパラダイムの変換が見られ、商業・消費・奢侈といった概念が、政治を行っていく上での徳の問題と密接に関係し、特にスコットランド啓蒙思想の脈絡の中で自然法とシヴィック・ヒューマニズムとの問題として論じられていた。丁度友人のイシュトヴァン・ホントがマイケル・イグナティエフとの共編で『富と徳』という大変な影響力を持つことになる論文集を出したばかりであったが、わたしもその本の日本語訳出版のために少しばかり橋渡しをしたものの、彼等の研究の本質を理解し、それがわたしの研究関心の枠組みの中に入ってくるようになるのだと自覚したのはしばらくあとのことであった。それはわたしの勉強の仕方が自己流で、無鉄砲だったし、いささか晩生《おくて》であったということに過ぎないのかもしれない。もともとイギリス史のイロハも分からずに、突然留学してイギリス史を始めたのだから、満遍なく、目配りの利いた勉強をしてきた人たちから見れば無謀なことをずっとしてきていたのだった。

デザインのことをやっていたおかげで、わたしが対象としていた十九世紀前半とはやや時代があとになるが、ウィリアム・モリスにどうしても関心が向かうようになり、モリスの師匠筋にあたるジョン・ラスキンなどに興味を覚えたところから、十九世紀英国の中世主義に関心が拡がっていったので、それについてのエッセイもたびたび書いてきた。なぜ、近代化の最前線にいたと考えられているイギリスで、中世趣味や、古典回帰の思想が生まれたのか、またそれらが歴史学の発展とどのような接点を持っていたのか、といった問題に拡がっていったのは、歴史主義について論じていたアイザイア・バーリンのヴィーコとヘルダーについての著作を読んだのがきっかけであったが、専門の十九世紀からさらに遡り、十八世紀を理解しないと分からないことが多いな、とやっと気がついたのは比較的最近のことだったと思う。「地域文化研究」の大学院の授業で、もっぱら十八世紀の思想史や文化史の大きな著作を読み始めたのもその頃で、学生たちの実に優秀な読解力にいろいろ教えられることが多かった。そうした学生たちとの読書のなかから、これまでに述べてきた幾つかのパラダイムの他に、もう一つ考えてみなければならない重要な問題があることを教えられた。ジョナサン・クラークに影響を受けた、「長い十八世紀」の宗教に関する研究との出会いである。

これまでの定説では、十八世紀は啓蒙の時代であり、さらに商業革命により知識階級のみならず、中産階級（これには職人たちのなかの上層部に属し、読み書きもできる、いわゆるインテリジェント・アーティザンも含まれる）の人びとは、社交的な性格を帯びた新しい世俗的な社会を形成していった。名誉革命の後には宗教の寛容を是認し、十七世紀の科学革命をふまえた自然神学、理神論的宗教観を持つようになった。また十七世紀以来の非国教徒たちは十八世紀においても相変わらず国教会にたいして、また政府にたいして対抗勢力として危険な存在であり続け、それらに対して国教会は広教会派が主導権を持ち、社会的な影響力が弱くなっていった時代であると考えられていた。それに対して、クラークや彼の影響を受けた歴史家たちは、「長い十八世紀」は宗教がさまざまな形で社会の骨格を規定し、英国国教会を柱とする宗教国家＝旧体制（コンフェッショナル・ステイト＝アンシャン・レジーム）の影響がまだまだ根深い社会であり、それがようやく危機的になるのは一八三〇年代に選挙法改正が緊急課題となる一方、カトリック解放やオックスフォード運動のような高教会派の国教会改革の動きが顕在化する頃である、と論じているのだ。わたしは商業社会、消費社会の問題と宗教の問題を一緒に考えなければいけないと思い始めていた。

以上述べたように、三十年前にイギリスの歴史についてはほとんど無知と言ってもよいような状態で留学して、博士論文にいたった研究を、自分なりにその後の研究を通して、大きな脈絡のなかで考えなおすのにさらに二十年近くかかってしまったことになる。わたしが読んできた研究史は、多くは「長い十八世紀」に関するものであった。十九世紀の半ばを博論のテーマに選んだわたし自身は、モリス以後の世紀後半へと向かう方向性を時に見せながら（ペイターやワイルドについて書いたこともあったし、第一次大戦の詩人たちについての本を出したこともあった）、大筋としては、十八世紀へとむしろ遡ることになっていった。それはマキシン・バーグ、イシュトヴァン・ホント、ジョン・ロバートソン（マキシンの元ご主人）、ジョン・スタイルズ、ペニー・コーフィールド、ジョアンナ・イニスといったイギリスの友人たちの仕事に絶えず刺激を受けてきたからでもあった。彼等の十八世紀に関する魅力的な仕事の一端に触れることによって、自分自身の仕事の広がりの可能性を教えられてきたわけだ。

今回ケンブリッジに遊学が決まったときに、最初ぼんやりと考えていたことは、永年考えていた消費社会形成史の研究をもう少し一次資料を使って考えをまとめてみたい、ということと、それと宗教との関係をいろいろ探ってみたいというものであった。しかし行ってみてすぐ分かったのは、一年でやるにはおそらく時間が足りなくなってしまうだろう、ということだった。それでも何もしないわけにはいかない。まったくの未航海の分野、宗教史を一から勉強することにした。ジョン・ウォルシュとコリン・ヘイドン共編の論文集や、十八世紀国教会の歴史家として今でも高い評価を受けているノーマン・サイクスの著作などをガートン・コレッジの図書館から借りだして読み始めた。まだまだ勉強の途上ではあるのだが、いろいろなことが少しずつ見えて来だし、今まで漠然としていたりバラバラだったりしていた知識が結びつきを始めたと思うようになった。

そうこうしていると、ヴィクトリア・アンド・アルバート博物館のジョン・スタイルズ（現在はハートフォード大学教授）から、博物館とロイヤル・コレッジ・オブ・アート共催のデザイン史のセミナーで話をしないか、と誘われた。かなり日程が迫っていたのだが、以前に同じセミナーで話をしたこともあったし、良い機会だと思い引き受けたが、発表題目を教えてくれ、という催促に、苦し紛れで送ったのが「中世主義と消費社会の政治学」というタイトルだった。これは全く思いつき、ひらめきの類で、突然、少なくとも自分のなかでは別々に考えていたテーマを結びつけて論じてみよう、と思い到ったのである。その時の気持ちは、そもそも自分のつたない研究の原点に立ち返り、その後考えてきたことを、自分のなかから生まれた内的必然性があったのだと仮定することによって、その幾本かの糸を解きほぐして、一枚の裂地に織り上げてみよう、という思いがわいてきたといってよい。この報告は、何度か書き直して、後にケンブリッジとオックスフォードでも発表したが、まだ研究の「予告編」といったもので、このエッセイもそれをもとにして書いている。

これまでわたしは中世主義を、主として工業化、機械化、つまり産業革命に対する反動として考えてきた。もちろん中世の建築や芸術を崇拝し、自らの屋敷に再現しようとした例えばホレイス・ウォルポールのストロベリー・ヒルのような中世趣味は産業革命が始まる前からあったし、文学でもゴシック趣味は直接産業革命と関連させて論じられることは少ない。ラスキンは現代社会のひずみの根元はルネサンスにあったと考えていたようだし、A・W・N・ピュージンは宗教改革に近代の始まりを見ているように、工業化や都市化、機会の導入による労働の価値の低下、働く人びとの人間性の疎外をもたらした現代文明社会の源泉をめぐる議論にも多様性がある。

しかしわたしとしては、ラスキンの思想的系譜を受け継いだウィリアム・モリスが、金権主義とともに、機械化によって生じた労働と芸術との分離を問題にし、工芸の復権を意図したこと、また彼の弟子たちや共鳴者たちが始めたアーツ・アンド・クラフツ運動や、その理念を引き継いだ二十世紀初頭のアール・ヌヴォーやアール・デコなどの工芸運動など、手仕事の重要性についていつも注目していた。それは日本における、柳宗悦などの民芸運動との関わりでも重要だと考えていた。柳自身が中世（西欧も日本も含めた）についての深い学識を持ち、若いときから憧れを抱いていたという事実は興味深く思われ、そのことを論じたことがある。


産業革命がイギリスの社会に与えた大きな影響は無視できない。近年の産業革命研究の修正主義は、経済発展のスピードや実質的な成長率はもっと低かったと疑問を呈しているのだが、しかしそれではなぜ当時の同時代の人びとが社会の変化を感じ取り、ひとつの時代が終わり新しい時代が生まれていることに敏感に反応し、あるいは失われていく世界を嘆き、「現代」にたいして鋭い批判をしていたのか説明できない。確かにその変化を工業化のみに帰そうとするのは間違いであろう。消費革命の議論というのは、工業化の前に人びとの消費のあり方を論ずることによって、社会に起きていた価値観の変化や、人間関係の変化を示そうとするもので、それは工業化の直接的な結果によってもたらされるものと同じように人間の社会観に大きな相違を作り出したのである。

消費社会形成史の研究は、プロト工業化研究に見られるように製造業の地域的特徴と関連させながら、先に述べた、マッケンドリック等の仕事のように、経済政策や先見的な企業家（例えばジョサイア・ウェッジウッドなど）の近代的経営者の先駆性を再評価するものから始まり、広く消費文化の意味を問う研究へと展開していったように思われる。「消費」という言葉がキーワードとしてこれだけ研究の深まりと広がりを見せたことはかつてなかったと思う。

しかし、「消費社会」、「消費者」といった概念はとくに二十世紀になってからの欧米社会の一局面を表現するために作られたものであり、それをそのまま十八世紀、十九世紀に用いることにたいして歴史家たちに慎重さを求める指摘は当初からあり（例えばジョン・スタイルズ）、最近ではジョン・ブルーアが『タイムズ文芸付録（TLS）』の書評のなかで、初期近代の「消費という行動は経済的、社会的、文化的に重要なものではあったが、だからといってそれらが消費者意識を生みだしたとか、歴史的主体としてひとつの階級を成す消費者が登場したとは必ずしもいえない」と注意を喚起している。マキシン・バーグたちの「奢侈」研究グループは、最近の初期近代の消費社会の研究を前提にしながらも、「消費」よりも「奢侈、贅沢」にむしろ焦点を当てている。彼女や彼女の組織している十八世紀研究グループの仕事を通して、とくに十八世紀前半の「奢侈論争」と十九世紀の中世主義との関係にわたしは注目した。人びとが消費を増大させていった背景には、商業社会の成立とそれを推し進め支持した思想的な根拠があった。こうしたイギリス初期近代に関する思想史的研究、とくにポライトネス（上品さや洗練）やマナー（礼節）、つまり社交《ソーシャビリティ》に関する研究の進展は目を見張るもので、いまでは一種の流行ともなっているくらいだ。わたしの場合、商業社会、消費社会成立期の、当時の奢侈やそれに伴う腐敗を批判した論客たち（例えばロバート・ウォルポールを激しく批難したボリングブルック）

の言説とヴィクトリア朝中世主義者たちの言説に何か共通点が見られるのではないか、ということを手探りで考えることから始めようとしたのである。

十八世紀前半、とくにハノーバー朝の政治的対立を一言でいうと「宮廷の腐敗対地方の愛国主義」(コート対カントリー)である。地方の愛国主義とはもちろん反宮廷論者が自分たちのことをそう呼んでいるわけだが、ジャコバイトの立場、高教会的な立場、トーリー党の多く、ホイッグ内の反主流とさまざまな立場の人がいた。宮廷の腐敗の代表はロバート・ウォルポールであったが、彼の政治体制が象徴していたのが、財界と宮廷が結託して支配秩序の道徳的基盤をなし崩しにしているというものであった。歴史家のポール・ラングフォードは、画家のウイリアム・ホガースの「当世風結婚」、詩人アレグサンダー・ポープの『愚人列伝』、ジョン・ゲイの『乞食オペラ』そしてボリングブルックの『クラフツマン』などをそうした時代批判の好例として挙げている。「上流階級の虚栄やけばけばしい派手さ、軽薄さ、究極の無益さや退廃と不誠実さ」(ラングフォード)を批判し、古き良き徳の衰退を憂うこうした言説の広がりも、トーリー的な古い伝統的な、家父長的価値、商業社会以前の世の中への復帰を唱えるだけでは、時代の趨勢に押されることとなり、実際ウォルポール以後に大きな影響力を失うことになるのだが、この過去への復帰を主張しつつ、現代社会の鋭利な批判を展開する原型が、約一世紀後に、中世主義による「近代批判」に甦ったのではないか、というのがわたしの考えたシナリオであった。

もちろんそれぞれの時代背景は異なるし、批判の理論的根拠も同じというわけではない。ヘンリー・セント・ジョン（ボリングブルック）の主要な論点は、ジョージ二世と対立していたフレデリック・ルイス皇太子と組んで、ジョージ二世のもとで権勢を恣にしていたウォルポールたちを論難する目的が背後にあった。同時に、彼は英国を海洋帝国へと推し進める自由主義の国家として位置づけながら、重商主義的な政策を主張していた。ホィッグのウォルポールと、その点では大きな相違は見られないのであるが、それが党派抗争の脈絡のなかで反目の構図を形作ることになっていた。ボリングブルックはジャコバイトであることを否定しなかったようではあるが、しかしながらカトリックではないと主張していた。同時に英国国教会のなかでは理神論的立場にいたらしく、当時の状況に置いては微妙な立場のようであった。

十八世紀前半は、その前の世紀の科学革命、とくにニュートンの業績が大きなインパクトを知識人たちに与えていたが、神学も自然神学と啓示神学との二つの流れに分かれ、前者は理神論として広くインテリたちに受け入れられていたのであった。ともあれ、ボリングブルックの宗教的な側面についての研究は少なく、これからの仕事に待たなければならない。

十八世紀の宗教史は、英国一国をとってもきわめて複雑だし、わたしには手に余るテーマなのだが、そもそも国教会と非国教徒との対立に加え、国教会の内部においてもさまざまな流派が存在し、しかもそれらが政治的な党派争いと密接に絡み合っているので余計に分かりにくい。十九世紀になっても、その複雑さの種類は異なってはいるが、変わりはない。一八二九年のカトリックの解放は、それ以前の英国史、とくに宗教改革以来の歴史の脈絡のなかで、初めてカトリックが公に、少なくとも理論的には、承認された、という事実だけをとっても大きいものがある。また十八世紀半ばのメソディストの隆盛以降の、国教会内部の福音主義の拡がりは、非国教徒対国教会という十八世紀の構図以上に問題を厄介にしているし、何よりも信仰そのものが、十九世紀にはとくにダーウィニズムの影響で危うくなってきているという事情を鑑みると、問題の深刻さがよく分かる。

しかし、長い懐疑論の伝統やキリスト教内部の分裂にも拘らず、宗教は依然として人びとの日々の生活や、ものごとの道理を導く最も重要な規範であったことは間違いない。宗教は何にもまして、人びとの生き方を律する規範を示し、人間のあるべき姿を教えるものである。もちろん、死すべき人間にたいして救済の可能性を示し、死の畏れを軽減し、神の国を約束することも宗教の大切な柱のひとつであるが、そのためにこそ、日々の精進、日頃の行いの正しさを要求するのが宗教である。キリスト教はこうした規範をめぐって、改革と内部抗争を繰り返してきたわけであるが、それは現実に教会の運営と神の教えとを伝えるべき聖職者たちによる、理念から離れた堕落と腐敗とによって、キリスト教の歴史の大きな転換点をいくつも生みだしてきた。

十六世紀から十七世紀にかけての宗教改革ほどの主権国家を巻き込んだ抗争ではなかったが、十八世紀のイギリスでの宗教をめぐる言説は国教会内部でさえも、高教会《ハイ・チャーチ》、低教会《ロー・チャーチ》、広教会《ラティテューディネリアン》があり、ほかには非国教徒《ディセンターズ　ノンコンフォーミスト》、その中にもさまざまな宗派が乱立している状況であり、さらにはカトリック教徒たちは上流社会の一部と下層社会（とくにアイルランドやそこからの移民たち）に影響力を持ち続けていた。

十九世紀に入り、ナポレオン戦争後の国内の混乱期に非国教徒とカトリック教徒たちは、国教信奉宣誓を楯に彼等が公職に就くことを妨げていた、十七世紀に起源を持つ自治体法《コーポレイション・アクト》（一六六一年成立の法律で、非国教徒の排除を目的として地方自治体の官吏に忠順と国教会への信奉を宣誓させた）と審査法《テスト・アクト》（カトリック排除のため全ての文官と武官に就任時に国教信奉を宣誓させた一六七三年の条例）の廃止を議会に求め、それぞれ一八二八年の自治体法・審査法廃止、二九年のカトリック解放法によって英国の政治機構への公的な参加が実現するようになる。こうなると、国教会の内部での不満も噴出してくる。広教会派による長いリーダーシップのもと、さらには福音主義の台頭によって教会の伝統と存続に危機感を抱いていたのが高教会派の多い末端の牧師たち、さらにはオックスフォードやケンブリッジの聖職者たちであった。彼等のなかには教会と国家との関係が、後者、とくに議会の独断によりゆがめられてきたことに対する不満があった。これは宗教国家の根幹に関わる問題であった。さらに三二年には選挙法改正《リフォーム・アクト》がグレイ内閣のもとで通過する。この改正で選挙権が拡大された範囲は中産階級の一部ではあったが、このことは議会に選出される非国教徒の議員の増加を意味していたので、国教会内の危機感はより強まることになった。また三三年にはアイルランド教会財産法案《アイリッシュ・チャーチ・テンポラリティズ・アクト》が議会を通過し、十の主教官区が廃されることになったが、これら一連の議会主導の教会に関する決定は、宗教上の最高権は国家、すなわち議会、にあるとするエラストゥス主義の実現に他ならないとみなされた。批判者たちは政治のみならず、教会の危機にたいして、為すすべを知らない教会指導者たちをなじり始めた。この運動の中心にいたのが、ジョン・ヘンリー・ニューマン、ジョン・キーブル、リチャード・ハレル・フルード、そしてエドワード・ブヴェリ・ピュージーなどオックスフォードのドンたちに率いられたトラクテリアンズと呼ばれるグループであった（彼等の機関誌『トラクツ・フォア・ザ・タイムズ』から採られた呼び名)。

後にオックスフォード運動として知られる彼等の活動についてはここで詳細に論じることは出来ないが、一人だけ、ニューマンの経歴について簡単に見てみたい。その信仰の変遷の揺れの幅がきわめて大きいのが興味深いからである。彼は熱心な福音主義の家庭に育ち、十五歳の時に、キリストの受難の贖罪を主体的に求めようとする福音主義の信仰に帰依するが、オックスフォードに入学すると、福音主義の幼児洗礼否定にたいして懐疑的になり、やがてキリスト教信仰の秘蹟や伝統を受け入れて高教会に与するようになる。しかしオックスフォード運動を通じて彼は国教会自体に失望し、四五年にローマ教会に改宗し、幾多の困難の後には枢機卿にまで登り詰める。彼の信仰遍歴は、もちろん一般的とはいえないが、しかし当時の国教会、ひいては英国のキリスト教社会が内包していた問題を、いささか極端な形ではあるが示しているといえる。

彼等の運動はオックスフォードからさらに拡がっていったが、例えば一八三九年にはピュージーの影響を受けた学生やフェローたちによってケンブリッジ・キャムデン協会が設立された。この協会は後にロンドン・エクレジオロジカル協会へと発展するが、ゴシック教会の建築や芸術、儀式などを研究することを目的に作られた。設立当時の会員にはベンジャミン・ウェブ、ジョン・メイスン・ニール、アレグザンダー・ベアズフォード＝ホープなどがいたが、彼等の多くは後に高教会の聖職者となっていった。キャムデン協会と同様の試みはオックスフォードにもあった。トラクテリアンズに影響された若者たちがオックスフォード・ゴシック研究促進協会なるものを設立し、中世建築や装飾の調査に精を出していたのである。

この両方の協会に深く関わっていたのがA・W・N・ピュージンである。彼はイギリスのヴィクトリア朝の中世主義者として、あまりにも有名だが、名前を知らない人でも、弱冠二十八歳でロンドンの議事堂（あのビッグ・ベンで有名な）の設計をチャールズ・バリーとともに担当したといえば、その実力のほどが分かると思う。父親も自分の息子も建築家という血筋だが、若いときに英国国教会からローマ教会へと帰依し、一八五二年に四十歳という働き盛りで死ぬまで、実に精力的に仕事をした。二十四歳の時に出版した『対比《コントラスト》』は建築家の眼を通して、現代社会を痛烈に批判した書で、中世教会、すなわちカトリック教会の徳を基にした社会秩序の復権を強く主張したが、父とともに研究した中世教会建築や装飾、儀式に必要なさまざまな小道具にいたるまで、造詣の深さは若い頃から抜きんでたものがあったようだ。次々にゴシック建築の伝統と真髄を明らかにしようとする著作を著す一方、イギリス各地を飛び回り、とくにカトリック解放以降のカトリック教会の建築に夢中になって携わった。カトリック的理想に燃え、中世、なかでもゴシック後期の精神を現代の世の中にもう一度取り戻そうとする彼の活動は、国教会の内部の、国教会成立以前からのカトリック的要素・伝統に着目し、それらを再興することで高教会の影響力を復活させようとしてきたオックスフォード運動に近い若者たちとの交流となって現れたのである。ピュージンは大変頑固なカトリック至上主義者のように思われていたし、実際彼自身そうした発言をたびたびしてきたのではあるが、案外柔軟なところがあることを彼の書簡集などを読んで知ることができる。国教会内の伝統派との共闘を組むなかで、中世の理想を実現する方向性、また上手くいけば、彼等をローマに引き込むという戦略もあったかもしれない。

しかしここで注意しなければならないのは、カトリック側の誰もがピュージンのように中世の復活を待望する中世主義者であったわけではないということである。カトリックのなかには、多くの国教徒や非国教徒と同様に、商業社会や工業化社会の発展による恩恵を享受していたものも多く、父権的、道徳的な中世の制度を必ずしも受け入れたいとは考えていなかったということである。ピュージン自身も親しい知人に宛てて、彼がローマの意向とは別の方向に進んでおり、カトリックの有力者たちから疎外され孤立していると感じているといった手紙を書き送っている。カトリックが抑圧されていた時代にその信仰を維持してきたグループと、新たにカトリックに改宗したグループとの間の軋轢も存在していたことは、リットン・ストレイチーの『ヴィクトリア朝偉人伝』のマニング枢機卿についての叙述からも知られる。この時代の、いや、いつの時代でも、宗教について論ずることの難しさがここにもある。

ヴィクトリア朝の中世主義・中世趣味は、もちろんピュージンに限らない。そこには大きな位相の拡がりがあり、そのジャンルは宗教や建築のみならず、絵画、詩や小説、評論などの文学、そして政治思想にいたるまで多様である。そもそも現代社会に対する根源的な批判を意図していた中世主義も、やがて一旦受けいれられるとファッションの様相を見せ始め、当初見られた社会の腐敗や、美意識の崩壊に対する危機意識が失われていってしまう。ここには十八世紀前半の商業社会台頭の結果もたらされた社会の退廃への、党派抗争の言語で語られた言説と同様な危うさが見られることも確かである。

中世主義はまた大英帝国の弁明としての言説のなかにも見受けられる。近年のエドワード・サイードの『オリエンタリズム』にたいする批判のなかには、彼の東洋対西洋という二項対立的な枠組みの不正確さを指摘し、むしろ西洋が自らの文明の衰退を自覚することにより、東洋を理想化することがしばしば行われたと論じている。それはヨーロッパが自らの過去へのノスタルジアを強め、現代社会のもとに進行する破壊と急激な変化への反動の現れであるとする。また西洋が、商業的あるいは工業的発展のなかで失ってしまった気高い社会秩序、かつての社会が有していた有機的で美的な徳が東洋の社会に存続していることを賞賛していたのである、と論じている。ジョン・マッケンジーはサイード批判のなかで、東洋の鷹狩りや騎馬による狩猟を描いた絵画が人気があったのは、西洋が東洋の野蛮さや暴力性を表象しようとしたのではなく、当時本国で流行した騎士物語(例えば、ウォルター・スコットの小説など)やエグリントン城で行われた騎馬の槍試合などとの関連で読み解かれるべきだ、と主張している。つまり、同時代の社会への不満を歴史的に過去へ遡って、それを規準として表明することと、地理的に異質の世界のなかに理想を見出すことと、そのスタンスの原理は同根である、というのである。しかしこれは支配階層の述懐の弁明とも受け取ることができる。同様な主張は、デイヴィッド・キャナダインの『オーナメンタリズム』にも見られ、ヨーロッパの帝国史研究者の間では一般的な反応である。

中世主義の系譜についての最良の入門書は、今でもアリス・チャンドラーの『秩序の夢』(邦訳では『中世を夢みた人々』)であろうが、彼女が扱っている中世主義者として考えられている人びとの政治的な幅の大きさは中世主義を論じるときに大きな問題を生じさせる。にも拘らず、彼等を中世主義の下に一括して考察することによって見えてくる世界があるというのも事実である。ベンジャミン・ディズレイリのように保守の政治家から（彼は、本人もじゅうぶん自覚していたように、ボリングブルックの後継者である）、ウィリアム・モリスのような社会主義者に至るまでの幅広い枠のなかに（ラスキンはトーリーで共産主義者であると自らを定義している）、多くの中世主義者が存在した。時にお互いに対立を見せながらも、彼等は時代の主流に異議を唱えていた。「長い十八世紀」が「長い十九世紀」へと移行するなかで、中世主義の源泉は、時にねじれを見せながら、新しい時代状況に応じて、その主張の論旨を変えてきたように思われる。おそらく中世主義のイギリス史の上での役割と意義を論ずるのには、一冊の書物が必要であろう。

# 柳宗悦と英国中世主義——モリス、アーツ・アンド・クラフツ、ギルド社会主義

## はじめに

十九世紀は歴史の時代であった。過去の復興の時代といってもよいかもしれない。あるいは「伝統の創造・捏造」の時代といってもよいだろう。こうしたことは、十九世紀が近代というヴェールに覆われていると信じていた人びとにとっては見えにくいことかもしれない。まずこの話からはじめてみたい。

十九世紀のイギリスを語るキーワードの一つは「改良」である。エイサ・ブリッグスの名著『改良の時代』は、ベンサムによって種を蒔かれた功利主義がヴィクトリア朝を通じて社会の隅々にまで浸透していったことを明らかにしている。工場法、選挙法改正、教育制度の普及、都市の整備、自由貿易などといった、近代国家の、いってみれば、インフラストラクチャーを整えたのは、「改良」によって社会がより良い方向へと進歩していくという確信によることが大きかった。八〇年代から興隆を見た社会主義にもこうした信念は色濃く反映されており、たとえば、フェビアン協会の指導者たちの多くは、ウェッブ夫妻をはじめとして功利主義的な改良を政治的な目標としていたのであった。

この「改良」を基調とした十九世紀の流れを本流とすると、イギリスにはその流れに逆流するかのようにもう一つの重要な水脈から発する大河があった。政治的にはあくまでも保守・トーリーの思想であり、文化的には歴史主義といってよいかもしれない。功利主義によって進められる社会変革の時代に対抗し、過去の価値観に拠り所を求め、現代社会の矛盾をついていった人びとのことである。しかしこの中にも社会主義や革新思想がなかったわけではない。今日的な意味での進歩と革新とは必ずしも同じところに同居していたわけではなかったのであり、むしろ保守と革新は進歩に対して協同の戦線を張っていたと考えたほうが十九世紀を理解するときに必要である場合が多いのである。

歴史の時代、過去の復興という時、これは多くの場合、功利主義的な産業社会へのアンチ・ドウトとしての歴史への関心、すなわち現代の社会には崩壊してしまって失われたものの復権を意味する。とくに目につくのはギリシア・ローマの古典古代への憧憬、ルネサンスへの関心、そしておそらく一番大きな影響力を持っていたのは中世的価値観の称揚である。イギリスが産業革命で世界の覇者となり、鉄道が全国へその網を広げていった時代に中世への回帰を主張することは、いささかアナクロニズムであると思われるかもしれない。しかし中世への関心がいかに広く強かったか、最近邦訳されたアリス・チャンドラーの『中世を夢みた人々』の目次を見ても、ウォルター・スコット、ウィリアム・コベット、湖水派詩人、トマス・カーライル、ベンジャミン・ディズレイリ、ジョン・ラスキン、ウィリアム・モリスなどの名前が目につくが、もちろんチャンドラーはこの他多くの人物を挙げて論じている。また試みにヴィクトリア朝の典型的な建築様式ともいえるゴシック・リヴァイヴァルの建築家たちを見ても、ジョージ・ストリート、A・W・N・ピュージン、ギルバート・スコット、リチャード・ノーマン・ショウなどがすぐ思いつくし、絵画の分野では、ダンテ・ゲイブリエル・ロセッティ、フォード・マドックス＝ブラウン、アーサー・ヒューズ、ホルマン・ハント、ジョン・エヴァレット・ミレー、エドワード・バーン＝ジョーンズなどのラファエル前派の画家たちの名前を数えることができる。

こうした中世主義者たちのなかでも、際だって高くそびえているのが、ラスキン、カーライル、ピュージン、そしてモリスであろう。彼等の間にはさまざまな、時には相容れない違いがある。たとえばピュージンはカトリックであったが、ラスキンはプロテスタントであった。近代のはじまりを、すなわち腐敗堕落の開始を、宗教改革と考えるか、それともルネサンスと考えるか意見の違いもあった。しかし社会を憤る程度において、そしてそれをあるいは文筆の力によって、あるいは実践において遂行していくたぐい稀な、時には超人的ともいえるエネルギーは彼等に共通のもので十九世紀にあって群を抜いていた。

こうしてみると中世の影響力は圧倒的である。ヴィクトリア朝とは近代とともに中世をも飲み込む、そして古典古代やルネサンスをも受け入れる、健啖家の巨大な胃袋であったといえるだろう。もっとも美術史家のニコラウス・ペヴスナーはこの時代、すなわちハイ・ヴィクトリアン（ヴィクトリア盛期）の装飾芸術を批判して、装飾過剰の無原理、無原則な醜悪なものといっているので、健啖家の胃袋から排泄された汚物というスカトロジックな形容さえできるかもしれない。このような様式の多彩さ、あるいはごった煮が可能であったのは、十九世紀という時代に英国が経済的に裕福になったということと、そこで蓄えられた富をどのように使うかという点で、なんらはっきりと共通のものとして確立した信条がなかったからともいえる。現代の日本とのアナロジーも可能である。

英国の事情はまた日本にもやや遅れて伝播してきている。中世主義全盛の英国へ留学した夏目漱石は、帰国してから「薤露行」、「倫敦塔」など中世を主題とする作品を何本か書いている。またチェルシーの哲人(セイジ)と呼ばれたカーライルの家を訪れ、蔵書などを丹念に見て「カーライル博物館」を執筆している。英国の跡を追って近代化の道を歩んだ日本の姿が、おそらく英国の経済がもたらした危うい社会的病理と重なったのであろうか、漱石は同じように近代の弊害を説いた英国の中世主義者の描く世界に強く惹きつけられたようである。漱石に限らず、このころイギリスの文化を摂取した人たちは中世趣味と同時に世紀末の耽美主義をも吸収している。漱石の作品も耽美的な中世趣味といった趣があることは否定できないであろう。漱石の弟子、芥川龍之介もこうした息吹を吸収した一人である。彼は東京帝国大学の卒業論文にウィリアム・モリスについて書いたが、残念ながらその内容については論文が失われてわからない。このエッセイでは、イギリスの中世主義、とくにラスキンとモリスの日本における受容の一つのあり方として柳宗悦の例を見ていくことにする。

## 相互補助とギルド

自らウィリアム・モリス主義者と称していた小野二郎は、『ウィリアム・モリス――ラディカル・デザインの思想』のなかで、戦前の日本におけるモリスの受容について論じている。モリス生誕百年のころ多くのモリス関係の行事や出版が行われたことを指摘しながらも、「それは日本におけるモリス理解のピークでもなければ集大成でもなかったが、モリス受容の一般的パターンを表現してはいる。

それはモリスの思想を浅く体系化した上で趣味化してしまうということである」とあまり高い評価を与えているわけではない。しかしそうしたなかでも大正期にはモリスの核心に触れる二つの出会いがあった、と述べている。その一つは大正デモクラシーの余波として社会主義思想がさまざまな形で流入し、モリスもまた「芸術的社会主義者」として紹介されたことである。たとえば柳も影響を受けた大熊信行の『社会思想家としてのラスキンとモリス』（一九二七年）は「美術もまた社会主義体系に包摂さるべき理想を有するとする理論」としてモリスの思想を捉えることに成功したという。また二つめの出会いとして、柳宗悦のモリスとの関係があるといい、「柳とモリスとの交渉は、影響関係というよりはむしろ深い血縁関係ともいうべきものである」とする。「「大芸術《グレイト・アーツ》」より「小芸術《レッサー・アーツ》」のうちに（モリス）、「上手物」より「下手物」のうちに（柳）、深い美の直感によって、人と自然、人と人、さらには人と超越的なるものとのそれぞれの関係の正しい結節点（芸術の原理と社会の原理の一致、あるいは美の原理と信仰の原理の一致）を見出し、それを取りもどすべき、いわば「芸術（教育）運動」が、そのまま「世直し」の運動の範例になるという構造の提示である」といってモリスと柳との近親性を指摘しながら、小野は現代へと繋がるモリスの受容のあり方をさぐっている。このエッセイでも柳とモリスとの「血縁関係」の内容を詳しく見ていくつもりである。

柳宗悦は自分がモリスの名前を初めて知ったのは、小野も評価している大熊信行の著作を読んだころからだ、といっている。しかし明らかにそれ以前からモリスにきわめて近い思想に到達しており、その源泉を考えると、それは若き日に格闘したウィリアム・ブレイク、クロポトキンの思想、アーサー・ペンティのギルド社会主義などがあげられ、それらに共通するものは中世的なものへの強い憧れであったということができる。柳の民芸思想の源泉としてのクロポトキンとペンティについては清泉女子大学の中見眞理氏の『民藝』に連載された「柳宗悦・クロポトキン・ギルド社会主義」が、柳とこれらアナキストと中世主義的社会主義者との関係を実に見事に論じており、このエッセイも中見氏の論稿に多くを負っている（中見氏は日本民藝館の柳の蔵書を整理し細かく検討されており、手堅い比較文化研究の手法にのっとって柳の影響関係を調査されている）。

中見氏によれば、柳宗悦の思想の中心に「相互補助」というキーワードを考えることができるという。それは彼のブレイク研究、工芸運動、さらには私生活上の原理にまでおよぶものであり、「柳の生涯にわたる思想と行動を一貫して貫いていたものであった」と主張している。そしてこの「相互補助」の考え方はクロポトキンの、通例『相互扶助論』と訳されている書物から学んだものである、と指摘している（柳は相互扶助という訳語を用いずに、相互補助という言葉を一貫して用いている）。

クロポトキンの本は、ダーウィン的な自由競争を基盤にした弱肉強食の進化論的な社会観を批判し、強者が弱者を庇護し、調和のとれた秩序ある社会を目ざした政治的なパンフレットで、とくにその中世的社会への憧れは、ラスキンやモリスなど、クロポトキンの先駆者たちの思想にきわめて近いものである。柳はクロポトキンの本を一九〇九年に読んでいる。彼が工芸美論を確立する十五年以上も前のことである。クロポトキンの日本における影響は、それ以前すでに、たとえば柳と同じ『白樺』同人であった有島武郎がクロポトキンと直接会い、その結果ユートピア的な協同農場を北海道に作ったりするということがあり、柳もそこから影響を受けたものであろうと中見氏は推測している。柳はクロポトキンから相互補助の考え方を学ぶと同時に中世の社会制度、なかでもギルド制度が相互補助を実現するうえで不可欠であったことを学んだと思われる。彼の後年のギルド社会主義への強い関心はここから出発している。

ギルドを復活させるべきであるという考えはラスキンやモリスの思想のなかにすでにあった。ラスキンの聖ジョージ・ギルドは失敗には終わったが、地方に労働者の協同村を創りそこで労働の喜びを分かち合おうとする実験であった。形は異なっても、十九世紀には相互補助的な協同体を建設しようとする試みは多く、ロバート・オーウェンのラナーク・シャーの理想工場村や、ヨークシャーのブラッドフォードに毛織物タイクーン、タイタス・ソルトによって建てられたソルテール、チェシャーに作られた石鹼王リーヴァーのポート・サンライトなど開明的な企業家たちの試みも、必ずしもギルドの再興というわけではないが、労働と生活との結合と労働者の福祉を企業経営のなかに積極的に取り入れていこうとする画期的な事業であった。

また労働組合運動の中にも、たとえば建設業労働者たちによるナショナル・ギルド設立が一八三〇年代に見られるなど、中世的な労使関係を理想化する傾向は産業革命の興隆期を迎えるとともに顕著になってきた。アーツ・アンド・クラフツ運動は最初モリスや彼の弟子ウォルター・クレインなどによって一八八八年にはじめられたアーツ・アンド・クラフツ展覧協会に端を発するが、この試みの前に、ゴシック復興の建築家リチャード・ノーマン・ショウの五人の弟子たちによるアート・ワーカーズ・ギルドが一八八四年にロンドンで設立されている。このギルドのメンバーにはその後多くのロンドン在住のアーツ・アンド・クラフツ運動の参加者たちが加わっていた。芸術・建築・工芸の実践者たちの間でギルドという形式が自分たちの理想を実現するのにふさわしいものであるという考え方が広まっていった。アート・ワーカーズ・ギルドのメンバーでもあったチャールズ・ロバート・アシュビーはのちにギルド・アンド・スクール・オブ・ハンディクラフツをはじめ、イングランド中西部コッツウォルドに協同村の建設を試みて実践した。この他さまざまな工芸家による集団的な活動は、アーサー・マクマードのセンチュリ・ギルドや独立労働党の機関誌『クラリオン』の組織したクラリオン・ギルド・オブ・ハンディクラフツ、さらには婦人製本家のギルドなどにいたるまで、ギルドという中世の職能組織と新しく構想された芸術・工芸の運動が密接に関係づけられているのが特色といってよいだろう。この流れにやや遅れて加わったペンティの唱えたギルドの復活もまた、こうした工芸の復活と理想的な中世社会の復活とが一本化されて構築されたものであった。

## A・J・ペンティ

アーサー・ジョゼフ・ペンティは一八七五年にヨークで生まれた（以下に述べるペンティの略歴はフランク・マシューズ「生成の階梯」による）。父親は建築業者から建築家へ転じ、アーサーは十三歳の時に父親の徒弟見習となり、二十歳の時には設計事務所で働きながら他の徒弟たちの教育を行っていた。しかし余りにも早く専門的な仕事についたため、他の知識を求める気持ちが強く、そうしたときに、当時の多くの読書青年がしたように、ラスキンやモリスの本を読み漁ったようである。またアーツ・アンド・クラフツ運動にも深い関心を寄せ、ゴシック復興の建築家R・ノーマン・ショウの強い影響も受けている。このような影響関係からペンティはヨークの中世建築に強く惹かれるようになり、彼の中に中世主義の要素が植えつけられていった。ペンティは当時の商工業都市リーズへでかけてはそでさまざまな知的な刺激を求めた。たとえばアーサー・シモンズの講演会にでかけたり、青年自己改革協会に入会したり、神智学協会のメンバーにもなっている。この神智学協会で彼は後にギルド社会主義を共に打ち立てたアルフレッド・リチャード・オレイジと親しくなる。またオレイジを通して、ホルブルック・ジャクスンとも知り合い、彼等は雑誌を出そうとしたり、ウィリアム・モリス協会を設立しようとしたりしたが、結局はリーズ・アーツ・クラブを発足させニーチェやイプセンやバーナード・ショウなどの紹介活動を行ったりした。この間ペンティの中世主義はますます強くなり、それは中世への憧れから現代への批判の度を深めることになった。一九〇二年ペンティはロンドンへ出てくる。そして後のギルド社会主義の展開のきっかけとなった『ギルド・システムの復興』の執筆を開始した。四年後、オレイジもロンドンにやってきて、二人は互いに切磋琢磨しながら、さらに新しい社会主義の道を模索しはじめた。

ペンティ、オレイジ、ジャクスン、さらにはサミュエル・ジョージ・ホブスンといった今世紀初頭の英国社会主義運動の新しい流れは、『新しい時代《ニュー・エイジ》』という雑誌を中心に展開した。この雑誌は一八九四年に創刊され、ラムジー・マクドナルド、G・K・チェスタトンなどが寄稿していた雑誌で、オレイジやジャクスンが参加しはじめたときにはキリスト教社会主義者ジョゼフ・クレイトンが編集者であった。これらの人びとの多くはまたフェビアン協会の会員でもあった。十九世紀末から二十世紀初頭にかけての英国を理解するためにはさまざまなグループにまたがっているこうした人びとの存在を無視してはならない。時には目を見張るほどの幅のひろい行動範囲で活躍する人びともでてくる。ユニヴァーサルとはいわなくとも、ヴァーサタイルな関心、それも芸術と政治とにまたがって活動することが、当然のように考えられていた時代であったといえる。彼等の多くは、功利主義的な社会主義――その典型はシドニー・ウェッブに見られるが――に対しては批判的で、ラスキン、モリス、カーライルなどの系譜にある人びとであるといってよい。レイモンド・ウィリアムズはフェビアン協会のなかの二つの柱として、ウェッブとショウを挙げ、ショウの流れはラスキンとカーライルに発すると論じている。もっともウィリアムズは、モリスはショウの視野からは除外されていたといっている。それはモリスが、ラスキンやカーライルの系統を引いてはいても、共産主義にいってしまったからである。

ところでウィリアムズによると、ウェッブ的なフェビアン社会主義の帰結は、国家の介入による社会主義的な目的達成への漸次的進展である。モリスはこれに対して社会のシステム、すなわち立法や行政などの重要性が過大評価されすぎている、としてすでに批判的であり、これがまさにギルド社会主義者たちが当時の社会主義、つまりフェビアン主導型の社会主義に不満を持った理由でもあった。

ペンティによれば、中世の社会の簡素な状態を破壊した近代社会では人間の知性が社会を適切に整序するのに必要な詳細をすべて把握することができなくなってしまう。そうした状態を改善するためには、人びとを階級やグループに分割し、それをさらに一人々々の個人へと孤立させるような文化では駄目である。中世社会の偉大な文化が行っていたように人びとを結合・連帯させなければならない。国家の手による集産主義《コレクティヴィズム》ではなくてギルドを中心にしたコミュニティの創造であり、社会主義には人間性こそ肝要であり、それは産業に芸術を必要とすることでもある。産業の国有化はそれ自体では利潤追求という資本家的な産業の再生産をもたらすだけである。労働者たちの疎外感はそれでは消失することはない。

ペンティはこの目的のために労働組合が中心的な役割を果たしうると考えていた。ストライキを継続的に行使することによって、徐々に経営者からその権力を奪うこと（「蚕蝕的コントロール」）、そのことによって特定の産業を近代のギルドへと改造していく、というのが彼の戦略であった。こうしたペンティによる新しい中世的ギルド復活の提案に対し、柳宗悦はどのように反応したのであろうか。ラスキンやモリスなどへの批評と併せて考えていきたい。

## 宗悦の中世主義とモリス

柳宗悦が中世を発見するのは、宗教についての関心からであった。彼は晩年「仏教に帰る」というエッセイを書いているが、その中で、日本、とくに明治以降の日本は西洋の科学技術に驚嘆して西洋崇拝に堕ちたが、自分もまた例外ではなく、「今までの東洋文化を一途に古くさいものと感じ、西洋のものこそ新しい生活に役立つのだと思へた。また日本を新時代に導く力は、西洋の宗教であり、哲学であり、文芸であると思へた」といっている。柳は学習院高等科時代より『白樺』に参加したが、文芸的な関心は西洋の文学、絵画、彫刻であり、また宗教においては、キリスト教が「新しさ」のために魅力をもち、中学から高等科にかけて「キリスト教に関する新しい書物を読み、神学を学び、教会に通い、多くの説教を喜んで聞いた」のであった。大学に入ると哲学を学び、宗教と科学、宗教と哲学について熱心に研究した。キリスト教の勉強については「最初プロテスタントの神学から始まったのであるが、深い思索は、古い時代に遡るほど豊かになることが気づかされ、逆に近代より中世へと遡るに至つた。このことが、やがてプロテスタントよりカトリックへと私の注意を誘つたのは必定であつた」と書いている。「文明開化」の理想に燃えた青年は、ここで中世の神秘思想に出会う。それはウィリアム・ブレイクとの出会いとも重なるものであった。

　柳宗悦の文章のなかには、中世の賛歌が数多く見られるが、一九三四年に雑誌『工藝』に連載し、のちに『工藝雑話』としてまとめられた文に「中世紀の芸術」がある。「ギリシヤやローマのものに比べると、私は西洋では中世紀のものを遥かにとりたい。特にロマネスクあたりのものは大したものである……中世紀と云ふと『暗黒時代』と片づける習慣があるが、見ようによつては歴史中最も光明に輝いた時代と見做すことが出来る」といい、その最も大きな理由は、中世の宗教的力によるのだ、といっている。そしてさらに「私の考えでは文化としても中世紀の方が一段と深みがあつたと思ふ。信仰的統一が殆んど完全に行はれたと云ふ意味で、歴史上一番理想に近い精神的社会を実現してゐたと思ふ。その深さと浄さとがなくば、あれだけ偉大な芸術は決して生れて来なかつたであらう」。こう述べながら、柳は次にラスキンとモリスの中世主義を弁護する。「ラスキンやモリスは中世紀を好き過ぎると云つてよく非難された。今でも時々さう云ふ批評を聞く。併し私の考へでは浅はかな評だとより思へない。物が見える人なら中世紀に驚く筈なのである。驚いても驚ききれないほどの美しさや深みがあるのである……なるほど中世紀は過ぎた時代で、今更それを繰返すのは時代錯誤である。ラスキン、モリスと雖も、このくらゐの認識がなかつた筈がない。だが中世紀の工芸を極度に讃美したのは、今までのどの時代の作物よりも、永遠の要素が多いからに他ならない……『過ぎた時代』と云ふ言葉で中世の工芸をけなす人は、新しい工芸も分かる筈がないやうに思ふ。直観は新古の標準で左右されない」。柳は独自に到達した自分の中世主義とラスキンやモリスのそれとをここでは重ね合わせて論じている。ラスキンたちの中世主義が現代社会を批判するなかで、よい芸術・文化はよい社会によって生みだされる、という視点を獲得していったように、柳もまた「美の問題は、特に工芸問題は、道徳問題でもあり宗教問題でもある」と考え、社会批判としての道徳・宗教の重要性を指摘しているのである。

さて柳宗悦の蔵書を見ると、ラスキンとモリスの著書はそれほど多くはない。もちろん柳が他のところで多くの著書を読んだことも考えられるが、日本の学者の多くが、自分のところに書物をそろえて研究を行うことが常であったように、柳もひとたびある課題が浮かび上がると、そのためにできうるかぎりの蒐集を行っており、それはブレイク、ホイットマン、キリスト教神秘主義、各種の聖人伝など、当時としてはかなりの水準の蔵書を誇っている。彼の仕事は一見独創的な思想家には稀と思われるほど書誌学的な注意深さが特徴的であって、詳細なページの異同や、刊行年の相違などを重視していたようで、他人の書いた研究書などへのこうした指摘を行った書き込みが数多く見られる。のちに彼は特に中世キリスト教神秘主義に関しては日本でも有数の蔵書であろうと自らのコレクションを自賛している。その彼の蔵書中ラスキンやモリスの書物が少なく、全集もない、ということは、柳が彼等のことを体系的に学ぼうという気持ちを持っていなかった、もう少し正確にいうと、体系的に学ぶ必要性を感じていなかった、ということであろう。それは彼がラスキンやモリスに出会ったときには、すでに自分の美と社会とに関する考え方の思想がある程度固まっていたからだと思う。

柳がラスキンやモリスに最初に関心を持った時期を特定するのは難しいが、先にも述べたように、柳自身の言葉を借りれば、大熊信行の『社会思想家としてのラスキンとモリス』から多くを学んだといっている。このころ、つまり一九二〇年代の後半までに、柳はすでに科学と宗教の問題に取り組み、ブレイク研究の大著を完成させ、朝鮮の工芸への関心を強め、日本や東洋における工芸の優秀さに開眼し、「下手もの」の美、さらに民衆的工芸としての民芸という概念を完成させつつあった。さらに学生時代からの交友の要であった『白樺』の同人たちに加えて、英国人バーナード・リーチ、浜田庄司、河井寛次郎などの陶芸作家たちとの交際を深め、日本における工芸運動の新しい理論的な指導者としての地位を固めていたのである。

しかし柳の大熊の本への書き込みを見ると、柳はモリスについて、ある種の理解と知識をすでに持っていたようである。たとえば大熊が「ウキリアム・モリスは生れたる工芸の人であり、天成の装飾家であつて、思想や神興によつて美の世界を描く孤高独立の天才画家にあらず、その甚だしく貴族的なる気性にも拘らず、その才能においては謂わば全く民衆的であつた……」と書いているのに対し、「生れたる工芸の人」「天成の装飾家」の箇所に疑問符を付けたうえで、「私の見る所ではモリスの工芸はいたく貴族的である。工芸といふより美術である」と書き込みをしている。柳のモリス批判については後にも言及するが、ここで指摘しておきたいことは、柳が大熊の本を読む以前にモリスについてはかなりよく知っていたのではないかということである。中見氏の前掲論文によれば、壽岳文章をひきながら、柳のモリスへの関心は民芸運動に打ち込むはるか以前のことであり、モリスへの傾倒はたいへんなものであったということであるが、現在の段階ではそれを確証する資料はない。

宗悦は、日本の工芸運動史上、画期的なマニフェストでもある『工藝の道』を執筆している最中に大熊の本を読んだと思われる。上に指摘した大熊への学恩はこの本の「工芸美論の先駆者に就て」の中で述べられている。この章では、ラスキン、モリスの思想が初代茶人たちの鑑賞と並んで柳の工芸美論の先駆者的立場にあたることを示そうとしている。しかしここでも柳は冒頭から「私は私の工芸美に関する思想に於て極めて孤独である。幸か不幸か私は先人に負ふ所が殆どない。私は目前にある驚くべき工芸品彼等自身から直接教えを受けたのである」といい、「だが一つの結論に到達し得た今日、工芸美に関する過去の思想史を省みて、私は私に先んじて、二種類の先駆者があつた事を気付かないわけにゆかぬ。もとより私は私の思想を構成するに際して、なんらそれ等の人々と直接な関係がなかつたとは云へ、私は顧みて彼等に特殊な敬念と親しさとを感ずるのを抑へることが出来ぬ」と書いている。つまり自分の思想は自分自身の思考の中から生まれたものであり、自らの独自性をはっきりと主張しているのである。柳のそれまでの仕事を少しでもたどれば、この主張が決して誇張されたものではないことがわかる。新しい道を開拓しようとしていた宗悦は、『工藝の道』を執筆し、さらにギルド的な創作集団を協同体という形で創造しようという意気込みを抱いていた。そして自らの工芸論に磨きをかけようとしていた。たまたまその時に、大熊のラスキン論、モリス論を読み、またこれから述べるようにペンティの中世ギルドの再建論を読んだ柳は、自らの試みに歴史的なパースペクティヴを与えることができた、というのが実際であったと思う。

この「工芸美論の先駆者に就て」の中でも柳はラスキンやモリスの思想にさまざまな点で留保をつけながら論じているが、大熊の本への書き込みにはその手掛かりが見られる。たとえば大熊はラスキンとモリスとの関係を論じて次のように書いている。「人類の美的生産はその道徳性に根差し、美術的能力はその差を唯程度上に存すべきのみとするラスキンが、斯くて工匠に美術家の本質を要求し、頭脳と手先との創造的結合に美的生産の健全性ありと説いて、近代における両者の社会的分離を痛感したるに対し、モリスは直ちにこの理論を承けて美術家は（曾て然りしがごとく）同時に工匠であらねばならぬという事を身を以て示す者であった」。これに対して宗悦は「美術家が工匠であると云ふ事はよい。然し工匠は美術家であつてはならぬ。ここに美術家とは意識的美術家を指すのである」とコメントしている。そしてこの評注は『工藝の道』のなかで次のように展開される。「社会主義的思想の主張に於て、又運動に於て、更に又その実際化に於て、特に工芸に於ける極めて多面な活動に於て、モリスの一生は真に目覚ましいものであつた。彼はラスキンに活きラスキンを伝へ、その理想を書斎より街頭に移した。彼のよき主張のうち特に私の興味を覚ますのは、凡ての美術家をして工人たらしめようとした彼の思想である。ラスキンが凡ての工人をして美術家たらしめやうと努力したのと如何によき対想であらう。美術家たるモリスは自ら工匠としてのモリスに入つた。彼は彼の工芸に励み勉めた。それも多種多岐の工芸に亙つて彼の活動を続けた」。このようにモリスの努力を高く評価しながら、さらに続けて、柳はモリスの作品は「美術家が試みた工芸と云ふ迄に過ぎないではないか。あの中世時代の工芸は工人達の工芸であつて、美術家の工芸ではなかつた」と批判的である。柳にとっては、モリスの「書き意志を愛し得ても、彼の作を愛する事が出来ぬ。なぜならそれは工芸の本質を離れてゐるからである」。柳の工芸美の理論の真髄の一つは次の言葉のなかに要約されている。「私達は摂理が工芸を美術家 Artist にではなく、工人 Artisan の手に託してゐる事を意味深く感ぜねばならぬ。民衆と美が分離し始めたのは近代の出来事に過ぎない。だが民衆の質に今も変わりはなく、此摂理に今も動揺はない。工芸を想ふ時、私達がなすべき凡ての任務は、自然の意志のままに再び工芸を民衆の手に帰す事でなければならぬ。彼等に帰す事なくして工芸の美が充足される事はないからである。工芸を「民主的芸術」'Democratic Art' と呼び得ないだらうか」。このような柳の考えからすれば、彼の理解したモリスの工芸の実践は生ぬるいものとして映ったに違いない。それはまたモリス商会の設立趣意書でモリスが「而して善き装飾は費用の贅沢より寧ろ趣味の贅沢を意味し……」(大熊訳)に傍線を引き、「彼は質素にして健全なる趣味を解する事が出来なかつたのである。彼は『下手物』の美に就てよく知ることがなかつた」と述べるときにも、柳の民芸思想とモリスの工芸との相違を示しているともいえる。もっとも柳はモリスの工芸に与えた用語 Lesser Art には共感を示しており、『工藝の道』でも「モリスは工芸を或時は The Lesser Art とも呼んだ。'Lesser' と云ふ字は『下手』と云ふ義に近いとも云へよう。『下手物』にあてはまる英訳を求めれば The Common-place thing であらうか」といっている。

## 工芸の復権

柳は、大熊の本を読む以前にアーサー・J・ペンティの『ポスト産業主義』を読んでいたことはたしかである。彼は一九二七年一月三十日にペンティの書を読了したと書き込んでいる。このころ上加茂工芸協団の設立のことに集中していた宗悦は、工芸協団を中世のギルドをモデルにしたものとして考案し、さらにそれに自ら発見し、展開してきた民芸の理想を合致すべく想を練っていた。

ペンティの『ポスト産業主義』はG・K・チェスタトンの序文をつけて一九二二年に出版されたが、

機械化の問題が社会問題の根幹にあるとし、機械の管理を訴えたパンフレットで、手工業《ハンディ・クラフツ》の復権をうたっている。ペンティが芸術と機械による生産との相違を述べているところで、宗悦は次の箇所に線を引いている。「機械は模倣をするが、いかなる意味においても創造的ではない。模倣を巧みにするが限られたものだけであり、なにかが欠落することになる。それは機械による再生産では作り出すことの出来ない質である。その質こそテンペラメントである。機械の仕事にはなんらテンペラメントはない」。真に創造的なものにあるものはテンペラメントであり、機械のような模倣、他人の作ったもののイミテーションにはそれが存在しない、という考え方は、柳がすでに一九一三（大正二）年に『白樺』に書いた「哲学に於けるテムペラメントに就て」のなかで論じているもので、後年柳が「余の思想の出発」と考えた柳思想の核心を形作っているものである。彼の考えでは、哲学の価値はその論理性にあるものではなく、哲学者それぞれの個性の特質（テンペラメント）から生じる思索の生命と確実性にある、というもので、哲学は芸術的所産であり、その生命と権威はテンペラメントから湧き出る芸術的内容に宿る、というものであった。柳はこの考えをさらにそのころ関心を抱き始めたウィリアム・ブレイク研究のなかで発展させていくのだが、それから丁度十五年後に、自分と同じように芸術的なテンペラメントを重視する英国の思想家を知り大いに心強く思っているようである。

宗悦はペンティの『ポスト産業主義』読了後、次のように記している（彼の書き入れはすべて英文である）。「大変素晴らしい本だ！　著者は産業主義の問題に関して今日最善で最もふさわしい思想家であることは間違いない。私はほとんど全ての点で彼の見解に同意するが、一点だけ、とても急進的すぎて同意できない。彼は社会的組織の問題から出発し、『美』からは出発しない。彼は三つの重要なことを見損じていると思う。(1)著者は芸術（ファイン・アーツ）と工芸（ハンディ・クラフツ）との相違を明確に理解しているとは思えない。前者は個人主義的であり、後者は協同的（コミューナル）である。ギルドは後者の問題である。(2)著者は工芸について多く論じているが、工芸の本質に触れずに終っている。機械は間違いである、しかし工芸ならば何でもよいかというとそうではない。もし我々が工芸の復興を目指すとすれば、何が正しく本質的な工芸で、何が間違っており不正な工芸であるかを理解しなければならない。(3)彼は民主的工芸の美しさの本性と意味とについて全く語らない。もしその理解が得られないのなら、その復興を語ることも無駄である」。ペンティへの批判はラスキン、モリスに対して向けられた批判でもある。ペンティがアーツ・アンド・クラフツ運動が失敗した理由に、それが展覧会目的のためを除いて組織されず、個人主義的であったことをあげていることについて、柳はアーツとクラフツとの相違についての認識が足りなかったためであると自説を展開している。「この本の著者は、余の見るところ、ラスキンやモリスと共に美術（アーツ）と工芸（クラフツ）との相違を理解していない。前者は個人主義的であり後者は協同的である。モリスの運動は美術的個人主義的でありそれゆえに失敗したのである。ラスキンもモリスも立派な美術批評家であり芸術家であったかもしれない。しかし工匠ではなかったし、工芸への理解を持たなかった」。

ラスキン、モリス、ペンティ等に強い共感を抱きながら柳は彼等の工芸観にレザヴェイションを持たざるをえなかった。それこそが柳と英国の中世主義思想家たちとを大きく峻別する点であったからである。柳は『工藝』に発表した「工藝と美術」という論文の中で、美術と工芸の差別について論じている。また同様の議論をのちに『工藝文化』のなかでも展開している。彼の論旨は、日本語で美術、工芸、技芸などと表される語は、英語ではArtでありCraftであるが、これらの言葉はもともと同じものを意味していたこと、さらにArtistとかCraftsmanという用語ももとは同じ職人を意味する言葉であったことを示しながら、こうした言葉がそれぞれ差別されて用いられるようになったのは近代のことにすぎないと指摘する。彼の議論は実にレイモンド・ウィリアムズが一九六〇年代に『文化と社会』で論じた議論をはるかに先取りしたものである。柳は「美術と工芸」という対立的な言葉はモリス等のアーツ・アンド・クラフツ運動よりはじまったもので、その証拠に運動のはじまった一八八八年にオックスフォード・イングリッシュ・ディクショナリが出版されはじめ、そのためにこの辞書にはアーツ・アンド・クラフツという用語が載っていない、と指摘している。そしてモリスたちの運動以前にはアーツとクラフツを対立させて用いることがなかった、と述べているが、これは必ずしも正確ではない。柳は言葉の用法にはきわめて敏感な思想家であり、このアーツとクラフツという言葉をめぐる議論も、当時としてはきわめて先鋭的なものであった。それは単に言葉をいじり回すことだけからは必ずしもでてくるわけではなく、彼が工芸と美術との差別の問題を近代社会の本質的な問題の一つとしてはっきりと認識していたからであろうし、また工芸という生活に根差した人類の美的営みの重要性を自らの思想の立脚点に据えようと思索の限りを尽くしていたからである。

## おわりに

柳宗悦が学生時代に科学と宗教との問題について思索し、さらにウィリアム・ブレイク研究を通して芸術の直観を重視し、朝鮮の工芸に出会い、バーナード・リーチをはじめとする工芸家たちと接触をすることによって、日本の工芸運動の指導者となっていく新しい出発点が『工藝の道』であったが、本書を執筆している時に宗悦の頭のなかにあったのは、日本や東洋の工芸を正しく評価し、さらに発展させるための工芸美の理論の確立であった。自らの独創的な思索を通して、彼は民衆の工芸、民芸、という概念に到達するのであるが、それをさらに推し進めるための理論を構築する際に、ラスキン、モリス、ペンティらの考えを批判的に摂取しようとした。柳を独創的な思想家にしたのは、彼が決して西洋の思想の紹介者にとどまろうとせず、それを自らの独自な直観やそれを支える思考の論理に照らしながら、相対化し、強引とも思われる方法で自分の領域に組み込んでいったことである。彼はまた西洋のみに目をむけていたわけではなかった。朝鮮をはじめとして、東洋をも相対化し、美の規範には国境のないことを訴えたという点で、際だって独創的で、言葉の正しい意味でラディカルであったといえるだろう。

このエッセイでは、さらに詳しく柳の工芸美論とラスキン、モリス、ペンティらの工芸美論との比較を、『工藝の道』、それに続く彼の工芸論の主要な著作である『工藝文化』などの内容に立ち入って検討することはできなかった。しかしわたしの見るところ、宗悦が英国の中世主義的思想家たちの思想を考察するその足取りを追うことで、彼自身の思想形成のさまざまな源泉と彼の独自性とを見極めることが可能になると考える。このエッセイはその出発点である。

［付記］

このエッセイの準備の段階で、日本民藝館の柳宗悦の蔵書を調査することができた。閲覧を許可された館長の柳宗理氏、その際に色々お世話になった学芸員の杉山享司氏にお礼を申し述べる。

また本エッセイ出版後に、柳についての優れた研究が出された。中見眞理『柳宗悦――時代と思想』（東京大学出版会、二〇〇三年）、佐藤光『柳宗悦とウィリアム・ブレイク――還流する「肯定の思想」』（東京大学出版会、二〇一五年）である。

### 参考文献


『柳宗悦全集』筑摩書房
水尾比呂志『評伝柳宗悦』筑摩書房、一九九二年
中見眞理「柳宗悦・クロポトキン・ギルド社会主義（一）〜（四）」『民藝』一九九三年九月号・十一月号・十二月号・一九九四年一月号
鶴見俊輔『柳宗悦』平凡社、一九七六年
大熊信行『社会思想家としてのラスキンとモリス』新潮社、一九二七年
モリス生誕百年記念協会『モリス記念論集』川瀬書店、一九三四年
小野二郎『ウィリアム・モリス』中公新書、一九七三年
草光俊雄「アーティストとアーティザン」、草光俊雄、近藤和彦・松村高夫・斎藤修編『英国をみる』リブロポート、一九九一年
Frank Matthews, 'The Ladder of Becoming: A. R. Orage, A.J. Penty and the Origins of Guild Socialism in England', David E. Martin & David Rubinstein (eds.), *Ideology and the Labour Movement*, London, 1979.
A.J. Penty, *Post-Industrialism*, London, 1927.
P.A. Kropotkin, *Mutual Aid*, London, 1908.
Nicolaus Pevsner, *Pioneers of Modern Design*, London, 1960（Penguin Books）
Alis Chandler, *A Dream Of Order*, Lincoln, 1970.（高宮利行監訳『中世を夢みた人々』研究社出版、一九九四年）。
Reymond Williams, *Culture and Society*, London, 1958

## アミアンの陰翳

十九世紀は歴史の発見の時代であった。今日では当り前のように思われている考え方に「ある文化なり制度なり思想などは、ある特定の時代や社会という枠組みの影響を受けて成立している」といったものがある。日本の歴史でいえば、平安時代にはその時代に特有の文学や社会制度が生まれ、江戸時代にはその時代にふさわしいものの見方が誕生した、という考え方である。また、わたしたちはなにか悪いことが起こるとそれを時代のせいにすることがよくある。悪い時代には悪いことが、逆に良い時代には良いものが生まれると考えやすい。近代の歴史学の発展は、このような、ある時代にはそれに特有な出来事が生じるという思考の枠組みの成立とともに見られ、それが十九世紀に確立したのである。

こうした歴史的な枠組みを作った人びとに英国のジョン・ラスキン、ウィリアム・モリス、G・W・N・ピュージンといった人たちがいる。彼等はみな美術批評、特に建築批評を通して近代社会批評を行った。つまりある時代の建築が素晴らしいのはそれが作られた時代が素晴らしかったのであり、逆に建築が劣っているのはその時代が貧しい時代だからである、と主張した。彼等にとって優れた時代とは中世、特にゴシックの時代であり、劣った時代とは彼等の同時代、つまり十九世紀のイギリスであった。十九世紀は中世の発見でもあった。これら建築を通して中世に出合ったグループに先んじて、中世を讃美した人には小説家ウォルター・スコットがいる。実は十八世紀にすでにゴシックへの強い関心が見られたのではあるが、それはまだ趣味の範囲でしかなかった。十九世紀になってはじめて中世が近代との対比によってすぐれて積極的な価値を有する時代として評価されるようになったのである。

これら英国の批評家たちは、もちろんイギリスのゴシック建築にたいする興味と愛情から中世礼讃者になっていったわけであるが、彼等の思想がはっきりと形を整えていく過程において北フランスの初期ゴシック教会の影響が大きかった。ラスキンは『アミアンの聖書』という本を書いているし、モリスも一八五五年にオックスフォードの学生のときに友人たちと北フランスを旅行し、その印象を「アミアンの陰翳」というエッセイなどに書いている。この旅行は彼にとって二度目の北フランスの旅であり、一度目は前年に姉とアミアンやボーヴェなどを訪ねている。また、モリスと同時代の批評家で、必ずしも中世主義者とはいえないかもしれないが、優れた文芸批評や美術評論を発表したウォルター・ペイターも「アミアンのノートル・ダム」という美しいエッセイを書いている。なぜ北フランスのゴシック教会なのか、彼等の著作を読みながら、まだ実際に見たことのないイル・ド・フランスと呼ばれる一帯や、ノルマンディやピカルディ地方の教会の姿を図版などで眺め、想像していたが、今一つ実感することが出来ずにいた。今回、全日空からこのエッセイを書く話があったとき、しばらくの間なにを書くか考えていたが、結局北フランスの大聖堂を、特にアミアンを中心に、いくつか見てこようと思った。さらに今年（一九九六年）はウィリアム・モリスの没後百年にあたる。モリスについて書いたり、話をしたりする機会があるので、彼の人生にとって、決定的ともいえる影響を与えた北フランス旅行のほんの一部でも自分の足で追体験してみたいという希望もあった。

今度の旅行ではパリに宿を取り、日帰りでの小旅行を行うことにした。モリスが北フランスを訪れたのは日差しの強い八月だったが、わたしを迎えてくれたのは早春の柔らかくなりはじめた風と青磁のような青空が時たま顔を覗かせる美しい季節であった。モリスはイギリスから船でフランスのブローニュに渡り、そこからアヴェヴィユそしてアミアンへと南下したのであるが、わたしは逆にパリから北上する感じになる。アミアンまでの車窓は、途中から地質が白いチョーク質のものに変わり、時折見える切り通しや崖の地肌が真白で、どこまでも続く緩やかに波打ちながら連なる畑には所々小麦が芽を出していてあざやかな緑色をしていた。現代の我々には列車旅行も優雅な部類にはいるが、モリスやラスキンの時代にはまだ汽車による旅行は新しい文明の象徴であり、両者ともに汽車やそれに伴う駅や周辺の工場に激しい嫌悪感を示している。モリスなどは友人との北フランスゴシック巡りの時には、よほどさしせまった必要がない時以外は徒歩で旅行したほどである。

列車がアミアンの駅に近づくと、確かに殺伐とした倉庫や工場が建ち並び、赤く錆びた引込み線路や停車している貨物列車など、どこにでもある鉄道駅の風景が現れるのだが、丁度春のうっすらとした靄のなか、遠くに大きな塊のような建物がその尖塔を空に向かって突き出しているのが見える。ああ、あれがこれから訪れるアミアンの聖母マリア大聖堂か、と列車の窓から見える偉容にこころが躍るのを押さえることができなかった。駅を出るとどこの駅前にもあるような広場があり、その反対側には醜悪な背の高い建物が建っていたのが興ざめであったが、早く大聖堂を近くで見たいという、はやる気持ちで急ぎ足になってしまう。地図も持たないのでおおよそ見当をつけていた方向に路地を行くと、角を曲がったところから巨大な建物の東側が見えた。複雑に組まれた飛び梁（フライング・バットレス）が大きな石の塊を支えている。それは言葉の全てを飲み込んでしまうような強烈な印象であった。

最初期のゴシックの教会建築は十二世紀にパリの郊外に建てられたサン・ドニ修道院教会で、尖塔様式、飛び梁、リブ・ヴォールトといったゴシックのもっとも基本的な要素を結合したものであるが、これらはゴシックの建築がその容積と高さを以前の建築と較べて飛躍的に大きく高くするために必要な技術的な大革新であった。そしてサン・ドニからわずか百年足らずでゴシック建築はその最盛期を迎える。パリのノートル・ダム（一一六三年頃建築開始）などを経て、シャルトル（一一九四年頃開始）、ランス（一二一一年開始）、アミアン（一二二〇年開始）、ボーヴェ（一二四七年開始）と、大聖堂建築はその規模をますます大きくしていく。たとえばパリのノートル・ダムの高さは約三十五メートル、ランスは約三十九メートル、アミアンは約四十三メートル、ボーヴェは約四十八メートルと、時代が下がるにつれて建物の高さは高くなっていく。こうしてみるとアミアンの大聖堂は盛期ゴシックの中でもかなり巨大な建築であることがわかる。そばに近づくにつれて、そのてっぺんを見上げるのに身を反らすようにしなければならないほど、それは天に届くほどに思えるものであった。

モリスは大聖堂をぐるりと回ってから西側正面の入り口から堂内に入った、と書いているが、わたしは東側からアプローチして南側の入り口の前でしばらく聖母子像とその周囲の彫刻を眺め、そこから堂内に入った。モリスは「堂内に入った途端、思わず叫びそうになった。あまりにものびやかで広々としてさらに高貴なので、その大きさや壮麗さに畏敬の念に打たれたり、畏まったりする気持ちなどまったく感じなかった。建築物を見てこのような気持ちになることはほとんどなかったが、いずれにしてもまず最初に、大聖堂の美しさに熱烈な歓喜の気持ちを感じた。この感情と、窓の幾何学的なトレーサリや巨大なアーチを一目で見渡せる広がりが目に与える一種の満足感、これらがアミアンの大聖堂の最初の印象である」と書いている。この印象は決して誇張ではない。わたしも堂内に入るやいなや、モリスのように叫びだしたい気持ちにこそならなかったが、思わず息をのみしばし言葉が出ないという思いがした。それほど内部の広がりと明るさは、わたしがそれまで知っていたどの大聖堂よりも強烈な印象を与えるものであった。

ペイターも「光と空間、満ち溢れる光、大勢の会衆、アミアンの全ての市民を受け入れることのできる空間、まるで天国そのものの高さと広がりが会衆の上部に閉じ込められて、その中に会衆が生きているように、一目見てこれこそが尖塔様式の発想で建てられた建物によって成し遂げられたものであることが理解される」と書いている。さらには「非常に古い時代の光が、あたかも何世紀にもわたってこうして閉じ込められてきているように思われる。はじめは大きな蓋がおおいかぶさり閉じ込めてしまった光が、まるで思考の実体、精神の向かう対象あるいは媒介になってしまったと、たわむれに考えたくなる」とも言っている。こうした印象は、ピカルディやノルマンディの大聖堂に特徴的なもので、今回訪れたボーヴェやルーアンなどの大聖堂も内部の明るさで知られている。しかしわたしにとってアミアンで感じた精神の昂揚感は格別なものであった。

北フランスの盛期ゴシック教会の持っているこの明るさ、のびのびとした自由さ、開放的な雰囲気というものは、当時の社会的な背景とともに説明されることが多い。これらの教会はあくまでも都市のものであるということ、そしてこの頃、これらの都市は自治都市として特権を持ち、興隆する商業によって大変裕福となり、その富を教会堂建設に惜しみなく注ぎ込んだのであった。

アミアンはかつてはフランスのヴェニスと呼ばれた町であった。ソンム川が流れ、さらにその川から何本もの運河がひかれ、中世には商業都市として大変に栄えていた。現在ではその運河の周辺に中世の頃の町並みを残し、新たな観光資源にしようとしており、骨董品などを売る店やレストランなどが並び、サン・ロ（聖なる水）地区と呼ばれている。たしかに美しい町並みではあるが、わたしにはどこか軽薄に思え、運河越しに仰ぎ見る聖母マリア大聖堂の偉容がこの町の魅力のすべてであるように感じられた。大聖堂（カテドラル）とは正式には司教座聖堂であり、司教（ビショップ）の座がある聖堂で、教区の中央会堂なのである。同じキリスト教の中でも、より古く、ローマとの強い結びつきを持っていた修道院教会とは自らその性格を異にしており、カテドラルの成立は同時に都市の自治の確立と密接に関連しており、ロマネスク様式の多い修道院建築と違う新しいゴシック様式が出現したのであった。またこの動きと並行して起こっていたのがいわゆる十二世紀ルネサンスといわれる学問・文芸の新しい息吹の広がりで、新たに登場してきたスコラ学などとともに建築も新しさを求められたという事情もあった。そしてなによりも感嘆することは、こうした一部の知識人階層の間にのみ広まっていたかに見える学問や文芸のエッセンスが、建築師ともいうべき職人たちの間にも浸透し、彼等はそうした学問的な思弁をリアルな図像や建築様式や建築構造の中に実現させることができたのである。

モリスはこうしたことをおそらくラスキンなどの著作から知っていたのであろう。「アミアンの陰翳」の冒頭で、建築職人、中でも素晴らしい彫刻の数々を鑿と木槌とで生みだしていった石工たちに対する感嘆と讃美の言葉を記している。アミアンの聖母大聖堂の内部は、後世に付け加えられた側廊に並ぶ礼拝堂や聖歌隊席の裏に施された木彫りの聖人の生涯、ロココ時代の内陣入り口に設けられたきらびやかな鉄のゲートなどをのぞけば、それほど装飾が目立つわけではなく、むしろ極めて簡素ですっきりとしたものであるが、外側、とくに西側正面の入り口と南側翼廊への入り口には見るものを全く飽きさせない美しい彫刻の数々がある。聖堂への入り口にポーチを付け、そこへ彫刻を行うという教会建築の装飾への欲求は、すでにロマネスク期の後半には出来上がっていたようであり、有名なものとしてはフランス東部のブルゴーニュ地方のヴェズレーの修道院教会などがあるが、装飾に一定の決まり、形式を作り上げたのは盛期ゴシックの建築家であった。どの場所にどのような聖書からの逸話を彫るのか、旧約聖書と新約聖書の物語との間での位置関係はどうあらねばならないか、いわゆる聖書以外の聖人たちの伝記的な物語はどのように取り扱うべきか、などといったことが、上にも述べた当時の学問的な体系の枠組みの中で決定されていたのである。アミアンの大聖堂では南側翼廊の入り口の彫刻がもっとも優れているといわれる。中央には妖しいまでの魅力を湛えた、微笑みを浮かべた聖母マリアに抱かれる幼子イエスの像がある。そしてその上のポーチにはアミアンの町にかかわりが深い聖オノレ（サントノレ。アミアンの司教であった）の行った奇跡と彼の生涯を物語る群像、両側の柱には天使や使徒聖人たちの像が巧みな鑿さばきで描かれている。ペイターはこれら西側や南側の門の彫刻が、その精神においてまるでギリシアのもののようであるとまで絶讃しているが、もし十三世紀の芸術が十二世紀のルネサンスを受け継ぎ開花させたものであるとすれば、彼の指摘は一つの真実を語っているのであろう。しかしこれらの彫像を創りだした職人たちは、また当時の人びとの神への信仰をも体現していたのであり、信仰こそが創造力の源泉であることを、実際の仕事として残したことも忘れてはならない。モリスがいみじくもいっていたように、彼等は自分たちが生きていた時代のためだけではなく、今日彼等の作品を見る者たちのことまでをも考慮にいれて、仕事に熱中したのである。その意味では中世の職人たちは我等の同時代人なのである。

聖母マリア大聖堂の中や外で時間を忘れて過ごした後、わたしはソンム川からこのヨーロッパでも有数の巨大な建物を眺めてみたいと思って、しばらく川のあたりを散策した。アミアンの町を流れるソンム川についてはわたしは今回の旅行の目的とはまた違った意味で強い思い入れを持っている。それはソンムの一帯が、第一次世界大戦の西部戦線の戦場となったところで、多くの連合国とドイツの兵隊たちが死傷したところだからである。イギリスの戦争詩人たちの詩を読むのが好きなわたしは、このアミアンからそれほど遠くないアラスの町でエドワード・トマスが戦死したことを思い出したり、静かに流れるソンム川とイギリス西部のセヴァン川とを対照させて、戦場で故国イギリスの田舎の美しさを歌ったアイヴァ・ガーニーのことも考えたりした。

アミアンには半日しか滞在することは出来なかった。モリスや彼の友人たちがしたように、徒歩で北フランスを旅行出来たらどんなにか素晴らしいであろう。文明の恩恵を受けたわたしたちにとっては、余裕のある旅が出来なくなってきているのかもしれない。名残を惜しみながら、また来ることを心の中で約束してパリへ向かう列車に乗り込んだ。駅を離れる車窓から遠くに見えた大聖堂の大きな影は、その日の朝にわたしが見たものとは全く異なっていた。その建物を近くで見上げ、中をくまなく歩いた実感が胸を熱くさせていた。その余韻は翌日に訪れたボーヴェや、次に訪ねたルーアンを見物していたときにも、わたしの中にいつまでも残り続けた。そして今のわたしには、権力を感じさせ、観光客で混雑しているパリのノートル・ダム大聖堂より、ソンム川のほとりに立ち、すがすがしいと表現しても決して誇張ではないアミアンのノートル・ダム大聖堂の方に大きな魅力を感じるのである。

# 中世主義者ワイルド

## 一

オスカー・ワイルドが十九世紀ヘレニズムの申し子であったことは誰でも知っていることである。それならば「中世主義者ワイルド」というこのエッセイのタイトルは奇を衒ったものと思われかねない。ひとは「ワイルドは〈われわれの生活の中で近代的なものはすべてギリシア人から受け継ぎ、時代遅れと思われるものは中世趣味《メディーヴァリズム》の遺産なのだ〉と『芸術家としての批評家』の中で言っているではないか」と言うかもしれない。わたしは通説に異を唱えるつもりはないし、また格別に奇を衒うつもりもない。ただヴィクトリア時代の社会・文化を考えていくと、ヘレニズムと中世主義（または中世趣味）との対立と共存の問題が実にさまざまな分野で現れてくること、そしてその問題はワイルドにおいても重要なものとして立ち現れていることも認めざるを得ない。時代の異端児として、当時の社会に反逆し、その結果最後には社会に受け入れられることがなかった、と考えられ、むしろ近代性を持っていたことによって十九世紀から抜きんでてしまった、とされるワイルドも、実は彼の生きた時代の枠からはみでることができず、逆にヴィクトリア人の典型であったからこそ近代の芸術に大きな影響を与えることができたのだ、と考える方が分りやすいのではないか。そしてそれはワイルド自身の「芸術と芸術家」に関する捉え方とも一致するのである。ワイルドに「中世主義者」という肩書を付けたのは、ヘレニズムの信奉者という使い尽されたレッテルへのアンチ・ドウトであり、バランスを取り戻そうという、ささやかな意図に他ならない。

ワイルドにおける相反するものを受容していく姿勢は、すでにオックスフォードでの学生時代に明瞭に読みとれる。ジョン・ラスキンとウォルター・ペイターという二人の一見異質な、しかし共に典型的なヴィクトリアンからの影響である。通説では、ワイルドはラスキンの影響力から脱し、ペイターの主張する唯美主義の陣営に参加することになっている。しかし、後に見るように、ことはそう簡単に説明できないところに当時の文化の複雑さがあり、またワイルドの複雑さがある。

ペイターとラスキンとの関係があまりうまくいっていなかったらしい、というのは事実のようである。ラスキンはペイターについて批判したこともなかったようであるし、ペイターがラスキンの名前をあげて面と向かって批判したこともなさそうである。しかし美術評論の後発者ペイターが、当時圧倒的な影響力を持ち、自分の勤め先のオックスフォードのスレイド・プロフェッサーであったラスキンに対して、強い反発と羨望との複雑な気持ちを抱いていたらしいこと、そしてペイターの代表作である『ルネサンス』も、実はひそかなるラスキン批判を通して自らの立場を確立しようとしたものであった、ということなどは、研究者の間では定説になっているようにも思われる（例えば、富士川義之『ある唯美主義者の肖像』を参照）。

しかしながら、ペイターによるルネサンス讃（ひいてはヘレニズム）対ラスキンの中世主義（反ルネサンス）という構図は、少しでも二人の作品を詳細に読めば、それほど単純なものではないことが分ってくる。中世と古典ギリシア、あるいは中世とルネサンス（それに宗教改革）というダイコトミーは、十九世紀の知性史の問題を明らかにするためには便利な方法であるが、現実を捉えていくにはいささか単純すぎるやり方といわざるをえない。例えばペイターの中世観は、ルネサンスとの対立概念ではありえないし（その点ブルクハルトのルネサンス論と全く同じ次元で論ずることが難しいのであるが）、またラスキンも、彼の芸術観の展開の中で、むしろルネサンス、それも後期のヴェニス派の画家たちに傾斜していっていることなどを見れば、一時期の極端なまでのルネサンス、それもラファエルロの批判は割り引いて評価しなければならないと言えるであろう。

このように、後世から見れば、ラスキンとペイターとの間の対抗図式の輪郭は相対化されぼやけてきてしまう。つまりどの点でラスキンとペイターは対立し、他方どこで同じ立場なのか、ということを明確に把握せずに、単に対立のみを強調することは正しい歴史認識の態度とは言えないのである。

一見鋭い警句や、反逆的言動によって、俗物に対し自らを極立たせ、言葉の本来の意味でダンディであったと言われるワイルドは、実はこのような相対化の達人であり、また歴史主義を十分自覚しており（吉田健一氏の『英国の近代文学』がそのことを説得力をもって論じている）、今日流布されているような、極端な議論を手玉に取ってもてあそぶイメージとはほど遠い人物であった。たしかに彼はラディカルではあったが、狂信的な変人では決してなかったのである。常識を駆使すれば人は奇人《エキセントリック》と見做される、ということはワイルドにもあてはまる事実であった。

## 二

ラスキン対ペイターという構図が特に極立っていると考えられるものに、十九世紀後半に起こる、いわゆる唯美主義の運動がある。そしてワイルドの二人の恩師に対する評価のバランスに変化が生じた、と考えられていることの一つが唯美主義へのワイルドの傾斜であるとされている。たしかにワイルドはレネル・ロッドの詩集の序言に寄せて書いた「反歌《レンヴォイ》」の中で、芸術のための芸術への愛、芸術における官能的な要素の重要性を認識したことが、自分たち若い世代がラスキンから決定的に離れた原因である、と告白してはいる。そこで彼はラスキンの美術批評があまりにも道徳的である、と批判しているが、この問題は十九世紀の道徳対芸術という図式化に貢献しすぎてしまった。しかし同じ文章で、ラスキンの道徳性を批判しながらも「美への情熱がヘレニズムの秘密であり、創造の欲求が生活の秘密である」ことを教えたのはラスキンであった、とも述べている。実はこのラスキンの教えを発展させると、このエッセイの骨子になり、ワイルド自身の姿となるのである。

唯美主義の源泉にギリシア、あるいはヘレニズムをあげることは定説のようであるが、中世主義も無視できない大きな影響力を持っていた。この二つの流れが合流し融合されたところに唯美主義の特徴があることは、その運動の体現者であった後期のラファエル前派、また彼等と密接な関係にあったウィリアム・モリスらの服飾に対する考え方を見ることによっても明らかとなる。

ウィリアム・モリスの『ユートピアだより』の主人公は、彼が理想郷で最初に出会った若い女性たちの服装を注意深く観察している。

彼女らは優美な襞のある衣裳を身にまとっており、装身具類でごたごた着飾ってはいなかった。いかにも女性らしく身を包んでいたのであって、現代の女性たちが、まるでアーム・チェアのように詰めものをされているようではなかった。要するに、彼女たちの衣服は古典古代のものと、十四世紀中世の簡素な形式との中間といったもので、しかも明らかにそれらの模倣ではなかった。素材は軽やかで華やかで、その季節にふさわしいものであった。

モリスはこの小説の中で、彼の理想としていた中世、特に十四世紀の社会をさまざまに描いており、建築、庭園、社会機構などについて詳細な叙述を行っている。彼にとっては服装もまた自由な人間の精神を表現する重要な行為で、この本のそこここに人びとがどのように身を包み、自分を表現していたか描写している。男性の服装にしても「十四世紀の風俗を描いた絵にあるような衣服」、「中世風の明るい緑色（サーコート）」などと中世に規範がある。しかし、ここで注意したいのは先に引用した女性の服装である。「古典古代的のものと、十四世紀中世の簡素な形式との中間といったもので、しかも明らかにそれの模倣ではない」娘たちの衣服として、モリスはどのようなものを心に描いていたのであろうか。

ダンテ・ゲイブリエル・ロセッティの研究者で彼の作品に現れる服飾について、当時のファッションと関連させ、またそれらの源泉となった資料を幅広く探索しながら、極めて興味深い仕事をしている山口恵里子氏によると（*The Round Table*, Vol. 5）、ロセッティはモリスのいう「アーム・チェア」のような当時の上流の婦人服、「ヴィクトリアン・ゴシック」と呼ばれるこの装飾過剰の服装に反発し、真のゴシックの服（ややタイトではあるが、人為的に身体の形状を強制しない）を作品の中で着用させるが、次第にギリシア風なドレスに魅かれていくのだ、と論じている。ロセッティの描く女たちはコルセットをはずし、ウェストラインの太い、ゆったりしたものを身に付けていた。彼は衣裳とそれをまとう肉体とに不自然さが生じることを何よりも嫌っていた。モリスのオックスフォード以来の親友エドワード・バーン・ジョーンズもまた、後期の作品にギリシアからの影響を見せている。こうしたラファエル前派の中世趣味とギリシア様式との混合は、グループの解体と唯美主義への移行を示唆している。そしてモリスの『ユートピアだより』に現れる美意識も単に十四世紀への回帰というより、この唯美主義的な美意識からの影響が大いに考えられうるのである。

さて、ワイルドも服装について強い関心を抱いていた。幾つかの服飾論もあり、服飾史についても詳しかったと思われる。また、彼の衣服への主張は極めて合理的で現代的でもある。その服飾論の中に「婦人服」と題された『ペル・メル・ガゼット』への記事がある。

過ちはすべての衣裳を肩から下げないことである。（その）場合コルセットは無用となり、身体は呼吸と運動をするのに自由で拘束されなくなり、より健康となるし、したがってより美しくなる。じっさい、流行《ファッション》がばかばかしくなる程に生み出してきた、全く不格好で着心地の悪い服装の備品は、きついコルセットのみならず、ファージンゲール、ヴェルチュガダン、フープ、クリノリン（どれもスカートの裾を拡げるための用具)、そして現代のいわゆる「衣服改善器具」と呼ばれるすさまじいものまで含めて、全て同じ間違いに起因している。即ち全て、肩からのみつり下げられるべきである、ということに無知であった、という誤りである。

と、女性の身体をがんじがらめにする婦人服を批判し、ゆったりと身にまとえるギリシア服は、素材さえ気候風土にふさわしく選択されれば(彼は英国の場合、たとえば純毛を用いれば寒さに対応できると主張する)、健康という点でも美しさという点でも最も理想的である、と書いている。

ロセッティやバーン・ジョーンズが描き、またおそらくモリスが『ユートピアだより』で描写した衣裳は、ワイルドが主張したような「肩から下げる」、身体にとって何のしめつけも必要としない(ウェストを同じ様な生地などで軽くしばったりはしているが)ものが多かった。

もちろん古典的な衣服は十八世紀にリヴァイヴァルがあったが、それらは主としてローマ風のものであった。ジョシュア・レノルズ、トマス・ゲインズバラ、それにウィリアム・ブレイクなどの絵には頻繁に現れる。それがヴィクトリアン・ゴシックというグロテスクなまでの過剰包装にとって替わられ、その後、ラファエル前派的ともいわれる真の中世ゴシックのドレスを経て、唯美主義的なギリシア的なものと融合する訳である。ワイルドが、大きな影響を受けたラファエル前派のコステュームに対する美意識を我が意を得た気持ちで受けとめたことは想像に難くない。もっともワイルドはトム・テイラーの『不釣り合い』という芝居の劇評の中で、ラファエル前派の絵に現れる衣服の「稀に見るギリシア形式とフロレンス風(つまり中世風)神秘主義との結合」に讃辞を惜しまなかったのであるが、ラスキンの道徳重視の傾向を批判した時と同様に、中世神秘主義はいささか重すぎる、としてアルバート・ムアやレイトン、ホイッスラーたちの完全にギリシア的な衣裳が時代の新しい理想となった、と指摘している。

## 三

さて、ワイルドのペイターに倣った「芸術至上主義」については先にも見てきたが、彼は芸術のみに普遍性のある価値を与え、その他の付随するものについて顧みないという立場をとった上で、芸術家も決して時代から自由ではあり得ない点も強調している。この考えは、例えばもう一人の唯美主義者、「芸術至上主義」の唱道者であるホイッスラーとは大きく異っている。

もちろん、美しい環境の価値に関して、わたくしはホイッスラー氏と全面的に意見を異にする者である。芸術家とは孤立した存在ではない。つまり、彼はある種の環境とある種の集団の結果なのであって、いちぢくがサンザシから、あるいはバラの花がアザミから生えたり咲いたりしないように、なんらかの美感を欠いている国民からは生まれえないのである。

レイモンド・ウィリアムズが『文化と社会』で述べているように「ある時代の芸術は、一般的にその時代の支配的な〈生活様式〉と密接かつ必然的に関係しており、さらにその結果、美意識・道徳・社会観なども相互に密接に関連している」という考え方は十九世紀に顕著になったものである。その極端な理論化がマルクスの『経済学批判』の「序説」であるが、こうした考えを準備した大きな流れの一つが中世主義者たちであった。ラスキン、ピュージン、モリスといった人びとは皆、現代社会の誤った思想・信仰・美意識などが社会自体の欠陥によって生まれることを明らかにしようとした。そして現代社会の批判が、中世への憧憬、中世主義の主張の根拠となるのであった。こうした芸術と社会との関係についてのワイルドの視点は、明らかにヴィクトリア朝の中世主義者たちの流れを汲むものである。

さらに、この問題と関連して重要な点は、ワイルドの装飾芸術への肩入れである。もちろん彼にとって芸術（絵画）こそが純粋の装飾であり、この場合、芸術とは工芸から区別されるものなのである（彼はそれぞれ想像芸術、または表現芸術と受容芸術と呼んでいる）。それでは装飾的な美術と絵画との違いとは何か？「装飾美術はその素材を讃えるが、想像美術は素材を黙殺する」とは彼一流のアフォリズムであるが、このこと自体、彼が工芸、一般的にいう装飾芸術《デコラティヴ・アート》を蔑視していたことを意味しない。むしろ、彼はさまざまな装飾芸術に深い関心と共感を示しているのである。

それにはもちろん、ラスキンの影響力も大きかったであろうが、特にモリスとその仲間たち（ラファエル前派やモリス商会）の活動、そして彼等の影響を受けてウォルター・クレインらが始めたアーツ・アンド・クラフツ運動にワイルドが見せた関心の強さを無視できない。

そもそもイギリスで装飾芸術への強い関心が起こるのは、急激な工業化の結果、産業デザインの質が低下したと自覚され出した一八三〇年代のことであった。デザイン学校が次々に設立され、産業における装飾の重要性が叫ばれるようになり、職人たちへの美術教育が国家主導で行われるようになった。このいってみればモリス以前に起きたモリス的問題意識それ自体は、さまざまに紆余曲折する対立や妥協の結果、ヘンリー・コールという実力官僚のイニシアチヴによって、一八五一年のクリスタル・パレスでの大博覧会、サウス・ケンジントン博物館（後のヴィクトリア・アンド・アルバート博物館）、技芸・科学省（後に教育省）などの設立という経過をたどって、イギリスにおけるデザインや装飾に関する体制が整っていく訳であるが、この流れに対しては、ラスキンもモリスも批判的であった。両者がクリスタル・パレスでの博覧会を毛嫌いしたことなどその良い例である。それは一つにはコールらを中心とする功利主義的な近代化論者たちに対する反発があったものと考えられるし、「労働」とそれを行使する「職人」たちに対する考えが、どちらかというと産業中心主義のコールたちのものと異なっていたからであろう。

ラスキンが、デザインする者と製作する者は中世では一体であった、と主張し、近代における労働と芸術の分離に異議を唱えたこと、そしてこの主張がモリスに継承されたことはよく知られている。装飾における中世主義は、ゴシックの理想を規範にして、無名の職人たちに共感を示し、それを現代においても実現しようとするものであったが、この点でも、ワイルドは中世主義者の系譜にいるといえる。

彼は『ペル・メル・ガゼット』に寄せた一連の「アーツ・アンド・クラフツ講演会」の報告記事の中で、モリス、製本家のコブデン・サンダスン、印刷家のエメリ・ウォーカー、ウォルター・クレインなどの講演に強い共感を示している。またワイルドがアメリカで行った講演の多くからも、彼が装飾芸術や職人の仕事に深い理解を持っていたことがよく分かる。それらの中で、彼は見事なまでにモリスに忠実であり、クラフツマンの味方である。「イギリス芸術のルネサンス」と題されたアメリカで行われた講演では、

モリスは初期の単純な写実主義に替えて、ものを選ぶより繊細な心、より完全な美への献身、より烈しい完璧さの追求を信じていました。彼はあらゆる素晴らしいデザインとあらゆる精神的ヴィジョンの名匠なのです。彼はヴェニス派というよりはフロレンス派に属し、自然を忠実に模倣することは、想像的芸術には余計なものと考えるのです。しかし現代の生活の目に見える側面が彼の心を乱すことはなかった。むしろ彼はそれによってギリシア、イタリア、ケルトの伝説にある美しいもの全てを不滅のものとしたのです。わが国の文学において、詩がその完璧な精巧さと言葉およびヴィジョンの明晰さの点で他にまさっているのはモリスのおかげであり、また装飾芸術を復興することによって、彼はわれわれの個別化されたロマン主義の運動に社会思想と社会的要素とを与えたのです。

実にモリスを正確に把握している。モリスの多面性、そして彼が他の同時代の芸術家と際立っていた点を鋭く指摘している。モリスやラスキンの、芸術家すなわち職人、職人すなわち芸術家という主張についても、

当時（ゴシック時代）の芸術家は、自分自身石やガラスの工芸家なのですが、彼をとりまく職人たちの毎日の仕事の中に、いつでもすぐに使え、常に美しい、自分の芸術にとって最善のモチーフを、いかにして見出すことができたか、ということです。そこでは染師が桶に染物をひたしていたし、陶工はロクロを回していた、そして織工は機で仕事をしていたのです。彼等こそ真の製造者《マニュファクチャラー》であって、熟練した腕を持ち、見ていて喜びを感ずるのです……

と、ワイルドが中世主義的な手工芸観をモリス等と共有していたことが分かる。ここでラスキンやモリスたちの工芸観を詳しく展開するわけにはいかないが、「労働における喜び」をなによりも強調したこと、作る人の主体性と共働が肝要であることなどが、さしあたり重要である（モリスの「有用の芸術と無益な苦役」などを参照）。近代社会はこれらを職人たちから奪っている、というのが彼等の認識であった。ワイルドはアメリカという新しい社会、いわば近代の申し子のような場所で、装飾芸術や職人の価値の復権を訴え、それがイギリスの革新的な芸術運動を支える重要な要素の一つであるということを、さまざまな場所で講演しているのである。「住宅装飾」という講演では、

……われわれが芸術と呼んでいるこの美しい装飾の意味とは何でありましょうか？　まず第一に、それは職人にとって価値あることを意味し、また美しいものを作るさい必然的に感じるにちがいない喜びを意味します。あらゆるすぐれた芸術の典型は、その作品が正確もしくは精巧にできていることではなく、というのは機械も丁度それだけのことをするかもしれませんから、それが頭脳と職

人の心情でもって成就されたということであります……つねに忘れてはならないのは、合理的なデザインに従って、正直な職人が巧く注意深く作ったものは、歳月がたつにつれて美と価値を増す、ということであります。二百年前、イギリス清教徒団が持ち込んだ古い家具、それをわたしはニューイングランドで見たのですが、それは初めてここに着いたときとそっくりそのまま今日なお有用で美しい。いま、みなさんのなさねばならないのは芸術家と職人を一緒にさせることです。職人はそのような仲間づきあいなしには、生きていけないのですし、栄えることなどは当然できないのです……両者を一緒にした上で、職人を美しい環境のまっただなかに置いてやらねばなりません。

こうしたワイルドの穏健で地味ながらも十九世紀の近代社会の本質を鋭く衝く議論は、これまで彼についてさんざん語られてきた、いささか陳腐といってよい派手好きで社交的な世紀末の洒落者《ダンディ》としてのイメージとは矛盾するかもしれない。どちらが彼の本質であったかという問いは無意味であろう。おそらく両者とも彼にとって重要な問題であったと思われる。ワイルドはオックスフォードでの学生時代ラスキンに連れられて道路工事に従事したことがある（前川祐一氏は近著の中で、おそらくピアソンなどの研究に依拠して、この事実を否定しているが、リチャード・エルマンの『ワイルド伝』はワイルドが道路工事に参加したのは事実であったらしいとしている）。彼は、

人生の高貴な理想のために道路建設のような仕事に身を挺そうとする精神が青年たちのあいだに十分あったなら、わたくしは彼等によってイギリスの顔を一変させるかもしれない——実際一変した

のですが——ひとつの芸術運動を興すことができる。

と考えたという。

ワイルドの理想社会、それは芸術家が芸術のために芸術を愛し、またその芸術を作り出すためには工芸職人たちとお互いに共働すること、工芸職人たちには労働が喜びであるような環境を整えてやること、これらが実現することであった。彼は「社会主義のもとでの人間の魂」という評論を書いているが、そこでもやはりモリスにかなり近い、国家社会主義でもなくまた完全な無政府主義でもないが、どちらかというと後者への共感を持った立場を貫いている。芸術それ自体の達成のためにはヘレニズム的理想を、装飾芸術のためには中世主義的な理想をかかげたのであった。

## 四

ワイルドの学識の圧倒的な幅の広さは、同時代人をはるかに超越していた。そして彼の青年時代からの教養であり価値判断の基準となっていたのが古典、特にギリシアの文化であったことは否定できない。エルマンの伝記を読んでいても、彼がギリシア文学・歴史・芸術について、いかに人並み優れた理解と天性の才能を持っていたかが分かる。その意味でワイルドはまさに十九世紀イギリスのヘレニズムの正統な嫡子であった。しかしながら、同時に彼は、また、同時代のさまざまな風潮にも、実に丹念に目配りをし、その多くの秀でた見解に共感を持ちながら、自分にとっての栄養分として吸収していった。たとえそれらが互いに鋭く対立する場合でも、彼はそれらの中から、何が重要で何が重要でないかをたちまち見抜き、新しいやり方で融合させたのである。このエッセイで見てきた「中世主義」は、彼のヘレニズム的教養と矛盾することなく、彼の社会意識へと受容された重要な価値観でもあった。なぜ彼の中でラスキン、モリスらがペイター、ホイッスラーらと同居することができたのか、という疑問を解くためには、彼の柔軟で尖鋭な感受性と社会意識を解明する必要があることが幾らかでも明らかになったら、この小文の意図は達せられたことになる。「中世主義者ワイルド」は決して彼の本質にとって異質なものではないし、むしろある時期からの基調音でもあった。そしてワイルドはその意味でラスキンやカーライルからモリスを経て貫かれるイギリス社会・芸術思想における中世主義の系譜の嫡子ともなったのである。

＊ワイルドの訳は一部、西村孝次氏のものを使用させていただいた。

# ラスキンの使徒——御木本隆三

二〇〇〇年はジョン・ラスキン没後百年を記念する年で、英国ではロンドンのテート・ブリテン美術館で「ラスキン、ターナー、ラファエル前派」と題する大きな展覧会が開催されて評判となった。明治末から大正を経て昭和の初めにかけて、わが国においてラスキンの影響力は極めて大きかったが、今日ラスキンのそれは比べようもないほど小さい。わたしの知る限り日本でラスキン没後百年を記念した行事は、東京ラスキン文庫が銀座ミキモトの本店で開催した「ジョン・ラスキン——思索するまなざし」展だけであった。ラスキンと真珠のミキモトという繋がりはやや不思議に思われる人が多いかもしれない。この展覧会は御木本隆三が独力で生涯をかけて蒐集したラスキン関係の蔵書を中心としていた。大真珠王御木本幸吉の長男として何不自由ない裕福な家庭に生まれた隆三の、人生の苦悩や慰めや喜びが体現された軌跡を示唆する展示でもあった。

ここでは隆三とラスキンとの個人的な結びつき、それが大正から昭和という社会的な背景の中でどのような形で展開していったかを見ていくことにする。そして民間における日英交流史の一断片としての隆三の貢献を、検証しようと思う。

## ラスキンとの出会い

御木本隆三は御木本幸吉とうめとの間に一八九三（明治二十六）年十月二十七日に生まれた。母はその三年後に死去、隆三は母親のいない寂しい幼年時代を振り返り、その欠落感が自らの人格形成に大きな影響を与えたと考えていた。東京高等師範附属小学校、中学校を経て一九一一（明治四十四）年第一高等学校入学、一九一四（大正三）年に京都帝国大学に入学している。一高時代の一年上に芥川龍之介、久米正雄、菊池寛、松岡譲（落第して隆三と同級になる）など後の夏目漱石門下として漱石家に出入りすることになる文学を志す若者たちがおり、また後に京都大学で一緒になる倉田百三も一年先輩であった。隆三はワーズワースやツルゲーネフなどを日毎読み暮したと回想している。隆三が一高に入学する前年（一九一〇）に幸徳秋水らの大逆事件が起こり、当時の一高生の多くに衝撃を与えたが隆三はこの事件についてはとくに感想を記していないようだ。隆三は後にラスキンとの出会いについて自ら翻訳したラスキンの自伝『想ひ出の記（プレエーテリタ）』の序文の中で次のように記している。

一高三年の終り私は Ruskin and his circle（一九一一年に出版されたエイダ・イアランド著）と云ふ一書を愛読して詩人としての彼、芸術批評家としての彼れ《ママ》をおぼろげに知つたのである。其後三年の時の経過を、私は主としてウオーヅヴオースとハイネに送つたのであつた。

大正五年の秋、私は京都の河上肇博士から始《ママ》めてラスキンが社会改良家の一人である事を教へられ、ミルの自叙伝に散見するカーライルの態度と共に私の経済眼の最も重要なる部分を占めて来た。私がラスキン自叙伝の邦訳を初め《（ママ）》たのも実にその頃であつた。

京都帝国大学では法学部（当時の呼び方で法科大学）で学び、河上肇の教えをうけた。大正十五年刊『ラスキン思考第一輯』には「大学時代に聴いた河上博士の静かなる経済学史の講義、その演習でミルの自叙伝を読んだ時の今よりも、もつともつとまじめで、学究的であつた拾年前の自分の姿、なつかしいものは古るいこと丶古るいものである」と回想しており、また河上からは「資本家の息子である君はマルクスよりラスキンを研究したらどうか」と勧められたらしい。一高から京大の同窓の倉田百三も同様に河上からトルストイを勉強するようにと勧められた、と隆三は述べている。また京大では上田敏にも親しく教授を受けたらしい。

その頃河上肇は京大の『経済論叢』第四巻第四号（大正六年四月）および第六巻第四号（大正七年四月）にそれぞれ「Unto this Last ヲ読ム（一）」と「同（二・完）」を発表している。丁度同じ時期に『国民経済雑誌』には大熊信行稿・福田徳三閲「ラスキン『ムネラ・プルヴェリス』」が掲載されており、本国ではややおとろえつつあったラスキンの影響とは別に、日本でのラスキン、カーライル、モリス、さらにクロポトキンなどの影響が大きかったことがわかる。

河上の論文は、『この最後の者にも』がラスキンの美術批評家から社会批評・社会改良家への転換を示す論文集であることに注目し、カーライル、フレデリック・ハリソンらの好意的な反応を紹介し、さらにラスキンの「富」の定義を道徳の向上に貢献するものであると要約することにより、自らの経済学との類似性を指摘しながら評価するものであった。

隆三は「私がラスキンの経済学者として偉大であることを知ったのは、大正六年四月経済論叢に発表された河上肇博士の『Unto this Last ヲ読ム』と云ふ論文を読んでからである」と『想ひ出の記』の訳者序文に書いているが、父の仕事を手伝いながらの細々とした自身のラスキン研究をふりかえり、次のような自省の念も吐露している。

私は此の頃父に出来る丈け柔順に仕へて居るつもりである。奢侈の害を知つた自分が奢侈生産をやつて行く事は屹度、生長した子供等からは冷笑さるゝと思ふ。又ラスキンを論ずるものが此の社会問題でやかましい世の中に平気で奢侈生産をやつていくのは矛盾の甚だしいものである。たとひそれは矛盾でなくとも、自分の良心の光は、何となく暗いベールを懸けられた様な感じがする。

と述べ、個人主義経済学の人、父・幸吉と、社会主義経済学の人、自分とを比較し、むしろ父には尊敬と愛とを、自分には嘲笑をといって自らの置かれたアンビヴァレントな立場を告白している。隆三のこのようなスタンスは生涯を通して変わらなかった。

## ラスキン蒐集

隆三は京都帝大では病弱のため法学士の学位をとることができなかったが「自分ではラスキン学徒で満足して」いたといっている。その後父の仕事を手伝いながらその合間をみてラスキン研究を続け大正九年には最初の渡英を行っている。そこで彼は終生のラスキン・コレクションを始めるのだが、彼は単にコレクターに終わらずラスキンをキーワードとして、実に多彩な活動を展開していく。その活動の拠点が後に述べるラスキン協会であった。

　隆三は在学中に結婚したが、病弱なため学業を全うすることが出来ず学位を得ることなく大学を出た。その後まもなく最初のラスキン研究のため渡英を果たしたが、おそらく学問を中途で放棄せざるを得なかった後悔と、海外に飛躍しつつあった御木本真珠の仕事との両方を背負っての渡航であったと思われる。しかし彼の学問への情熱、ラスキンへの思慕のごときものは抑えがたかったようで、オックスフォードに新しくできた成人教育のためのラスキン・コレッジを訪れたり、アダム・スミスやトマス・カーライルにゆかりのスコットランドのカコーディを訪れ、そこでエディンバラ・アダム・スミス協会の幹事マクドナルドなる人物の紹介で地元の名士ロッカルトに会い「私は此の老紳士に伴れられて感慨無量の姿でアダムスミスの生れた家、その学んだ学校、その町の小さいアダムスミス美術館、立派な記念図書館、河上先生から聞き知つてゐたカーライルの初恋物語の教会等を訪ね歩いて写真をとつた」（『ラスキン随想』岡倉書房、一九三四年、四—五頁）らしい。

　しかし、何よりも隆三が心がけていたのはラスキンの財産等の管理者であったアーサー・セヴァーンと会見し、生身のラスキンについて尋ね、自分のラスキンへの思いをラスキン直々の弟子に伝えたいということであった。「初めて見るヨーロッパの天地、ラスキンを生んだ国、英国に着いたとき、（学位をとれなかったことに対する）父や、妻の悲しみの顔を忘れ、私はまつしぐらにロンドンに向い《ママ》ました。それはラスキンの唯一、の肉親であり、後継者であるアーサー・セバーンに合《ママ》うためです」と述べているが、ラスキン展カタログによると、「隆三が初めて渡英したおり、セヴァーンは第一日目には会うことさえ拒否したが、コニストンのラスキンの墓地に隆三がバラを捧げたことを知って面会を許し、ラスキンの家を案内して彼の居室や遺物、著書、自筆詩稿、手紙などを見せている」とある。隆三は合計六回渡英しているが、その都度セヴァーンに会い、彼を通してラスキン関係の資料を多数譲り受けることになり、また『ラスキン文庫蔵書目録』（一九八六年）によれば、ロンドン・ラスキン協会長フォンソープ教授、ホルマン・ハントの姪のF・バンクス、スコットランド王室技芸員《スコッティシュ・ロイヤル・アカデミー》でラスキンの若い友人J・H・スティーヴンスンなど、ラスキンと何らかの面識のあった人びとを介して蒐集が行われた。初回の訪英の折に集めた書籍は関東大震災で焼失し、それ以後隆三はさらに熱心にラスキン蒐集を行った。「ラスキンの著書はおろか、そのサインのある書物、断翰、スケッチの類まで異常な熱心をもつて蒐集し……渡英すること六回、ラスキンの墓とマッグス、ヘンリーその他の書店を訪はないこととてはなかつた」と述べ、イェール大学と競って集めたと豪語さえしている。新聞記事によるものだから記者の誇張もあるだろうが「マッグスにたのんで置いた初版もの、サイン入りの書物もエール大学が金に飽かせて買ふのに敵せず、ムザ〳〵アメリカに持ち去られる口惜しさ！　一体どれくらい集めたであらうかと、その年米国へ渡つたついでにエール大学を訪うて見たが、私の方が早く蒐集に手をつけたので、あまり驚ろかなかつた」といっている。それより数年前の『東京日日新聞』へのインタヴュー記事では隆三は当時の金で約九万円を費やし、時価十万円は下らないとあるが、他の新聞などは三十余万とも百万円とも書いている。マッグズ・ブラザーズは今でも英国でクオリッチと一、二を争う高級古書店である。隆三が金にいとめをつけずにラスキン蒐集に走った様子がうかがえる話である。

こうして集められたラスキン関係の蔵書は渋谷、松濤の自宅に納められた。隆三の長子美隆の回想によると「家は英国式の洋館で庭にはラスキンの書籍や、コレクションを並べたストーブのある別棟の地下の書斎があった。火事を恐れた父は家の中にラスキンの関係書を置くことを危険と考えていたからである」。この書庫から展覧会のたびに蔵書などの一部を持ち出して展示していたものと思われる。玉川学園の小原國芳は戦後のことであろうが「玉川の英文科の学生たちのために君の貴重なラスキン全集や学術研究書を観せてもらうようにお願いしたら、一々ハトロン紙に大事に包装して、本も彫刻も名画も、トラック一台、自ら運んで、自ら陳列して自ら丁寧に説明して下さいました」、と隆三を偲んでいる。隆三は新聞インタヴューで「私は私にとつて貴いこの多くの蔵書に蔵書印を捺したりエクスリブリスを貼つたりしない。書物を汚すに忍びないからである……」(『東京日日新聞』一九三四(昭和九)年九月二十日)と話しているが、彼がいかにラスキンに傾倒していたかわかり微笑ましい気もする。

隆三が自ら主催したラスキン展は、年譜で見るだけでも、一九二六(大正十五)年日本橋丸善、一九三一(昭和六)年資生堂での「ラスキンの遺墨、遺稿、著書」展、同年、同志社大学における「ラスキン遺品展覧会」などがあるが、その他にも名古屋でも行っている。イェール大学と競争してコレクションを行ったエピソードにみられるように、隆三は英国以外のラスキン蒐集については自分のコレクションに相当の自負も抱いていたようで、これがさらに蒐集以外の活動に拡がっていくことは、彼のラスキンへの思い入れからも当然であったと思われる。

御木本隆三によって設立されたラスキン文庫は英国内、あるいは米国のコレクションを別にすれば、おそらく量的にも質的にも最良のラスキン関連のコレクションといえるだろう。その内容はラスキンの自筆書簡、原稿草稿、水彩画、アソシエイション・コピーと呼ばれる著者献呈本を含めた初版本などかなり充実している。時代をときめく真珠王の一人息子で自由に使える金銭に恵まれていたとはいえ、隆三のラスキンにたいする一途な気持ちの成果であり、コレクションというものがそれを作り上げた人物の人格を表現するものだとしたら、ラスキン文庫は御木本隆三の個人の表現であったといっても過言ではない。

このように東京のラスキン文庫が個人の努力によって蒐集されたものであり、現在も民間の財団法人によって運営されていることもそのユニークさを際立たせている。アメリカではピアポント・モーガン・ライブラリ、ハンティントン・ライブラリ、イェール大学、プリンストン大学、ハーヴァード大学など、大学およびそれに準ずる組織にラスキン文献が所蔵されている。しかし、これらの公的なコレクションと隆三のそれとの大きな相違は、隆三のラスキンへの個人的な思い入れ、ラスキンの思想をティー・ハウスやサロンなど普通の人びとの手に届く形で広めていきたいという理想のもとに展開された実践運動の中で築かれたものだということにあるだろう。

## 隆三と使命社

隆三のラスキン論、ラスキン翻訳の多くは東京ラスキン協会によって出版されたが、使命社によるものがかなりある。彼の著書としては比較的早い『ラスキン思考』(一九二六—三一年まで全部で七巻出版された）の第一輯は発行所として御木本養殖場事務所となっているが、彼の序文には「かつては私の工場で美を指頭にあやつりながら生産をやつて居た人々が使命社と云ふ印刷所を設けた事に想到した時、此の人々の力によつて自らの拙文を公にしたくなつた。私は使命社の上村祐造君にあて丶自分の心もちを書き送つた。そして同君は個人としても賛同して呉れた」とある。「ジョン・ラスキン――思索するまなざし」展のカタログには「使命社は、もともと遊佐敏彦が大正四年に山口に設立したキリスト教社会主義に基づく出版社で、大正六年夏に活動を休止した。大正一二年、関東大震災によって麴町の御木本貴金属工場が壊滅した後、翌一三年に失業した従業員の一部が洗足に使命社を復活させ、印刷業を営んだ。昭和一二年には世田谷に移転している」（一二六頁）と書かれているが、隆三と使命社との関係は実はさらに深い縁で結ばれていたようである。築地のラスキン文庫にはガリ版刷りの「労働教会年表」が所蔵されている。それによると、御木本幸吉の弟で、銀座の御木本真珠店の販売主任となり、海外での市場開拓に努力した斉藤信吉、一九〇二年山口で大理石採掘をしながら青年教化事業を始めた本間俊平、山口で使命社を創立した遊佐敏彦、一度は御木本銀座本店の焼打ち計画を抱きながら、後に御木本貴金属工場に入所し労働教会の中心メンバーとなった職工立木辰五郎などの足跡が詳しく記されている。斉藤信吉は、御木本工場内に発展会を組織し、自ら会長として労働者の自覚向上を図ったり、工場長の時代に労働者の禁酒禁煙のための幸生会を組織したり、労働時間の短縮に努力するなどの福利厚生のために努力し、一九一九（大正八）年、木挽町の京橋教会堂において東京労働教会が発会するとその主事となった。遊佐によって設立された使命社は労働教会の事業部、次に印刷部の役割を担うようになり、立木らが一九二六（大正十五）年に創した共栄社とともにキリスト教社会主義の普及に努めた。

隆三がいつ受洗したのか、定かではないが京都時代には熱心に洛陽教会に通っていたと京都での同期で、後に玉川学園を創る小原國芳が書いている。実はこの教会では当時京都一高女で音楽を教えていた横浜レンと出会い結婚するのだが。彼の叔父にあたる斉藤信吉は一九一五（大正四）年同志社大学神学部の授業を聴講しに出かけている。隆三が京都帝国大学に在学中の時であり、二人がどのような出会いをしているのかは資料の上では確かめられないが、後に隆三が使命社から本を出版したり、また資金援助をしたりすることを考えると、斉藤信吉から何らかの影響を受けた可能性を考慮してもよいかもしれない。隆三は「ラスキンと私」というパンフレットに使命社との関係について詳しく書いている。

私は銀座に三つの店を持つてをりました。しかしティー・ハウスや工芸店からの収入ではとても自分の理想を維持することはできません。その上戦争は真珠といふ仕事を奢侈品として圧迫し、つゐに父の方の工場の職人を五十人程解雇しなければならなくなりました。ラスキンは労働者を解雇するといふことは教へてゐません。が私はラスキン学徒であると同時に小さい資本家でもあつたのです。

真珠工場の五十人が解雇されると同時にその人達を銀座の工芸店に入れ、残りの人達を世田谷に作つた使命社といふ印刷所でラスキンの仕事を援けてもらひました。この使命社から私の主宰する『東京ラスキン協会雑誌』を出し、その他私のラスキンに関した翻訳の出版や他の仕事をしてをりました。

この使命社ならびに労働教会と隆三との結びつきは、後に一九三六（昭和十一）年にラスキン文庫で労働教会創立十八周年記念集会が開催され、「文庫自慢のライスカレーを食べた」（『おとづれ』第一号、昭和十一年八月号）などと報告があるように、隆三のパトロンぶりが目につく。

隆三は、ラスキンがキリスト教社会主義者のF・D・モーリスらの「労働者学校《ワーキング・メンズ・コレッジ》」に賛同し、そこでラファエル前派の画家たちと絵画クラスの担当をしたことなどをすでに知っていたことと思う。日本のキリスト教社会主義者たちとの交わりが隆三にどのような感慨をもたらしたのか、詳細な記録がないのでわからないが、破産という大きな痛手を負うまでの隆三はラスキン学徒として、また労働者たちのよきパトロンとしてラスキンと自分とを重ね合わせてみることもあったことと思われる。

## 東京ラスキン文庫の活動

隆三の長男、美隆は父親と祖父・幸吉の想い出を記すなかで、「いつも祖父の夢は大きいのであるが、事業の将来の後継者問題については期待感を伴った構想を持っていた。それは、自分はどんどん手を拡げるが二代目は事業を固め、これを守って子孫に、伝えねばならぬということだった。人よりも何ごともよくできる隆三には大きな期待を寄せて法律を勉強させたうえ、この役割を果させようと考えていた」と隆三の父の期待を述べている。しかし「祖父と同様な父の一途に走る性質が祖父の期待していた道とは違う方向へ、父をふみ出させてしまったのであり」、「父がラスキンに没頭し、京大を卒業もせず、英国に研究のために出かけて行ったことは、祖父にとって子供に裏切られた重大な問題だった」と回顧している。

一九三一（昭和六）年五月、隆三は胸に秘めていたラスキンへの思いを社会的、公的な活動へ向けて展開する目的で「東京ラスキン協会」を設立する。場所は日比谷三信ビルの六階であった。設立のために「東京ラスキン協会創立希望者有志」事務所を使命社内に置き、二月に日比谷公園市政講堂で「ラスキン生誕記念講演会」を開催、ラスキンの歌曲の独唱あり、講演ありの盛りだくさんの会であった。一九二二（大正十一）年に『ラスキンの経済的美術観』を出版して以来、『ラスキン研究』『ラスキン思考』『ラファエル前派主義』など次々にラスキン論、ラスキンの翻訳を発表していった隆三にとって、それは満を持して臨んだ事業であった。協会の創設と同時に隆三は『東京ラスキン協会雑誌』を発行、これは一九三七年の破産まで年に五冊から十一冊出され、一九三四年には『ラスキン文庫』も刊行されるという、積極姿勢がみられる。

『東京ラスキン協会雑誌』が刊行されると、『東京日日新聞』の「日々だより」に徳富蘇峰の所感が掲載された。蘇峰はラスキンを「一個の驕児」であり「矛盾の一大結晶であつた」と断じ、自ら「ラスキンの愛好者」であり、「而して苟もラスキンを愛好する者にして、世に悪人の存す可き筈はないと思ふ」と述べラスキン協会や隆三の仕事を世に推めようとした。使命社を手伝っていた上村祐造はこの記事を喜んで「協会の存在は同紙（『日日』）を通じて全国津々浦々に紹介された次第」として、蘇峰の全文をパンフレットに転載して、協会員に配布した。おそらく隆三の意向に添ったものであろう。

協会の創立については蘇峰のほかにも新聞（『東京日日新聞』『都新聞』）などで記事になり、いずれも好意的に隆三の仕事を紹介している。隆三は一九三一（昭和六）年、一九三二（昭和七）年にこの協会の仕事だけではなく、おびただしいラスキン研究や翻訳を行っている。特に一九三二年には『近世画家論』の翻訳、ラスキンの自伝『想ひ出の記（プレエーテリタ）』の翻訳を出版している。おそらく隆三が最も幸福で充実していた時期だったであろう。

こうしたいってみれば学究的で地道なラスキン紹介の仕事をさらに大規模に展開したのが、一九三四（昭和九）年に銀座西四丁目に開いたラスキン文庫で、一階には工芸部、二階に喫茶室があった。さらに一九三六（昭和十一）年には銀座一丁目にラスキン・カテイジを開き、手工芸品や、小美術品、進物用品などを販売、文庫と同じように階上に喫茶室を置いた。同年銀座五丁目にラスキン・ホールを開設、ここも喫茶を目的にしたもの、翌一九三七（昭和十二）年には自宅の近くの渋谷道玄坂に渋谷ラスキン・カテイジ、銀座七丁目にラスキン参考館を設立するなど、その年の夏の破産に至る高利貸からの借金による経営拡大路線に突き進んでいくことになる。

さて、ラスキン文庫の設立にあたって書かれた趣意書がある。

銀座街に出ましたラスキン文庫はコニストン湖畔のラスキン・ミユジアムの如く又ラスキンのかつて開ひたロンドンのラスキン・テイー・ハウスの如くであらねばならないと同時に北英に尚ほ現存するラスキン手工業の片影たるラスキン・リネン・インダストリイーの小販売所の如くでなければならないと存じます。……

ラスキン文庫の仕事としてあげられているのが「一、ラスキンの遺墨等の展観、二、ラスキンの著作書籍一般を出来るだけお安く売ること又彼に就いての日本の書籍一般を蒐集且販売すること、三、ラスキンに関する凡ての手芸品やラスキンの思想を主題とする製作品を販売すること、四、ラスキン・ルームとも云ふべき小さい部屋にて紅茶等を御用意して皆様にお休み賜はりたいこと」とある。

野口孝一編『明治の銀座職人話』（青蛙社、一九八三年）に葛籠屋《つづらや》の秋田屋五代目浅野喜一郎の想い出が掲載されているが、その中で浅野はラスキン文庫について次のように描写している。「壁面はラスキン好みとでも云うのか、繊細な模様を配してあった。つぎの部屋は御曹司（隆三）専用の部屋で、家具調度はすべて英国の超一流品、敷きつめた絨緞は踏むのも躊躇するほどの毛足の長さ、これに虎の皮が置いてあった。格調高い椅子テーブルがあり、窓ぎわのカウンターの棚には高級洋酒がずらり並ぶ贅沢さだった。ここはいつも常連の文士とか画家とかの溜まりとなっていたが、その常連に惜しげもなくこの美禄を振舞っていた」。隆三の長男美隆もラスキン文庫を「これは今でも多くの方達が大変良かったと言っていて下さるような、西欧的ティールームの走りで……この英国風の店には父が英国から集めてきたラスキンの書籍やいろいろな美術品が並び、銀のティーポットでトーストを出す高級な文化的香り高い店で、たちまち評判の店になった」と回想している。美隆も述べているが、文庫は隆三にとって「商業主義でしたことでなく、純粋に、ラスキンを日本に伝えたいという父の念願」であった。吉田健一が晩年に昭和のはじめの東京を回想して書いた小説『東京の昔』（中央公論社、一九七四年）に、ラスキン文庫についての言及がある。日本にまだあった「本物」の文化について述べられている個所である。

（……）ラスキン文庫というものがあったのもその頃である。これは店の構えもそこで出すものも本式に凝っていてよくこのラスキン文庫のような店がしまいに潰れるまで続いたものだと思う。そこの家具も時代ものでなければ特別に注文して作らせたものらしくてそこの方々に置いてある舶来品と解る瀬戸物や何かは欲しいものがあれば買って行けるようによく見ると値段が目立たない所に付いていた。又その調子のもので紅茶やコーヒーが出て来るのである。そこの主人がどういう積りでそのような店をやっていたのか今から推測しても無駄なことであるが、その店がある間はそう騒がれもしなかったことからすれば何かを本式にやるというのが一般に当り前なことになっていたのかも知れない。

隆三は、ラスキン普及の活動の形態を様々に試したようで、なかでも音楽を用いたのが関心をひく。例えば一九三五（昭和十）年の「ラスキンを想ふ夕」（於有楽町蚕糸講堂、五月十五日）のプログラムには外山国彦がシューベルトやラスキンの歌を独唱し、レコード鑑賞があり（ベートーヴェンやラロの交響曲、リストの交響楽詩など）、また映画「未完成交響楽」も上映されている。さらに、これは戦後のことと思われるが御木本真珠の本拠地鳥羽で開かれた「ラスキン文庫記念舞踊大会」では歌曲や舞踊が演じられ、隆三がひいきにしていた宝塚のスターたちが出演している。天津乙女、玉津真砂、静町美紗代、富士野たかね等十数名で、この中に隆三が特別にごひいきにしていた女性がいたらしい。

宝塚の歌曲の作曲をしていた須藤五郎が特別出演しているところも珍らしい。隆三と宝塚との付き合いは戦前からのものらしく『ラスキン随想』の中にも宝塚スターとのエピソードを描いた一章があり、宝塚創設者小林一三とも親しかったようである。

## 戦後の活動

このように戦前華やかに活動したラスキン協会も一九三七（昭和十二）年隆三の破産によって、一旦幕が下ろされる。この間の事情は、当時『中央公論』や『サンデー毎日』などが、かなり意地の悪い、すなわち、大金持で世間知らずの御曹司が事業を拡大しすぎ悪徳高利貸の餌食きになった、というスキャンダルを大々的に報道したりしたが、ここでは深入りすることはしない。しかしこの破産によって一時は散逸の憂き目にあいかけたラスキン・コレクションは無事隆三の手元に残った。父幸吉の尽力であった。また戦争末期、東京の空襲・空爆が盛んになるにつれ、隆三はコレクションの鳥羽への疎開を決意したが、荷物が運び出された翌日に空爆で家が焼失するという幸運もありラスキン関係の蔵書、遺品が再び隆三の手に残された。

隆三は戦後鳥羽にラスキン学園を設立する。一九四七（昭和二十二）年のラスキン誕生日（二月八日）に、鳥羽大里の「ラスキン小舎」なる建物を使用するとある。現在のラスキン文庫の資料の中に学園や鳥羽の文庫のパンフレットなどが存在するが、先にふれた宝塚劇団の演奏会などの他に学園の活動の実体はよくわからない。趣意書には、教学の課程として「（イ）美と徳と経済の調和の研究、（ロ）九ケ月を第一期第二期第三期に分ちて修了するものとす、（ハ）課目は学生、生徒の希望を中心として、家庭経済学より、英文学、歴史地理学、人生哲学より一般科学論、政治哲学に及ぶ」とある。また学園の財政は「園主自ら行乞の志に、学園の温床を永続性あらしめんと思ひ、教授も教へ子も寺子屋式の教育法に経済を打ち立てんとす」としているが、この活動もおそらく篤志家としての隆三の持ち出しであったと思われる。また講師たちは隆三の知人たちに依頼したらしく、慶應義塾の中村菊男が政治哲学を、日本キリスト教会理事長の小崎道雄が「国家の見えざる基礎」について講演を行ったりしている。

隆三の心の内では、失敗に終わった東京ラスキン協会を戦後の新しい時代に鳥羽で再興させようという志であったと思う。学園創立の翌年に鳥羽ラスキン協会を正式に発足させる。「鳥羽在住の老若男女並びに県下の有志者約五拾名」が会員であった。東京のラスキン協会は二、三百人（多い時には七百人）程の集まりであったらしいが、鳥羽では細々とした再出発であった。ミキモトで開かれたラスキン展のカタログにはラスキン学園の生徒たちと隆三が一緒に写っている写真が二枚あるが、そのうちの一枚には皇太子（現天皇）の家庭教師をつとめたヴァイニング夫人とのものがある。夫人は隆三に「鳥羽の湾とラスキン学園、そして真珠島で過した、あの素晴らしい二日間を忘れることはないでしょう」と書き送っている。

そして一九四九（昭和二十四）年には東京麻布の自宅にラスキン文庫を復活させるが一九五二年に再び準禁治産者となり、文庫の活動は自然消滅した。一九七一（昭和四十六）年二月、隆三は七十七の喜寿を祝って半年もたたずにこの世を去った。敬愛したラスキンの誕生日の二日前のことであった。

## おわりに

山口昌男の『内田魯庵山脈――〈失われた日本人〉発掘』は、江戸文化を軸にした明治大正の民間の「学問をする自由人」たちを描いていて興味が尽きないが、そこでのひとつのキーワードが蒐集であった。山口は御木本隆三については言及していないが、隆三の仕事を考える上で、山口の視点は有益である。魯庵山脈と較べると隆三の蒐集はその西洋性、ハイカラぶりが目につく。しかし蒐集が社交と歌舞音曲（隆三の場合はクラシック音楽や宝塚であるが）などと合体した活動として展開されるあり方には共通性も見られる。英国にも文人や貴族など、ややインテリがかった民間人による蒐集家グループの伝統は古く、例えば十八世紀のディレッタント・ソサィアティなどがまず想起されるが、知の饗宴としての蒐集には遊びの要素が多く含まれており、そこから学問が出発するのだと考えれば、隆三の個人的な悩みも彼の業績の大きさからすれば（今の時点での評価ではあるが）とるに足らないものであり、おおいに「学問する自由人」の系譜に連なることに自負すべきであったと思う。しかし、それは又彼個人にとっては、ある意味で挫折の人生でもあった訳で、近代日本が、このような自由人の生存にとって息苦しいものになっていったことでもあったに違いなく、山口昌男が魯庵山脈を著す前に出版した『「敗者」の精神史』『「挫折」の昭和史』の脈絡に隆三を置いてみるとそのことがよく分かる。隆三は自らの出自やそれにまつわる周囲の期待と自分自身の理想とのギャップに悩む一方、ブルジョア的生活や社交、趣味とラスキニアンとしての相克に苦しんだ。ひとつには彼の誠実な人柄がそうさせたところもあるが、そこには現代の日本人が失ってしまったもの、日本の近代を創り出してきた多くの人びとが西洋や伝統との葛藤の中で追究しようとした平和や学問の理想へと向かっていった姿が垣間見られるのである。

また隆三と英国を結びつけ彼が生涯を通じて打ち込んだものはラスキンだけではなかった。築地の現ラスキン文庫には大変興味深いアルバムが残されているが、そこには隆三が知人と共に英国の各地のテニス・クラブを訪問し、クラブ・メンバーと交流している写真がたくさんある。英国留学中に本格的にテニスに出会った隆三は帰国してからわが国の老舗の名門テニス・クラブ、東京ローン、軽井沢ローン、田園調布などの有力会員となった。晩年には自ら「テニス・ベテラン」と称していた隆三であったが、この面における隆三の貢献について、ここではこれ以上多くは触れることはできないが、日本テニス史、あるいは日英スポーツ交流史の一側面を照らす研究となるだろう。例えば隆三の一高での同級となった松岡譲は中年を過ぎてからテニスを始め、田園調布テニスクラブを創設し、『テニス・ファン』という同好誌を編集するなどしたが、日本テニス協会理事をしていた隆三との接点が必ずあったのであろうし、テニスを社会人のクラブとして日本のエリートたちの間の重要な社交の場として成立させた人びとの中に（例えば山口昌男の『「挫折」の昭和史』の中の小泉信三たち）隆三を位置付けることも可能である。日本のデビス・カップ参戦に尽力したことも娘の本間幸子の回想にあり、隆三と英国との結び付きを示す重要なエピソードである。ラスキン本人はスポーツについては否定的であり、隆三もそのことは自覚していて悩んでいたようである。しかしテニスの魅力は彼にとってそのような矛盾をひとまず忘れさせるものであったのであろう。少なくとも彼に幸福をもたらすことができたと思われる。

このエッセイは隆三や当時多くの学徒、それは必ずしも学者や知識人にとどまらず、職工やサラリーマンを含めた人びとが、あれほど夢中になって読んだラスキンがなぜ今日ほんの一握りの熱心なラスキニアンを除いて、忘れ去られてしまったのか、という問題を新たに提起することになる。隆三たちの学問や試みは「敗者」のそれであり「挫折」であったのだろうか。それは日本の近代をどのようなパースペクティブで捉えるのか、日英交流の歴史を見ていく時にわたしたちはそのどの側面が日本の近代化の足跡にどのような貢献をし、現在や将来の日本にどのように関わっているのかを問いなおす作業でもあることを自覚できるかどうかによって答えも異なってくるだろう。

隆三はラスキンの使徒としてラスキンの思想を日本で実現しようとした。しかし彼の実践はラスキンのそれが失敗したように現実の運動としては必ずしも大きく開花することはなかった。少くとも彼自身の一生の中で彼はその結実を見ることはなかったのである。

一九七〇年代の半ばに、わたしが英国に留学をしていた時、友人の推めでラスキン協会《アソシエイション》とヴィクトリア朝研究学会との共催で行われた「ラスキン研究」の学会に参加した。当時まだ若くてこれからラスキン伝を書こうとしていたティム・ヒルトン(ラファエル前派やピカソに関する本はすでにテムズ・アンド・ハドソンから出版していたので、新進の美術批評家としてすでに名が知られていた)や『ジョン・ラスキン――アーギュメント・フォー・アイズ』を直前に出版し、新しいラスキン研究の旗頭であったロバート・ヒュイッソン、そしてブルームズベリ・グループの最後の生き残りともいうべきクェンティン・ベルなどの報告者を揃えて、なかなか壮観であった。ヒュイッソンは一九九九年にラスキンが初代だったオックスフォード大学のスレイド美術史教授になった。この会議が縁でわたしは英国のラスキン協会に入会したのだが、その『ニューズ・レター』をもらって読んでいるうちに、日本には「ラスキン文庫」というものがあり、その創設者は真珠王御木本幸吉の息子で隆三という人であったこと、そして日本におけるラスキン・コレクションとしては大変立派なものである、ということなどを、主に木村正身氏などの投稿によって知ることになった。それは一九八四年、隆三の遺志をついで、長女本間幸子を中心に築地に再開されたラスキン文庫のことであった。文庫では様々な講演会やラスキン誕生日ティーパーティーなどが催され、またラスキン学徒に隆三のコレクション、彼以後集められた蔵書を開放している。ここに隆三が永らく努力し夢見ていたコレクションの安住の地ができたのである。

［付記］このエッセイを準備するにあたり、財団法人ラスキン文庫の資料を調査することができ、いろいろな便宜を図っていただいた。特にラスキン文庫評議員で司書の御木本香氏には様々に御教示いただいた。ここに記して感謝の気持ちを申し述べたい。


**参照文献**

一　御木本隆三の著作（発行順）

『ラスキンの経済的美術観』厚生閣、一九二三年

『ラスキン研究――彼の美と徳と経済』厚生閣、一九二四年

『ラスキン思考』第一輯―第七輯　一九二六―一九三一年

『ラスキン研究』厚生閣、一九二八年

『哲人ラスキン』萬里閣、一九三一年

『東京ラスキン協会雑誌』ラスキン文庫、一九三一―一九三七年

『ラスキン随想』岡倉書房、一九三四年

『ラスキン文庫』ラスキン文庫、一九三四―一九三七年

『御木本幸吉』時事通信社、一九六一年

その他多様なパンフレット、新聞切り抜きなど、東京ラスキン文庫に所蔵されている資料がある。

二　御木本隆三による主な翻訳

『ラスキンのムネラプルベリス』『ラスキン思考』第六輯として刊行、一九三〇年
『ジョン・ラスキンの社会的正義観』東京ラスキン協会、一九三一年
『野に咲く橄欖の冠』東京ラスキン協会、一九三一年
『近世画家論一―四』春秋社『世界大思想全集』六十七―六十九、八十一巻、一九三二―一九三三年
『想ひ出の記（プレエーテリタ）』使命社、一九三二年

三

『ラスキン文庫蔵書目録』ラスキン文庫、一九八六年
関口安義『評伝　松岡譲』小沢書店、一九九一年
山口昌男『「挫折」の昭和史』岩波書店、一九九五年
山口昌男『「敗者」の精神史』岩波書店、一九九五年
山口昌男『内田魯庵山脈――〈失われた日本人〉発掘』晶文社、二〇〇一年
『ジョン・ラスキン――思索するまなざし――御木本隆三旧蔵書を中心に』ラスキン文庫、二〇〇〇年

# III

# イングランドの山歩き

「ぼく、もうやだ。これから先どうなるか分からないし」、と中学一年の息子が匙を投げそうになる。「もうすぐてっぺんに着くさ」と言ったものの、あの大きな岩を越えたらと、やっとたどり着くとまだまだ登りが続きそうな気配だ。イースターの頃なのに、風がやたらと冷たい。もうかれこれ三時間以上は歩いてきた。途中に通り越したこの地方でターンと呼ばれる幻想的な池は、周りの山の岩肌や雲を映したり、荒れ地のなかから突然現れたりと、大きな湖とはまた違った魅力を見せてくれる。何人か下の村から一緒に歩いてきた同伴者がいたのだが、連中は池から引き返していった。このごつごつした岩の上にはわれわれ三人しかいない。見下ろすと先ほど通り過ぎたターンがはるか下にある。「もう少し登ってお昼にしよう」と言ってぐずぐず言う息子を励ます。妻も「頑張りましょう」などと言ってついてくる。ようやくのことで草の生えている岩陰で風を避けられる場所を見つけ、宿で作ってきたサンドウィッチなどのランチにする。落ち着いて周囲の景色を眺めていたら、遠くに見えるヘルヴェリンの峰の上を黒い雲がゆっくりと通り過ぎていく。すると今まで赤茶色に見えていた山肌がみるみるうちに雲の通りすぎた後には白い雪景色に変わっていく。雪雲だったのだ。親子三人は黙ってその荘厳な儀式を見つめていた。そして思わずきれいだねーと嘆息混じりに言葉を発した。

ガートン・コレッジのヘレン・カム・フェロウとしてケンブリッジに家族と一年滞在していた時のことである。イースターの休暇に三人で湖水地方に出かけた。ピーター・ラビットのビアトリックス・ポッターを訪ねたりするのはやめよう、それより昔お父さんがやった山歩きをしよう、と、ウォストウォーター、グラスミア、ダーウェントウォーターなどのユースホステルに数日ずつ泊まりながら、近くの山や丘を歩いた。道に迷ったりして（とにかく湖水地方の山の上は、ヒースや這い松に覆われていて道らしい道など存在しないに等しいのだ）、羊が通うのかと思うばかりの崖のようなところを通る狭い道を歩いて下に降りたりしてきたものだから、息子の信頼もなくしていたらしい。その日はやっとのことでラングデイルの村のパブにたどり着き、バスを待つ間、ビールとポテトチップスで疲れをいやすわたしを尻目に、息子はレモネードで喉を潤しながら、おそらく父親不信の念をさらに強めていたらしい。アンブルサイドまでバスで出かけ、地元の肉屋で旨そうなステーキを買って、夕食を豪勢にすることで息子の機嫌をとった情けない父親の姿を想像してください。しかし一日歩き疲れ、ユースホステルに帰ってからシャワーを浴びて、最上等のステーキを焼いて食べた満足感は忘れがたい思い出となったはずだと思う。

湖水地方のユースホステルは一部を除いてカントリーハウスを改造したような立派な建物で、寝るのはスプリングのベッドで必ずしも寝心地はよくないが、自炊も出来るし、ホステルの主人の手作りの料理を楽しもうと思えばそれも良い。学生時代にイングランド最高峰のスカーフェルパイクに登るためにお世話になったホニスターホースのホステルでは若い主人（ウォーデンと呼ぶ）が前の晩の残りのポテトや何かを使ってお昼の弁当にパイを作ってくれたことを懐かしく思い出すが、料理の上手なウォーデンがいると、宿泊の際の夕食が楽しみでもあった。いわば質実剛健の旅行であるが、家族と宿泊するには理想的である。宿泊客が集まるコモンルームでトランプやゲームを他の客たちと楽しむことも出来るし、わが愚息はビリヤードやダーツに夢中になり、英語が不自由だったにも拘わらずそこでは楽しい時を過ごしているようだった。

わたしがイギリスに関心を持ったのは産業革命の時代を研究したいと思ったこともあるが、実はアーサー・ランサムやエレナ・ファージョンの書いた児童向けの物語を夢中になって読んだことにある。とくにランサムの『ツバメ号とアマゾン号』シリーズは湖水地方やイースト・アングリアを舞台にした子供たちのさまざまな冒険を丁寧に描いた物語で、湖水地方への憧憬を強くしていた。だからオイル危機の直後、大学院の頃初めてイギリスを旅行したとき湖水地方を訪れたいと思い、ウィンダーミア、グラスミア、コニストン・ウォーター、ダーウェントウォーターなどの湖畔を歩き、周りにそびえる山にもいつか登ってみたいと思うようになった。

慶應義塾の修士を終え、博士課程に進学してすぐにイギリスへの留学の熱が冷めやらず、幾つかの大学に願書を送り、結局サウス・ヨークシャーのシェフィールド大学への留学が決まったのは一九七五年の夏、急いで身の回りのものを整えて二度目の英国へ旅出った。今思うと、英語も不自由で、新しい気持ちで研究を始めたばかりのわたしはそれなりに緊張していたことだろう。しかしシェフィールドの町を少し出ると、そこにはダービーシャーの素晴らしい自然が拡がっていることを教えてくれる友人がいて、勉強の合間の週末にダービーシャーの丘や谷を歩くことが習わしになった。そのあたりはピーク地方といってイギリス最初の国立公園になった美しいところだった。ダービーシャーから始まるペナイン山脈はランカシャーなどを通って湖水地方の山々の東からずーっと北上しスコットランドにまで続いていて、徒歩で歩いていく人も大勢いるらしい。この山脈のとっかかりがキンダー・スカウトという丘で、ヒースに覆われていて磁石と地図を頼りに歩かなければならない。霧の濃い日にここを歩いて、道が分からなくなったことがある。時折霧のなかからヘンリー・ムーアのような巨大な岩が現れて、幻想的な情景と帰りの道を探さなければという不安とが入り交じり、丘のふもとに近いヤコブの階梯と呼ばれる道に出たときには本当にほっとしたものだった。こうして、ダービーシャーの山や丘や谷を歩いて足慣らしをし（来てすぐ買った登山靴は最初のうちは靴擦れが出来た）経験を積んで、いよいよ最初のイースターの休みに湖水地方へ出かけた。丁度マンチェスターで学会があり、それに出席してからバスでウィンダーミアに出かけ、そこから徒歩で湖水地方の山々に挑戦したのである。

イギリスの山は日本やヨーロッパのアルプスのように決して標高が高いわけではないが（イングランド最高峰のスカーフェルパイクでさえ一〇〇〇メートルないのだ）、岩山の上にヒースや這い松が覆っていて、変わりやすい天候のためよく遭難者も出るし、岩登りでは有数の険しいコースがあることで知られている。わたしは高所恐怖症でクライミングに挑戦しようとも思わなかったが、何人もの勇敢な山男たちが険しい絶壁に張り付いているのを目撃して感嘆したものであった。初めての湖水地方の山歩きは一人だったので心細い思いを何度もしたが、一カ所のユースホステルに数日ずつ泊まり、そこをベースにしていろいろな山を登ったので、ホステラーとの会話やウォーデンとのおしゃべりなども楽しんだ。そして天候によってさまざまな姿を見せる湖水地方の山々の魅力を十分に味わうことが出来た。それから三十年近くたって家族と訪れた湖水地方の山は昔と全く変わっていなかった。湖畔の町は観光客で賑わっていて、商業化された様子が垣間見られたが、山々は荒涼とした元のままであった。時には人を拒絶するような姿さえ見せる自然の厳しさと、眼下に横たわる大小の池や湖の美しさを堪能するには、自分で歩いて登らなければならないことを悟らせてくれるのだった。「いつか年をとったときに、親父と一緒にレイクの山を歩いたなと、きっと思い出すことがあるよ」と息子に語りかけ、渋る彼の気持ちを奮い立たせながら歩いたのだが、出来ればわたしが歩けるうちにまた一緒に行ってみたいと願っているこの頃である。

# 長い十九世紀の子供の読書

わたしが若い時に愛読した児童文学の多くは、イギリス人の書いたものだった（アンデルセンやグリムなどを除いては）。アーサー・ランサムのツバメ号シリーズ、エレナ・ファージョンのマーティン・ピピンをはじめとするもの。エドワード・アーディゾーニの挿絵も魅力的だった。もちろんルイス・キャロルのアリスもの、チャールズ・キングスリーの『水の子（ウォーター・ベイビーズ）』、ケネス・グレーアムの『たのしい川辺』、ミルンのプーさんシリーズ、ビアトリクス・ポターのピーターラビットのシリーズなどなど、これらの中には、高校生や大学生になって読んだものもあるが、初めて読んだときの心のときめきは忘れられない。その後何度読んでも新鮮な発見がある物語や、仕掛けの巧みさに強い魅力を今でも感じている。

しかし、こうした高い水準の児童文学は、ということは大人が読んでも充分感動を与えてくれるものということだが、すべて十九世紀の末から二十世紀になって書かれたものばかりだということに気がつく。またこれらの物語の主人公の多くは中産階級の子供たちである。

わたしがイギリスに留学していた時に自分の読書体験を友人たちと話すことがあったが、その時イギリスの労働者階級の子供たちについて研究していたフェミニストの友人から、みんな中産階級向けに書かれたものばかりね、と言われたことがあった。別に批判された訳ではないのだが、その時労働者階級の子供たちはどんなものを読んでいたのだろう、と聞いておけばよかったと思う。その後彼女が書いた本を読んでもあまり読書については書かれていなかった（アナ・ダヴィンの『貧しく育って（グロウイング・アップ・プア）』）。

わたしの読んだ本はたしかに名作ばかりだが、ではそれ以前にはどのようなものが子供たちに向けて書かれていたのか、子供たちはどんな作品を読んでいたのだろうか。マーガレット・ドラブルの編集した *The Oxford Companion to English Literature* の children's literature という項目を簡単に見てみると、イギリスでは十七世紀になると教訓的な内容の児童向け本が出始めるが、子供たちはもっぱら大人の読者を対象として書かれた物語などを読んでいたようである。ジョン・バニヤンの『天路歴程』、ダニエル・デフォーの『ロビンソン・クルーソー』、ジョナサン・スィフトの『ガリヴァー旅行記』などである。

十八世紀になると、ジョン・ロックやルソーなどの影響により、より人格教育の必要性への認識が広まり、子供たち自身が関心を持ち喜ぶような本が書かれ始める。さらに十九世紀の半ばまでには質の高い児童文学への要求が高まる。スイスの作家ヴィーズの『スイスのロビンソン』（一八一四）やシャーウッド夫人の『フェアチャイルド一家物語』（一八一八―四七）などが良い例だが、この頃までに冒険もの（マリアットの海洋冒険小説）、学校もの（ヒューズの『トム・ブラウンの学校生活』）、家族もの（ヤングの『デイジー・チェイン』、アメリカ人作家オールコットの『若草物語』など）、動物もの（スーエルの

『ブラック・ビューティ』）、ファンタジーなどといった様々なジャンルが出来上がってきた。この頃にはまた、グリム兄弟の『ドイツ民衆物語（グリム童話）』やアンデルセンの童話が翻訳されている。十九世紀後半には今日まで読み継がれている傑作が多く発表された。キングスリーの『水の子』（一八六三）、キャロルの『不思議の国のアリス』（一八六五）リチャード・ジェフリーズの『ビーヴィス』（一八八二）、スティーブンスンの『宝島』（一八八三）、キプリングの『ジャングル・ブック』（一八九四―五）などなど、これ以上例を挙げるのはきりがないのでやめるが、児童文学の黄金時代の到来と言えるだろう。またバナーマンの『ちびくろサンボ』（一八六二）やポターの『ピーター・ラビット』（一九〇二）など初めて絵画がテクストと同等な重要性を付加された読み物が登場する。また、ドラブルは書いていないが、十九世紀後半には子供たちに良書を与えようとする文学的な要請からというより、社会や国家の要請に応えるような作品が大量に書かれ始めたことが最近の研究で指摘されている。例えば『ボーイズ・オウン・ペーパー』という少年向けの雑誌には、当時の大英帝国の一員として活躍する少年が描かれ、帝国主義的なイデオロギーが子供たちに植え付けられていった。こうした視点は、児童文学の歴史をいわゆる良書からのみ見ていくと見落としてしまいかねない。

いわゆる児童文学の歴史をきわめて簡単に見てきたが、こうした子供たちに向けて書かれた読み物が、すべての子供たちによって読まれた訳ではないことは言うまでもない。また家庭によって、個人によって子供時代に読まれた本は異なっている。そのいくつかの例を何冊かの伝記や自伝を通して見てみよう。

まず最初にジョン・ラスキンについて。クェンティン・ベルによると「彼（ラスキン）は玩具もほとんど持たず、本はくり返し読み、ほとんど暗記してしまった聖書に始まり、サー・ウォルター・スコット、サミュエル・ロジャーズ、さらに驚くことにはバイロンの作品を持っていた」とある。ラスキンの両親、特に母親はラスキンを厳しく育てたが、それはまた過保護な養育であったようだ。ベルは「彼の両親は、いわば有袋動物の育児嚢だった。彼等はお腹の袋のなかに彼を安全に入れておき、危害からも、冒険、友情、危険な思索からも守った。その袋は幼いラスキンばかりでなく、家庭用聖書という重くかさばる固いものをも容れなければならなかったので、総じてあまり居心地よくはなかった」と書いている。後に少し触れようと思うが、当時の特に中産階級の女性たちが福音主義に深く帰依し、それが子供の育児へ大きな影響を与えていることがあるのだが、ラスキンの母親も例外ではなかった。

ラスキンの弟子ウィリアム・モリスもまたスコットに夢中だった。モリスの浩瀚な伝記を書いたフィオナ・マッカーシーによれば、彼は四歳の時にスコットのウェイヴァリー・シリーズに没頭していたらしく、七歳になるまでにはスコット全集をすべて読んでいたそうである。彼の母親もラスキンと同じように福音主義者だったが、幼年時代は家のなかで静かに育てられた。物心ついた時から本を読み始め、しかもむさぼるように読んだという。スコットは生涯モリスの愛読書になった。スコットは自分にとってシェイクスピアより大切だ、とよく言っていたそうである。そのほかにはディケンズをあげてはいるが。ラスキンもモリスも裕福な中産階級出身であったが、おそらく親の影響であろうか、いわゆる児童文学を与えられたという事情はなかったようだ。ラスキンは一八一九年の生まれ、モリスは一八三四年生まれだから、彼等の子供の頃には、先にあげた児童文学はある程度出版されていたはずなのであるが。

モリスとほぼ同時代の全く異なったバックグラウンドを持つ農村出身の作家の伝記を次に見てみよう。まずトマス・ハーディー。マイケル・ミリゲイトの伝記によるとハーディーは、一八四〇年にイングランド西部ドーセット州のボッカムトンという小村で生まれた。彼の父親は石屋だった。音楽を良くし、息子にヴァイオリンを教えた。しかし文学的な影響は母親からのものだったようだ。彼の幼年時代は祖母や母親が昔話や伝説民話等の語り聞かせをしてくれた。父親も民謡をよく歌って聴かせたようである。民話や民謡がまだ色濃く残る農村での少年時代をハーディーは後に小説のなかで書いている。ハーディーの両親は熱心な国教徒だった。英国の農村は高教会（ハイチャーチ）が主流で、教会における儀式、特に音楽も彼の少年時代に影響を与えたらしい。父親は近くの町の合唱隊のメンバーでもあった。ハーディーの母親は読む力はあったようだが書く方は苦手だったようである。この時代の農村の人びと、特に女性にはその傾向がみられた。彼女の母親は読み書きの両方が出来たらしいが、娘には書く教育は授けられなかったようだ。

教育熱心な母親の影響でハーディーは小さい頃から読み書きを習い始めた。彼は後に自分の少年時代の趣味は本の収集だったと述懐している。その頃の本は彼の蔵書のなかにはほとんど痕跡を残していないが、ブルワー＝リットンの小説の廉価版を手に入れ、物語に落涙したと回想しているし、十八世紀スコットランドの詩人、ウィリアム・ジュリアス・ミクルに入れあげていたこと、十歳の時に『天路歴程』を読んで登場人物の悪霊の挿絵を見て震え上がったことなどを、語っている。ハーディーは日曜学校（サンデー・スクール）に通っていたが、八歳で国教会の学校に通い始める。村の近くにはデイム・スクール（女性教師が一人で子供たちに読み書きそろばんなどを教える初等教育をおこなっていた私塾）があったのだが、彼がそこに通っていたという記録はないらしい。このデイム・スクールについては後でまた触れたいと思う。いずれにしても、彼が青年になるまでの読書量は並大抵ではなかったし、こんなものを子供が読むのか、といったものさえある。彼は終生聖書を読み、書き込みをする習慣があったが、これは少年の頃に始まったようである。その関連で祖母から送られてきた宗教冊子協会の冊子等も読んでいた。この協会は一七九九年に設立され、福音主義者のハナ・モア（一七四五―一八三三）等のパンフレットを大量に販売し、多くの日曜学校の教師たちが購入していた。モアは同時代の、子供は無垢の存在であるという、ロマン派的な子供観を否定し、子供たちの持っている欠陥を矯正することこそ教育の目的であると考えていた。『フェアチャイルド一家物語』の作者シャーウッド夫人も熱心な福音主義者だった。

もう一人、農村出身の作家の少年時代を紹介しよう。エドワード・トマスの書いたリチャード・ジェフリーズの伝記によるとジェフリーズは一八四八年に生まれ八七年に三十九歳で亡くなった作家である。ハーディーと同じようにイングランド西部、ウィルトシャーの農村で生まれ、小さな農場を経営していた両親は決して裕福ではなかったが、父親は子供たちにシェイクスピアや聖書の話をし、博物学的な知識を教えたようだ。トマスの伝記は彼自身の自然を愛する気持ちへの共感を反映してか、田園で自由に遊びにふける少年リチャードの記述が多く、田舎育ちの子供たち共通の様々な遊びが描かれている。そしてハーディーの場合と同様に、そうした経験が後にジェフリーズの作家活動のなかで作品へのインスピレーションを与えたことはたしかである。ジェフリーズの母方の祖父は製本師（ブックバインダー）だったから、本がたくさんあった。また父方の祖先もかつては比較的裕福で、祖父の家に行くとやはり本があり、なかには十八世紀に革で製本された本があったとトマスは書いている。ジェフリーズは『オデュッセイア』（ジェイムズ・モリスの翻訳とアレクザンダー・ポウプによる翻訳の両方）、『ドンキホーテ』、シェイクスピア、ゲーテの『ファウスト』（ルイス・フィルモア訳）などの古典をくり返し読んだそうだ。こうして家庭での読書とともにジェフリーズはデイム・スクール（ミス・カウルズの学校）やミスター・フェンティマンの学校（ここでは英語、数学、フランス語、ラテン語等が教えられていたようである）などで基礎的な初等教育を受けていた。

これらの作家たちの子供時代の読書体験は、多くの場合、大人たちに向けて書かれたものを与えられたり、あるいは親の書棚から取り出して読み進めたというものであったと考えてよいだろう。親からの影響は決して無視できないものだったし、またそうした影響のもとでみずからの感性を磨いて、自分自身の世界を築いて行った早熟で優れた文学的な才能を持っていた作家たちの体験を普遍化することは出来ないかもしれない。しかし読書を友とした彼等に共通して言えることは、いわゆる児童文学が成立したと考えられる時代に育ちながら、それにはほとんど影響を受けていないのではないかということである。いったい誰が初期の児童文学を読んでいたのか、本当はもう少し幅を広げて伝記なり同時代の記録を読む必要があるのだが、いまのところわたしには確たる答えはない。どれくらいの出版部数があり、どのような市場があったのか、今後の研究を待ちたいと思う。

しかし十九世紀の後半に少年時代を送った世代を見ると、様子がかなり異なっていることが分かる。自分でも児童文学を執筆したアーサー・ランサムの例を見てみよう。

ランサムは一八八四年に生まれ彼の少年時代は児童文学の黄金時代に属している。彼の自叙伝を覗いてみる。ランサムの父親はイングランド北部ヨークシャーのリーヅにあったヨークシャー・コレッジ（今のリーヅ大学）の歴史学の教授だった。彼は、典型的なインテリ中産階級の子供といえる。まだほんの小さい頃父親がルイス・キャロルの『シルヴィーとブルーノ』（一八八九）を読んでくれたことを覚えている。また母親も読み聞かせをしてくれたようで、ランサムは、母が自分の好みではないものは決して子供たちに与えようとはしなかった、と言って感謝している。彼は「子供が読むに値する本は大人にも読むに値する」と述べているが、それはまた彼がツバメ号シリーズを書いていた時の原点であっただろう。彼の作品を読むと子供向けの本だからといって決して妥協していないことがよく分かる。ランサムは四歳の時に父親から『ロビンソン・クルーソー』をプレゼントされている。一人で全部読み通したことへのご褒美だった。その他のランサムが読んだり読み聞かせてもらった本を自伝からピックアップしてみる。

まずキャサリン・シンクレアの『休暇の家（ホリデイ・ハウス）』（一八三九）、これはランサムが最初の近代的な児童書と呼んでいるものである。ドラブルによると、この作品は子供向けに書かれながら何か教訓的なものを付加することに批判的な著者の代表作で、評判の高いものであったということである。彼が何度も読んでほとんど暗記していたのが、サッカレーが自ら挿絵も描いた『薔薇と指輪』（一八五五）、エドワード・リアやルイス・キャロルのアリスものと『シルヴィーとブルーノ』、『スナーク退治（ザ・ハンティング・オブ・ザ・スナーク）』など、またキングスリー、ヴィクトリア朝で幅広い支持を集めたシャーロット・メアリ・ヤング、ユーイング夫人、アンドリュー・ラングのおとぎ話など、ランサムはクリスマスや誕生日に自分で一冊ずつ集めたと回想している。『ジャングル・ブック』は出版されるとすぐに読んだと書いている。アンデルセンやグリム童話も読んでいたという。「我が家にはけっして本がたくさんあったという訳ではないが、われわれはそれらの本を何度も読み返した、そして読み返すごとに面白さが増していった」と述懐しているが、お気に入りの本を大切に読み返している子供の姿が彷彿としてくる。数を与えるのではなく、良書を与えることの大切さを教えさせられる言葉である。

ランサムの少年時代は、後に彼が書いた物語の主人公たちのように、湖水地方に出かけ、ヨットや魚釣り、山歩きをして自然のなかで思う存分遊ぶ一方、当時高い評価を受けるようになった十九世紀に生まれた子供たちに向けて書かれた児童文学を享受することが出来た。そこには子供には優れた文学を与えたい、という当時のインテリ層の親たちの思いが表れているような気がするし、またそのために世評の高い文学が実際に作られるようになったということが、社会における共通の理解として出来上がっていたといえるだろう。

さてこれまで、文人たちの少年時代の読書について見てきたが、最後に女性作家の子供時代の読書について一つだけ例を見てみよう。自伝的小説『ラーク・ライズからキャンドルフォードへ』（一九三〇）の著者フローラ・トムスン（一八七八―一九四七）は物語の主人公ローラがオックスフォードシャーの農村社会のなかで文字を読むという喜びの体験をへた後、母親の持っていた『聖書』、『天路歴程』『グリム童話集』『ガリヴァー旅行記』などを次々に読むようになる。彼女の体験は、学習意欲の高い、後に文学者にまで成長する田舎の少女としては例外的なものであったかもしれない。

こうした文学者たちの若き日の読書体験を共有できる人びとはもちろん社会の少数だった。ハーディーの『日陰者ジュード』（一八九四―九五）やジョージ・エリオットの『フェリックス・ホルト』（一八六六）のような貧しさのなかで学問や教養に目覚め、自らの地位から這い上がろうという野心を持つ人びとはさらに少数であった。読書する能力、さらに文章を書く能力は、たしかに下層階級の人びとが自分たちより上の階層に上がるための必須の条件だった。ある意味で露骨な立身出世を日々の「教養」を磨くことで成し遂げようとしたのは下層階級の上層、いわゆるロウアー・ミドルクラスの人びとで、たとえばフォスターの『眺めの良い部屋』のエマースン親子が良い例であろう。

子供たちが児童文学にせよ大人向けに書かれた文学にせよ、読書をすることの出来る指標、それはよくリテラシー、読み書き能力、として語られる。またイリテラシーは字が読めない、書けないことを表す言葉である。二十世紀前半のイングランドの労働者文化を描いたリチャード・ホガートの著作のタイトルはまさに『ユースィズ・オブ・リテラシー』で、邦訳名は『読み書き能力の効用』だった。しかしリテラシーが読み書きの両方の能力を表す言葉として定着するのは十九世紀の後半である。十八世紀にはリテラシーとは「純文学に詳しい」という意味で用いられた用語で、それに伴いイリテレットとは「純文学について無知である」ということだった。またハーディーの母親の例でも示したように、文字は読めるが、字を書くのは苦手だという人は大勢いた。読むことが出来るということと、書くことが出来るということは、必ずしも両立しないのである。かなり難しい本を読めても書くことが出来なかったり苦手に思っている人はたくさんいた。ここでリテラシーの問題に深入りすることは出来ないが、松塚俊三『歴史のなかの教師――近代イギリスの国家と民衆文化』(山川出版社、二〇〇一)がこれらの問題について詳しい。

最後に十九世紀の初等教育について簡単に見ておこう。この時代の初等教育の特色はその多様性である。貴族や中流の上に属する子弟の行くパブリック・スクール、主として中産階級の優れた子弟を受け入れていたグラマー・スクール、少なく見積もっても千五百はあったと見られる慈善学校(チャリティ・スクール)や職業学校(トレード・スクール)などの他、日曜学校(サンデー・スクール)、おばさん学校(デイム・スクール)、工場付属の学校や、救貧院付属学校、貧民学校(ラッグド・スクール、これは直訳するとボロ着学校)など多様な学校が貧民のために開設されていた。こうした様々な学校は一八七〇年の教育法以降、初等教育の義務化に向かっていく政府の方針で統合されたり淘汰されたりしていく。これらの学校の質は様々だったし、地域によって異なっていたが、貧しい人たちだけが劣悪な教育を受けていた訳では必ずしもなかった。ディケンズの『ニコラス・ニックルビー』のドースボーイ学校のように、むしろ社会上昇を望む親たちによって、劣悪な質の寄宿学校に入学させられた中産階級の子供たちは、時代や社会の被害者だったと言えるだろう。(ボイド・ヒルトン『マッド・バッド・アンド・デンジャラス・ピープル』)

十九世紀の子供の読書についていろいろ見てきた。良い読書体験をするということは、良い環境に恵まれることと深く関連していること、また、良い本が書かれてもそれを読む環境が整備されていなくては子供たちがそれにアクセスすることができないのだ、ということが分かった気がする。それはいつの時代にも同じことだし、良書を与えるということが難しいことなのだとも考えさせられる。

# ブルームズベリ・グループと良心的兵役拒否
## ――J・M・ケインズとレディ・オトリーン・モレルを中心に

いまから十数年前に、小沢書店から出した『明け方のホルン』で、主としてジョージアン詩人についてのエッセイをまとめて出版した。たまたまその中の詩人たちの話は第一次大戦との関わりで論じられていたので、今回小関さんから京都大学人文科学研究所の第一次大戦に関する共同研究の合評会に誘われたのだが、勿論わたし自身の専門は十八世紀から十九世紀なので、二十世紀のテーマについてはあくまでも素人であることをお断りさせていただきたい。

小関さんの研究(1)は良心的兵役拒否の問題を当時の資料を使いながらかなりの程度説得力を持って書いておられる。良心的兵役拒否者は人数としてはそれほど影響力があったとは思われないが、テーマがテーマだけに、当時としても多くの人びとの関心を呼んだ出来事であったと思われる。祖国を守るということと、宗教的であれそれ以外の理由であれ、人を殺すということにたいして人間存在のあり方として賛成することを拒否したいと考えていた人びとの国家の強制に対する異議申し立てのありようが、小関さんの本では賛成派、反対派の議論を整理しながらビビッドに描かれている。わたしの話では、真正面から小関さんの本について論ずるというよりも、小関さんのテーマの周辺を少しのぞいてみるということになると思う。

さてわたしが『明け方のホルン』を書いていたときに、気になりながらあまり深く詮索することができなかった人がいた。その人自身は詩人ではなく社交界の女性主人で、文人たちのためのサロンといったものを開いていた女性だったからである。

一九一六年八月に傷病兵として帰国していた時に、サスーン（シーグフリード・サスーン）はレディ・オトリーン・モレルと知り合うようになる。彼女の夫フィリップ・モレルは自由党の議員で彼等は共に反戦論者であった。モレル夫妻の知り合いには多くの反戦論者がいたが、サスーンは彼等から強い影響を受けるようになる。バートランド・ラッセルもその一人であったが、ラッセルは良心的兵役拒否者で、サスーンの態度はそこまで徹底したものではなかった。しかしラッセルを始め、モレルから議会の情報などを聞くに及んで、サスーンは自分が参加している戦争の大義を疑い始めるようになる。それは彼にとって全く新しい経験であった。モレル夫妻の館はオックスフォード郊外のガースィントンにあったが、そこでは「この戦争がふさわしくない動機で遂行されており、その存続と長期化を支持する大衆の意見にたいして立ち上がるのは、少数の勇気ある人々の義務である」という考え方が支配的であった。サスーンは政治家たちが背後で何を考えていたかを知り、はっきりと今回の戦争には反対の姿勢をとるようになる。そして現実の戦闘に参加した兵士として、戦争は確かに悲惨で醜悪なものであることを提示する義務があると考えるようになる。(2)

志願兵として西部戦線に送られ、勇敢な戦いぶりでミリタリ・クロスを受けたサスーンは、ガースィントン・マナーでのオトリーン・モレルたちの影響で、一九一七年六月に直属の指揮官に兵役の拒否を宣言する。無許可離隊者AWOL（Absent Without Official Leave）というそうである。その陳述書は作家のトマス・ハーディ、H・G・ウェルズ、バートランド・ラッセル、エドワード・カーペンター、アーノルド・ベネットなどサスーンの知人たちに送られ、議会ではリース＝スミス議員によって読まれセンセーションを巻き起こすことになる。

この陳述書を書くにあたって最初に相談を受け、前に進むように勧めたのがオトリーン・モレルである。彼女はバートランド・ラッセルを彼に紹介し、陳述書の手直しを依頼している。[3] 彼女については、日本でもあまり知られていないと思う。英文学者でも彼女について言及しているのは、小野寺健さんぐらいしか寡聞にして知らない。[4]

オトリーンは一八七三年、陸軍中将アーサー・キャヴェンディッシュ＝ベンティングの娘として生まれた。六歳の時に彼女の異母兄チャールズが第六代ポートランド公爵を継ぐとノッティンガムシャのウェルベック・アベイに移り、やがて社交界にデビューする。学問にも強い関心を示し、セント・アンドリューズ大学やオックスフォード大学でも学ぶが一九〇〇年に弁護士のフィリップ・モレルと結婚する。彼はやがて自由党から立候補し議員となる（彼の名前は小関さんの本にも一回だけだが登場する。これについては後述）。

オトリーンの交友の幅の広さはきわめてインプレッシブである。詳しくは小野寺さんの本に譲るが、ロンドンの家と戦中からはガースィントンに当時の代表的な芸術家たちが集うサロンを主催していた。画家のオウガスタス・ジョン、数学者で哲学者のバートランド・ラッセル（ちなみにこの二人はオトリーンの愛人でもあった)、詩人のT・S・エリオット、作家のD・H・ロレンス、ヴァージニア・ウルフをはじめとするブルームズベリ・グループの人びと、さらに戦中からは、上でも引用したとおり、H・G・ウェルズやシーグフリード・サスーンなどの反戦色の強い芸術家が集まっていた。

オトリーンとフィリップ夫妻のロンドンの家は44ベッドフォド・スクエアにあった。ブルームズベリのとなりといってよい。すでに一九〇九年に、彼女とヴァージニア・ウルフはオトリーン主催の「木曜会」で出会っており、ブルームズベリとの交友は早くから始まっていた。その時に一緒だったのは、オウガスタス・ジョン、ロジャー・フライ、クライヴ・ベル夫妻(夫人はヴァージニアの姉ヴァネッサで絵描きであった)、ヴァージニアはまだ結婚前で、スティーヴン姓であった。やがてオトリーンの家にはブルームズベリのほとんどのメンバーが頻繁に訪れるようになる。リットン・ストレイチー、ダンカン・グラント、E・M・フォースターなどなど。

オトリーンはブルームズベリと彼等とは異なった資質の芸術家たちを引き合わせることに喜びを見出していた。たとえばD・H・ロレンス。ラッセルが彼を、ケンブリッジ大学のキングス・コレッジでケインズに紹介した時には露骨に嫌悪感を示したが、オトリーンやヴァージニア・ウルフに対しては好印象を持った。こうしてオトリーンと彼女のサークルは第一次大戦へと向かっていった。

第一次大戦が始まった一九一四年の八月のモレル邸の来客名簿を見てみよう。ラムゼー・マクドナルド、アーサー・ポンソンビー、H・グランヴィル＝パーカー、アーノルド・トインビー、バートランド・ラッセル、チャールズ・トレヴェリアン、エイドリアン・スティーヴンといった反戦平和主義者、その多くがフィリップ・モレルとともに最初は戦争の早期終結を主張する民主管理同盟 Union of

Democratic Controlの設立者たちであった。その内訳はフェビアン社会主義者、自由党員、独立労働党員など多様だったが、反戦平和といった点で一致して、共同歩調をとろうとした人びとと言えるかもしれない。UDCは一九一七年までには六十五万人の会員を有していたといわれている。幅広い連帯を求めた同盟の活動は、小関さんが著された反徴兵制フェローシップNo-Conscription Fellowshipとも重なるところはあるが、すくなくともキーメンバーのなかには重複している人はそれほどいないようだ。

夫のフィリップが政治家であり、当時のイギリス議会は自由党が多数を占めており、首相はアスクィスで、オトリーンは首相家族とも親しく出入りすることの出来る一方で、芸術家たちとの交際を広げていったことが彼女のサークルが当時としては異彩を放っていた理由であろう。そして反戦、平和、あるいは良心的兵役拒否といった第一次世界大戦でおおきな関心を持たれる活動の有力な拠点としてモレル邸が頻繁に提供されたことは、文学史のみならず少なくとも二十世紀のイギリス史のきわめて興味深い多くのエピソードとともに心に留めておくべきであろう。

さてここで、良心的兵役拒否者たちが拠り所にしている「良心」について少し考えてみたい。サー・キース・トマスは「十七世紀イングランドにおける良心の問題Cases of Conscience in Seventeenth Century England」というエッセイの冒頭で、「十七世紀はまさに〈良心の世紀〉といえよう。確かにイギリス史のなかでも、人びとが宗教や政治のうえで、これほどまでに多くの義務や忠誠心を試され、またみずからもかくまで心いたく良心の呵責を覚えた時代はない(5)」と書いている。さらに「良心とはまず客観的な根本原理に基づいたものでなくてはならず、目的が正しいだけでは不十分であるとされた」[6]のである。このような事態に直面し、人びとは聖職者にその解決を求めた。中世以来カトリック教会のものであった決疑論 casuistry がプロテスタント国家のイングランドにおいてもさまざまな局面において重要な教養になっていった。その場合それは神の法をこの世に当てはめるために必要な手段であった。政治と宗教における忠誠心の問題では、「良心を拘束する力が人間の法にあるのか」が問われた。十七世紀の政治思想の多く、グロティウス、フィルマー、ロック、さらにはホッブスたちの思想もこうした決疑論がきっかけとなって発展したとトマスは論じている。彼等のなかから、自然法思想が決疑論にとってかわりうる可能性が主張され始めたからである。ホッブスの場合、「ひとりひとりが善悪を判断し、良心に従って行動する権利があるという考えには、反対の姿勢を示し、そんなことをすれば無政府状態になってしまうだけだ、国家においては統治者の法こそ万人の公的な良心なのだ」と考え、忠誠の誓には拘束力がない。誓っておいて義務を果たさないのがいけないだけのことだ、と述べていることにも注目したい[7]。良心の問題は、知識人たちの間だけではなく、人びとの生活のあらゆる局面で見られた。

しかしながら決疑論、良心の問題は、十八世紀になると急速に影響力が無くなっていく。たとえば、R・H・トーニーが書いているように、すでに十七世紀の半ばには、良心の制約を振り払った経済活動が蔓延し、法の条文に触れなければどんなことをしてもよい、という風潮が出来上がってくる。トマスは十七世紀半ばの激動を経て「政治や経済によって生じた道徳のジレンマをひきうけたのは、おおむね一般信者であった。道徳を論じる神学は道徳哲学に、政治の決疑論は政治哲学に道をゆずったのである（……）政治算術に支配された経済からは、もはや道徳の問題などめったに生まれることはなかった」と述べている。さらに「この推移が近代以降にひきつがれるより世俗的な信条、つまり何をしても良心に従っているかぎり道徳的な誠実さは失われない、という考え方の原点となっていることはまちがいのないところであろう」と指摘し、「現代の戦時法廷における良心的兵役拒否への判決も、兵役を忌避することの妥当性を問うより、その良心が真か偽かという点を問い、下されているのである」(8) と言っている。

はたしてトマスが主張するように戦時法廷あるいは第一次大戦の時は兵役拒否審査局 tribunal がそうした原理で良心的兵役拒否者たちを裁いていたかどうかは、小関さんの本を読むと、かなりえげつないやり方で、彼等の主張を聞くというよりは、罰を与えようとする意図のほうが優先されているようには思えるのはわたしだけではないだろう。明らかに兵役を忌避する際の妥当性が問われている。そうでないのなら、小関さんがいくつか例を示しているように家族への敵によるレイプの喩えを出してそうした敵と戦わないのはおかしいといった尋問は行われないであろう。リットン・ストレイチーもまったく同じような質問を受けたらしい。

ブルームズベリ・グループのメンバーにとっての良心はどのようなものだったのだろうか？ 彼等のほとんどは男性に限って言えば、ケンブリッジ大学での交友をその基盤としている。ダンカン・グラントなど画家たちは別であるが。そしてジョン・メイナード・ケインズが自身や彼の友人たちを「非道徳主義者」と呼び、古い考え方、因習を否定し「神かけてわれわれは自らのことに対しては自分自身が審判者である」とのちに回想しているが、そうした考えを彼等が抱くようになったのには、ケンブリッジの哲学者G・E・ムーアの教えの影響が大きかった。ムーアは若い彼等に愛、真実、美を情熱を持って求め、審美的な体験を楽しむことの重要性を教えた。[9] それは彼等にとって新しい宗教であった。審美主義あるいは唯美主義（エステティシズム）は世紀末のヨーロッパの知識人や芸術家たちに大きな影響を与えた芸術理論の流れである。ウォルター・ペイターやオスカー・ワイルド、ヴェルレーヌ、マラルメなどのフランス象徴主義やデカダンスなど、十九世紀に生まれながら十九世紀的な道徳観や、芸術を道徳の道具として考える風潮に対する批判的な態度は、二十世紀の一〇年代にはイギリスにおいてもさまざまな局面で影響力を見せ始めていたと言えるのかもしれない。新しい価値観がそれをもたらす変化を示し始めたのは第一次大戦が始まる直前であった。ヴァージニア・ウルフは「一九一〇年の十二月かそのあたりで人間性が変化した（……）あらゆる人間関係が取って代わった。主人と従者、夫と妻、親と子の関係が。人間関係に変化があれば同時に宗教にも人間の行いにも政治にも文学にも変化が生じる」と後に回想しているが、この人間性の変化をもたらしたものがなんであるか、確実には言えない。一〇年十二月にロジャー・フライやヴァネッサ・ベルたちが開催した「後期印象派展」のことが念頭にあるのかもしれないが、それだけで説明することは難しい。

新しい価値観を信奉する若い人びとにとって、良心の問題はどのように解決されるべきか？　ムーアは彼の主著『倫理学原理』*Principia Ethica* において「決疑論は倫理的探究の目標である」と言っているが、彼の倫理学のなかでも実践倫理学 practical ethics は「正」right「義務」duty を通常の倫理学の考察の対象である「善」good とは区別して論じている。何をなすべきか、という問いはもちろん善についての認識が不可欠であり、善は彼によれば直覚によって得られる「内在的に善い」もの、つまり彼にとっては「人間的な交わりの楽しみと美しい対象の享受」なのであるが、そこへ至るための因果的経路を正確に知ることが大切だと主張される。[10] ケインズを始めケンブリッジの学生たち、とくにブルームズベリの青年たちが影響を受けたのはこの議論であったろう。この問題には後で立ち返りたい。

開戦当初、多くの人はこの戦争は短期間で終わるだろうと考えていたようである。志願兵の多くはこのような願望を抱いて戦場に赴いた。ブルームズベリのなかでも反戦の意見を持っていたものは最初は多数ではなかった。エコノミストとしてケンブリッジと大蔵省との間を忙しく行き来していたケインズが開戦については現実的に考えていたことは容易に想像できるが、それでも彼は自ら兵籍に入ろうとは考えなかったし、外科医であった弟のジェフリの陸軍への入隊を止めようとしたりした。いっぽう彼は民主管理同盟（UDC）からは距離を置いていた。一方、レズリー・スティーブンの末っ子、ヴァージニアやヴァネッサの弟のエイドリアンはUDCの事務を手伝っていた。当初、ケインズは積極的には反戦の立場はとらなかったが、戦局が次第に英国には芳しくない事態に陥り、また徐々にケンブリッジでの友人や教え子の戦死の知らせを聞くにつれて彼の心はうちひしがれていった。一九一五年四月に書かれたダンカン・グラント宛の手紙では、自分の学生や友人、そしてルパート・ブルックの死を知り「彼のために泣いた。まったく悲惨なことだし、いい加減に止めなければならない悪夢だ。僕たちがその下で生きていかなければならないような暗雲のもとで次の世代が生きることのないように祈るばかりだ」と悲観している。[11]

その年の五月にアスクィスは保守党と連立内閣を作る。ケインズが仕えてきた大蔵大臣ロイド・ジョージは新しくできた軍需省の大臣となり、大蔵大臣はレジナルド・マッケンナが就任した。さらに十月には徴兵制が現実になりそうになる。ケインズは大蔵省の意を呈して、軍人のさらなる増強と輸送は食糧や軍需品を連合軍や英国軍に輸送することとの二者択一しかない、と進言するが、アスクィスはそれを諒としながらも陸軍の主張を受け入れるしかなかった。ヘイグ総司令官をはじめ陸軍は翌春の西部戦線での総攻撃を計画していたのだった。一九一六年一月二十六日に「兵役法」が成立する。ここからケインズの試練が始まる。彼にも召集令が来るが、彼は良心的兵役拒否という理由で免除を請求し、ロンドンのホーボンにあった兵役免除審査局に出頭するよう呼び出される。彼は大蔵省の仕事が多忙のため出席できない旨返事をする。それにたいして兵役免除要請は却下された。その理由は既に大蔵省より六カ月の免除が与えられているからということであった。[12]

ケインズの浩瀚な伝記を書いたスキデルスキーはケインズがなぜこのとき良心的兵役拒否者として兵役免除を申請したのか理由を探っている。

もっとも分かりやすい理由としてあげられているのが、ケインズの他のブルームズベリのメンバーへの忠誠心である。というより、彼は戦争の初期から何人かの人びとから厳しく非難されていた。スマートなインテリが大蔵省の仕事に満足し(彼は実際飛び抜けて優秀であり、やりがいのある仕事を任され充実した気持ちでいた)、その結果この戦争に協力しているという非難であった。その一人デイヴィッド・ガーネットは、「野蛮人によってキングスから呼び出されて野蛮な目的のために忠実に奉仕し、それが終わると酒を飲んでいる……君は何なんだ」と書き送っている。さらに追い打ちをかけたのがリットン・ストレイチーであった。ストレイチーは、「反徴兵制全国協議会」National Council against Conscription（NCC）や反徴兵制フェローシップ（NCF）に参加し反徴兵制の論陣を張っていた。ある晩の食事の時、彼はエドウィン・モンタギュー（一五年まで大蔵省におけるケインズの上司だった）の好戦的な演説の新聞記事を切り抜いて、それに一言「メイナード君、なぜ君はまだ大蔵省にいるのかい？　敬具、リットン」と添えて、ケインズの皿の上に置いておいた。ケインズはそれを読んでストレイチーに辞職する時があり得ると告げている。翌日彼はすぐにNCCに小切手五十ポンドを送り、大蔵省から六カ月の兵役猶予をもらい、そして良心的兵役拒否による兵役免除申請を出している。スキデルスキーはケインズがこうした行動に出る一方、和平交渉を強く進言しており、戦争の早期解決の可能性を探っていたのではないかと論じている。つまり、ケインズはさまざまな手立てを用意しながら、友人たちにも顔が立つように、そして上手くいけば（戦争が早く終われば）辞職もせずにエコノミストとしての彼本来にもっともふさわしい仕事に専念できるであろうと考えていたのではないか、というのである。本当のところは分からない。しかし彼が誠実に友人たちの面倒を見たことは確かである。

ブルームズベリは人間関係が複雑で、通常の夫婦関係や友人関係として考えるとおおきな間違いで、そこに同性愛の問題が入り組んでさらに問題を複雑にするのだが、ここでは必要な限りしかそうしたことには言及できない。いずれにしても、ケインズはもとの愛人であったダンカン・グラントとグラントの愛人のデイヴィッド・ガーネットが良心的兵役拒否者として審査局に召喚されたおりに、国家にとって必要な仕事に従事している（the work of national importance）という理由で兵役免除を申請するようにアドヴァイスし、グラントの愛人のヴァネッサ・ベルの所有するサセックスのウィセット村の農場と果樹園で農業に従事していると報告させたが、審査局はその理由では不十分であると申請を却下した。さらに上級の審査がイプスウィッチで行われた時にケインズはいかにも大蔵省の偉い役人であるという装いで、ロンドンで重要な仕事があるのではやく審査を進めるようにと半ば脅しをかけ、グラントとガーネットは陸軍の非戦闘員としての資格が与えられた。ケインズはそれでも満足せず、さらに上級の審査局の決定により彼等は兵役から免除されたがその条件は実際に国家的な重要性のある仕事に就くことであった。しかし彼等は自営業であったため、その資格が失われそうになり、ここでもまたケインズは中央審査局にまで審理を持って行こうとした。しかしその時には彼等二人は既に別の仕事を見つけていた。ケインズはこの他にも多くの事例で良心的兵役拒否者たちの知人や学生の証人になったり、あるいは裏から手を回して有利な方向へと導く手助けをしたりした。

ここでケインズが書いた良心的兵役拒否による兵役免除の手紙について考えてみたい。この手紙はケンブリッジのキングズ・コレッジにあるケインズ・ペイパーズの徴兵関係のファイルにある。本文を読んでみると

I claim complete exemption because I have a conscientious objection to surrendering my liberty of judgment on so vital a question as undertaking military service. I do not say that there are not conceivable circumstances in which I should voluntarily offer myself for military service. But having regard to the actually existing circumstances, I am certain that it is not my duty so to offer myself, and I solemnly assert to the Tribunal that my objection to submit to authority in this matter is truly conscientious. I am not prepared on such an issue as this to surrender my right of decision, as to what is or is not my duty, to any other person, and I should think it morally wrong to do so.

わたしは完全な兵役免除を要求する。なぜならわたしは兵役に就くという重要な問題についての判断の自由を他人にゆだねることにたいして良心的拒否権を有しているからである。わたしは自らすすんで兵役に就くべきであると思いつく事情などないと言いたいわけではない。しかし実際に今ある状況を鑑みるに、わたしが自らを兵役に捧げるという義務はないと確信するし、わたしがこの問題について当局に身を任せることを拒否することを裁定委員会にたいし厳粛に主張するものである。わたしはかかる問題について、なにがわたしの義務でありなにがそうではないかを判断するわたしの権利を他の誰にもすすんでゆだねるつもりはないし、そうすることは道徳的に誤りだと考えている。

簡潔で率直な手紙であるが、この短い文章のなかに二度も同じ主張が繰り返されている。すなわち surrendering my liberty of judgment と to surrender my right of decision, as to what is or is not my duty, to any other person であるが、ともに、自らが判断する自由、あるいは何が自分の義務であるかないかを決める権利を、他の人に放棄する、ゆだねる、ことにたいする良心的、道徳的な異議 objection が問題になっている。ケインズは宗教的な理由でも反戦的な理由でもなく、自らの価値観は、それがなんであれ、自らが判断して守るべきものであり、他のものから、たとえそれが国家であっても、左右されるべきものではない、という主張をここでしているのである。自分こそあらゆる価値判断の中心であり、他人がそれについて判断することを拒否するという態度、それは十七世紀にホッブスが否定した個人主義を宣言するものである。

個人主義やムーア的な哲学を信条としていたケインズは例外かもしれない。ブルームズベリのメンバーたちのなかでの良心的兵役拒否の根拠も一貫していたとは思えない。しかし良心と道義を支えていた根拠が大きく変わってきていたことは否めない。良心的兵役拒否の思想はじつはもっと多様なものではなかったのか。小関さんが描いているような一見一枚岩ではなく、そこにはさまざまな事情があったのではないか。おそらく資料の許す限りで、それらの多様性を丹念に見ていくなかで、この運動の姿が立ち現れてくるのではないかと思われる。

わたしの話は、エリートたちの第一次大戦にたいする反応を紹介したにすぎない。しかし彼等が彼等なりに真摯に考え、主張しようとしたその時代への意見を、われわれも真摯に耳を傾けなければならない。そうすることで時代の全体的な姿が見えてくるのだろう。

［付記］

合評会はフロアからの刺激的な質問・コメントが多く、わたしにとっても大変得るところが多かった。わたしも自身の発表で触れておきたかったことを若干記しておきたい。

ひとつは小関さんの本でも度々出てくる良心的兵役拒否者の主張である「自由の伝統」についてで

ある。自由libertyとイギリスとは確かに密接に結びついているように思われる。それは反体制的な十八世紀の急進派が（例えばロンドン・コレスポンディング・ソサイアティの標語である「自由の木を植えるPlanting The Liberty Tree」あるいは「自由に生まれたイングランド人Free Born Englishman」）執拗に主張した権利であった。「自由」という概念はやがてリベラリズムへとその幅を広げていく。自由党の主張する「自由」はもはや急進派の「自由」とは異質なものとなってしまう。つまり「自由」という概念は時代と共に、また誰がそれを使うかによって意味が異なってくる。「自由の伝統」も時代によって階級によってその意味は異なる。それは「創られた伝統」の様相を帯びてくる。良心的兵役拒否者の「自由の伝統」はその意味でさらに検討を加えられるべきものであろう。

**注**

（1）小関隆『徴兵制と良心的兵役拒否――イギリスの第一次世界大戦経験』人文書院、二〇一〇年

（2）草光俊雄『明け方のホルン』小沢書店、一九九七年、一二五ページ。再版みすず書房、二〇〇六年、一二一―一二二ページ。

（3）Jonathan Atkin, *A War of Individuals: Bloomsbury attitudes to the Great War*, Manchester University Press, 2002, p.43

（4）小野寺健『英国文壇史１８９０―１９２０』研究社出版、一九九二年

（5）キース・トマス『歴史と文学――近代イギリス史論集』中島俊郎編訳、みすず書房、二〇〇一年、二五九ページ。

（6）同上、二六〇―二六一ページ。

（7）同上、二七七ページ。

（8）同上、二八四ページ。

（9）Atkin, *op.cit.*, p.22

（10）久保田顕二「自然主義的誤謬」日本イギリス哲学会編『イギリス哲学・思想事典』研究社、二〇〇七年、二一五―二一六ページ。

（11）Robert Skidelsky, *John Maynard Keyne 1883–1946:*

*Economist, Philosopher, Statesman*, Macmillan, 2003, p.184

(12) 同上、p.191. 以下のケインズについての記事は、同上 pp.192-196 を参考にしている。

## ルパート・ブルックとリベラル・イングランド

ルパート・ブルックは一八八七年八月三日にラグビー校の教師の息子として生まれた。ラグビー校に進学するとスポーツにも熱を入れたが、自ら詩を書き、また『不死鳥 *The Phoenix*』という雑誌を友人と作り、世紀末芸術の香りの中で育った年長の友人がいて、彼から唯美主義のイギリスの詩人やフランスの新しい文学を学んだようだ。D・G・ロセッティ、A・C・スウィンバーン、アーネスト・ドーソンなどを熱心に読んだ影響は、初期のブルックの詩作ばかりでなく、芸術一般への好みに強く現れている。彼は十八歳の時に年下の従妹に宛てて「スウィンバーンの作品の三分の一、オスカー・ワイルドは全作品、そしてビアズリーの絵画」を味わうように勧めている。「デカダンス」と「倦怠」が頻繁に彼の口にのぼり、ワイルドの『獄中記 *De Profundis*』が愛読書だったといわれている。また同時に彼はエリザベス朝時代の詩人や劇作家たちにも深い関心を示していたことも付け加えておこう。それは彼がケンブリッジでの学究生活を始めるにあたっての核心的なテーマになるからである。

この時代に彼の将来の詩人としての資質が磨かれていたとすれば、一方でラグビー時代に総選挙があり(一九〇六年)、自由党支持の両親や親戚と一緒になって、自由党のキャンペーンを熱心に行ったり(自由党はこの選挙で第一党となり、キャンベル＝バナマンが首相になり、保守党のバルフォア政権は地滑り的な敗北を喫した）、学校のディベイティング・ソサイアティ（弁論大会）で「下院における労働党の増大を遺憾に思う」という提起に反対演説を行っている。反対の根拠は、全人口の六分の五をしめる労働者階級が、代表議会にふさわしい代表をもてないのはばかげているし、労働党の支持者たちのことが無知による偏見と階級感情を抱くジャーナリズムによって誤って伝えられており、「普通の労働者として働くなかから仲間たちによって選ばれて議会に選出された人間は、有能で才覚のある人間に違いない。彼は〈教育がない〉といわれるが、しかし彼は最良の修練を受けてきている、すなわち人生の苦難と困難という経験である。自由（Liberty）はその声を何らかの形で届くようにさせるだろう。われわれはそれが平和的で合法的な改革（revolution）によって達成される機会を歓迎する」というものであった。

ブルックが社会改良の問題について開眼したのはバーナード・ショウの演劇だった、とブルックの伝記を書いたハッサールは指摘しているが、それらの問題について彼がどこまで真剣であったか分からない。彼は年長の友人セント・ジョン・ルーカスに次のように書いている。「ラグビーの生徒たちはイングランドのアッパーミドルクラスの立場に立って、社会主義者を悪の権化として、芸術家よりはよこしまではないが身分的にはひとつ下の炭坑で働く人びとと同等にみなしているのだ」と。十七、八歳の若者の言葉であるからそのまま受け入れることは出来ないかもしれないが、彼が当時芸術を自分の生き方において最重要なものと考えていたことは認めなければならないだろう。さらに芸術を見下すヴィクトリア時代の中産階級の価値観に対しても反発を感じていたことも付け加えておく必要がある。「ラグビー校の教師には二つの種類がある――〈美〉を無視することによって侮蔑する連中と、

〈美〉を賞賛することによって侮蔑する連中だ」。若者に特有な反抗的な、しかも利発な精神がうかがえる言葉だと思う。

一九〇六年にブルックはケンブリッジ大学キングス・コレッジに進学した。ケンブリッジでの多彩な活動の中から、後年彼について貼られる多くのレッテル、あるいは神話が作り上げられるのだが、彼がこの小さな大学町を超えて、さらに広い世界へと歩み出す準備をしていた時代ともいえる。彼はギリシア劇委員会の上演に出演したり、友人たちとマーロウ・ドラマティック・ソサイアティを設立したり、と演劇にのめり込むが、一方同じキングスの新入生でイートン卒のヒュー・ドールトンと詩への共通の関心を通して知り合う。ドールトンは後に労働党の政治家になる人物だが、ケンブリッジに入学するとフェビアン協会のメンバーになる。ブルックは彼からトリニティの学生ベン・キーリングに紹介される。キーリングは一九〇五年にケンブリッジに入学したが、〇六年の自由党の勝利がケンブリッジのフェビアンたちを増大させたことを経験していた。彼等二人はブルックにフェビアン協会への入会を勧める。彼は当初ドールトンに「ぼくは君らのような社会主義者ではないんだ。僕のはウィリアム・モリスのような社会主義なんだ」と主張している。しかし当時の英国の貧困と社会的不平等の深刻さを学ぶことによってやがて自ら進んでフェビアンのメンバーとなる。

ここで少しフェビアン協会について見ておきたい。フェビアン協会は一八八四年に漸進的な社会改良を目指す人びとによって設立された団体で、初期の会員としては劇作家のジョージ・バーナード・ショウ、作家のH・G・ウェルズ、社会学者のシドニーとビアトリス・ウェッブなどがおり、主として中産階級の知識人たちや新しい社会階層（nouvelle couche sociale）をその支持グループとしていた。彼等の社会主義は、十九世紀に大きな影響力を持つようになってきた労働組合や、より左翼的な急進派とは異なっていた。また一八八〇年代に起きた社会主義リヴァイヴァルとも一線を画している。エリック・ホブズボウムは「フェビアン再考 The Fabians Reconsidered」という論文（後に『働く人びと Labouring Men』（邦訳は『イギリス労働史研究』に収録）で、フェビアン協会は英国内においてもヨーロッパ大陸と比較してもきわめて「変則的（anomalous）」な社会主義者である、と断じているが、それと同時に、英国は本来社会主義に同調していたであろう知識人の多くは自由党支持者が多かったとも指摘していた。ここでブルックや後に述べるオレイジやペンティとの関連で、ホブズボウムが興味深い点について述べていることを引用しよう。フェビアン主義者や十九世紀末の中産階級の社会主義者のほとんどが変則的である例外が、

一八八〇年代の唯美主義者やアーツ・アンド・クラフツの人びと（モリスや、ウォルター・クレイン、オスカー・ワイルドなど）で、彼等は通例社会主義にひきつけられていくことが多かった。中産階級のオスカー・ワイルドへの極度の不快感が、それは労働者への反撃とも符合するのだが、いったいどれだけ政治的不一致への憎しみを反映しているか、調べてみる価値がある。

と述べている。ホブズボウムのフェビアン協会にたいする評価は厳しく、マルキストの立場から、少なくとも理論的にはフェビアンたちが帝国主義者や、大企業、広い意味での右翼とも連携していたこ

とを指摘している。

さて、ブルックに戻ると、彼がフェビアン協会の活動でもっとも熱心に行ったのは救貧法委員会の少数報告の広報活動だった。エリザベス一世時代に成立した救貧法は、一八三四年に改正というか改悪され、貧しい労働者たちは自らの責任（すなわち怠惰）によってそうなったのだと主張し、救貧院（ワークハウス）に収容することなどによって、ますます彼等の働く権利を奪ってしまうものであるという批判が絶えなかった。一九〇五年に保守党のバルフォア政権のもと、ジョージ・ハミルトン卿を委員長として王立委員会が発足し、救貧法改正の検討がなされることになった。この委員会が一九〇九年に下した結論は、当面大幅な改革は行わないというものであったが、委員のなかの少数派がそれに対する批判と代案を発表した。シドニーとビアトリス・ウェッブによって書かれた少数派報告（Minority Report）は、国民一人ひとりの、また社会の行わなければならない道義的責任を問いながら、救貧院などに代表される制度を廃止して、新しい職業創設や老人・医療施設を生み出すことによって、救貧法そのものを骨抜きにし、廃止に追い込もうとするものであった。ブルックはこの宣伝活動を重視し、ケンブリッジやラグビーで演説会を開催したばかりでなく、馬車に乗ってイングランド南西部へと遊説のキャラバンに出かけた。この頃彼はドールトンのあとを襲い、ケンブリッジ・フェビアンの会長に就いていた。彼の会長職のもと、ケンブリッジ・フェビアンは大きく成長し、大学のなかでももっとも有力な政治団体にまでなった。しかしブルックは少数派報告を広める活動のあとは、次第にフェビアン協会からは遠ざかることになる。協会の活動のなかで知り合った女性、ノエル・オリヴィエやカ・コックスとの恋愛のごたごた、さらには進学と研究職への道を進むための猛勉強、詩人としての活動などが彼の心を支配し、時には精神的な負担が増大したりしたためなどいろいろ理由は考えられるが、はっきりしたことは分からない。その後ブルックが戦争に参加し敗血症で死なず、長生きしたらどうなっていたか、と考える人は多い。ヴァージニア・ウルフは「きっと首相になるかもしれない……議員になって古典を編集し、権力と野心を持つ男になるかもしれないが、詩人にはならないだろう」とグウェン・ラヴェラーに宛てて書いている。詩人のフィリップ・ラーキンは自由党の党首かラグビー校の校長になっていただろう、と書いている。

ジョージ・デンジャーフィールドが『イングランド自由主義の奇妙な死 *The Strange Death of Liberal England*』の最後の章「高遠なかげり The Lofty Shade」で、「ブルックの死でリベラル・イングランドが消滅した」と書いていることはよく知られている。一九三五年に出版された本だから、その後のジョージアン詩人やブルックについての新しい研究から見れば、いささか一方的で一面的な判断が含まれていると思われるが、ブルックがイングランドのリベラリズムを体現していた、という結論はとりあえず括弧に入れておきたいと思う。先にも述べたように、二十世紀前半の政治は自由党と社会主義、なかでもフェビアン社会主義、労働党的社会主義、これにはケア・ハーディの独立労働党、ハインドマンの社会主義同盟など、時にメンバーシップやお互いの利害が重複し、複雑に絡み合っているからである。自由党もグラッドストーンの時代から大きくその支持基盤、主張に多様性を持つようになった。地方組織においても、上流階級、中産階級、そして労働者階級との協調に温度差が見られるようになる。

最後に、ルパート・ブルックより十数年年長の、彼とはバックグラウンドが異なる二人のフェビアン主義者について簡単に触れたいと思う。A・R・オレイジとA・J・ペンティの二人である。彼等を採り上げるのは、二人がヨークシャーの生まれで、ともにリーズでリーヅ・アーツ・クラブをホルブルック・ジャクスンなどとともに立ち上げ、後にロンドンで『新しい時代 *New Age*』という雑誌をバーナード・ショウの支援で編集し、ギルド社会主義を立ち上げたという経歴を共有しているからである。『新しい時代』はもともと一八九四年に創刊され、ラムジー・マクドナルドやG・K・チェスタートン、S・G・ホブスンなどが寄稿していた雑誌で、一九〇七年にオレイジが編集者となる直前は、キリスト教社会主義者ジョゼフ・クレイトンが編集主幹だった。一九〇七年はショウが、フェビアン・アーツ・クラブを立ち上げた年で、ショウはモリスや彼の影響のもとに始まったアーツ・アンド・クラフツ運動に関心を持っていて、オレイジ、ペンティ、ジャクスンなど、芸術や建築（ペンティは建築家だった）や文学に関心を持っている若いフェビアンたちを仲間に入れて、『新しい時代』に新風を吹き込ませようとしたように思われる。ステファン・コリーニが『知識人の不在 *Absent Minds*』で論じているように、この週刊雑誌は当初「独自の社会主義週刊誌」と宣伝していたがすぐに「政治、文学、芸術の週刊評論」と変わり、新しい、特に前衛的な文芸誌へと変貌していった。アーノルド・ベネット、ヒレア・ベロック、チェスタートン、さらにはハーバート・リード、ウィンダム・ルイス、T・E・ヒューム、エズラ・パウンドやキャスリーン・マンスフィールドなども寄稿者に顔を並べている。コリーニは『新しい時代』と比較して、政治的には自由党の『ネイション *Nation*』についても論じているが、執筆者は時に重複していると指摘している。政治と文学、あるいは芸術とが特定の新しい知識人の登場によって新しい局面を迎え、モダニズムの到来を準備したといえるのかもしれない。

ノエル・アナンは『われわれの時代 *Our Age*』のなかで「われわれ（一九一九年から一九四九／五一年の間に大学に行ったもの）はヨーロッパ中に影響を与えた二つの運動の影のもとで生きた――モダニズムと集団主義（collectivism）である」と告白している。ともに彼等の時代に先立つ、これまで述べてきた世代の人びとによって切り開かれた地平である。ヴァージニア・ウルフは「一九一〇年の十二月かそのあたりで人間性が変化した……あらゆる人間関係が取って代わった――主人と従者、夫と妻、親と子の関係が。人間関係に変化があれば同時に宗教にも人間の行いにも政治にも文学にも変化が生じる」と述べている。一九一〇年十二月にロジャー・フライとヴァージニアの姉ヴァネッサたちが開催した後期印象派展のことが念頭にあるのかもしれないが、新しい時代の到来をあるその時と特定することは困難だが、たしかに十九世紀末から第一次大戦の終わる頃までには、モダニズムが始まり、それが古い時代への決別の宣言であったことは、その形式や内容が多様であっても同感できるのではないだろうか。しかしそれもまた新たな時代の到来によって大きな変化をこうむる。これまで見てきた時代は、いってみれば知識人たちが知識人たちのために文化を創り出そうとしていたように見受けられる。彼等はヴィクトリア時代の中産階級の俗物主義への反抗として芸術を前面に押し出し、政治をも巻き込んで自分たちの描く理想を実現しようとした。それが大きな環境の変化に見舞われるのである。政治が文学に果たした役割は、あるいはそれがどれほどのものかは議論があるが、一面的なイデオロギーによって理解することは困難である。それはあまりにも多様な形態をとりうるからである。

一九八〇年にロンドンのヘイワード・ギャラリー（Hayward Gallery）でアーツ・カウンシル主催の「三〇年代（Thirties）」という大規模な展覧会が開催された。丁度わたしが留学していた時で、そのスケールに圧倒されたが、両大戦間のこの時期に、イギリスではじつに多面的な活動が行われており、新しい芸術や文化の息吹が強く感じられたことを思い出す。そのカタログはいまも手元にあるが、序文を寄せたA・J・P・テイラーが書いているように、三〇年代のイギリスは世界同時恐慌の影を引きずって始まり、失業問題が深刻化し（二百万を超えていた）、金本位制と自由貿易体制が廃止された。イギリスの大国としての、いや帝国としての地位はもはや衰退の影が見え始めている。三三年にヒトラーが権力を握ると、ヨーロッパには再び戦火の始まりを予測させる不安が広がり始めた。国内でもサー・オズワルド・モーズリ率いるファシストの運動が起こる。スペイン市民戦争の影響もイギリス国内に共産主義とファシズムとの亀裂を生み出した。一方で、イギリスの人びとの生活スタイルが、消費社会の進展とともに大きく変化していった時代であることが絵画、建築、デザインなどの膨大な展示から浮かび上がってくる。ジャロウ・マーチに代表される失業者たちと、郊外に住み映画館に足を運んでグレタ・ガルボに熱をあげる多くの市民たちが共存していた時代、大衆化社会の登場である。大衆消費社会の登場といってもよいだろう。イギリスは明らかに二〇年代とは大きく異なった時代に突入したと思える。おそらく自由主義や社会主義の変貌の結果がこの時代に表れているのだろう。この時代を明らかにし、その前の時代との違いを考えるためにはさらに詳細な資料の分析が必要となる。

いずれにしてもイギリスは第一次大戦後に大きな変貌をとげたが、それはブルックが代表していたようなリベラリズムの変貌と軌を一にしていたように思われる。

# 植物学の帝国

## はじめに

ヨーロッパを旅行してきた人びとの多くが、町や公園が美しかった、特に家々の窓に飾られた植木鉢にはゼラニウムやペチュニア、インパーチェンスなどが色鮮やかに咲いていた、とため息をついて語って聞かせてくれる。冬の終わりから春の初めにかけて、公園にはスノウドロップ、クロッカス、水仙などが一面に広がっていて、まだ冷たい風を感じながらも、春の訪れが間違いないことを教えてくれるのを、喜びとともに感じる。やがてチューリップやアマリリス、レンギョウや桜や桃やリンゴなどの花も咲き始め、春爛漫となる。夏には蝶を呼ぶブッドレア、フォックスグラブ、さまざまな種類のバラの花がかぐわしい香りを漂わせる。野原も一面に野草が咲きそろう。

また、いかにもイギリスらしい田園の風景や、田舎のカントリー・ハウスの風景を見ると、マロニエの大木や、メタセコイア、ポプラ、ユリの木、スズカケなどの木々が目を引く。イギリスの田舎を連想する時に、緑豊かな大きな木や林はその風景に欠かすことの出来ないものである。

わたしは日本人の園芸への情熱もヨーロッパの人びとにけっしてひけを取らないと思う。十七世紀末に日本を訪れたエンゲルベルト・ケンペル（一六五一〜一七一六）は『日本誌』において「ここ（日本）には美しい花や葉の野生植物が、他の諸国に比べて断然多い……これらの野生植物は住居の庭に移植され栽培されていろいろの品種に改良されている」と述べ、またツバキ、サツキ、シャクナゲ、ユリ、キク、スイセン、アヤメ、ナデシコなど多くの花々についても観察し、それらがいかに人びとの暮らしのなかの一部として愛されているかということを感慨をこめて述べている。このような花を愛でる日本人の感覚は今日でも、下町の長屋の道路沿いに置かれた季節の花々の鉢や盆栽、郊外の住宅のフェンス脇に植えられた灌木や園芸植物が、われわれの目を楽しませてくれていることでも納得できる。

こうした花や木々を愛でる喜びは人類には普遍的に備わっていたものではあるだろうが、しかし、これほど多くの園芸植物が栽培され人びとに好まれ始めたのはヨーロッパにおいても日本においても近世になってからのことである。この新しい趣味の誕生は、人間と自然との関わり方の変化、人びとが新しい自然観と社会観を持つようになり、新しい世界観を獲得しようとするなかでもたらされたものである。

キース・トマスは『人間と自然世界』において人びとが自然とどのように付き合ってきたのか、自然とは人間にとってどのようなものであり、またその関係はいかなる変化を経験してきたのか論じている。(1) 一方で人間中心的な自然観があると同時に、自然は人間にとって手のつけられない野生で未開の存在である時代があった。自然は人間にとって役に立つ限りにおいて意味があった。有用性がなによりも優先された。食料や衣類の材料としての動物や植物、住宅に必要な材料として木材や石材など、衣食住を始め、装飾に使われた貝類やガラス、煮炊きの道具に使われた粘土や青銅や鉄など、人間は自分たちが生きていくために必要なものを自然世界から調達し、暮らしを向上させてきた。

人間は、自然にあるものをそのまま用いるのではなく、それらを加工することも覚えた。火を使い土から土器を作る、金属を作る、ガラスを作る、ということだけではなく、野生の動物を飼いならし家畜として飼育することを学んだ。植物も自然にあるものを収穫するのではなく、栽培することによってより効率の良い生活を行おうとした。これらの過程はまた人間にとって役に立たないもの、あるいは有害なものを排除する過程でもあった。人間にとって、また家畜にとって危険な動物は駆除された。また多くの森林は伐採され、建築や造船あるいは製鉄や製陶、製塩などの産業燃料のために用いられたが、それはまた新しい牧畜のため、畑のための開拓にも利用された。もちろん植林も行われたようであるが、伐採のスピードの方が速かった。

## 森林観の変遷

トマスによると、ジョン・ロックは都市の人間は礼儀正しく理性があるが、森や林の住人は非合理的で無教養である、と論じ、エドマンド・バークは古代のインド人はあらゆる洗練された技芸を有する文明を発達させたが、それに比べると英国人はまだ森に棲んでいる、と述べている。このように森林は文明と対比された野蛮とか未開と重ねられて考えられていた。野蛮（人）、未開（人）という意味の英語 savage はラテン語の silva（林、森）から来ている。森林とは荒野、未開、つまり危険と同義だったのは不思議ではない。またロビン・フッドの伝説が示すように、森林は無法者たちの住処とも考えられていたので、善良な一般人が近づくべき所ではなかった。(2)

森林を有効に使おうと考えた人びとはもちろん古くからいたには違いないが、伐採のためだけではなく、将来を見越して積極的に植林するという傾向が高まったのは近世になってからである。材木の不足に答えようとしたジョン・イーヴリンの著書『森林 Silva』が有名だが、植林の重要性を主張した人はその前からいた。トマスはすでに十一世紀には一部植林を行う地主たちが存在していたであろう、と指摘している。森を管理しようという目的は、おもに経済的なものであったが、ある種の森は王侯貴族たちにとっては、狩猟の目的にも使われており、上流階級の人びとのスポーツ、道楽のためにも大切な財産であった。森林経営の仕事は材木を管理することにとどまらず、そこに棲息している鹿などの動物にも及んだ。十八世紀初頭に成立したいわゆる「ブラック・アクト」は王室所有の森林における鹿の密猟者にたいする法律であるが、森を管理するものと、それによって生活をしているものとのきわめて政治的な衝突であったことは、E・P・トムスンの『ホウィッグと猟師たち *Whigs and Hunters: The Origin of the Black Act*』に詳しい。(3)

地主たちにとって、森林は牧畜のためにも大切な資源であったが、鹿を飼い狩猟を行うことは社交のうえでも重要であった。十六世紀から十七世紀になると彼等はパークと呼ばれる森や林を含む景観を人工的に作り出すことを始めた。それはまたこの時代に多くの大地主たちが村々の中心に居住することをやめ、こうした景観の良いパークに館を構えるという新しい動きとも一致している。これはいわゆるイギリス式庭園、あるいは風景式庭園として知られる十八世紀以降の大規模なジェントリたちによる庭園改造のはしりともなった。彼等は景観に邪魔な村などは強制的に取り壊し、館からの眺め、あるいは狩りをする際に障害となる家々を取り除き、新しい「景観美」を生み出した。ここに来て、かつての森林と人びととの関係に、新たに美的なものが加わったことになる。

カントリー・ハウスと呼ばれるあたかも自然のなかに一体化したようなジェントリたちの邸宅は、木々によって囲まれ外部からはその姿が見えない。広大な敷地には池や丘が新たに作られ、数多くの木が移植された。そのなかには、今までイギリスでは見られなかった木々が多くあった。貴族やジェントリたちの邸宅へ続くアヴェニューと呼ばれる道の両側には並木が植えられ、時には林のなかを抜けて馬車や馬が進んだ。こうした並木の木々はシナの木、マロニエ、楡などヨーロッパやアメリカなどから運び込まれたものが多かった。

海外からこれらの木々の苗や種を購入し、栽培することによって貴族たちに販売していたのは、造園家や庭師（gardeners）、育苗家あるいは苗木屋（nurserymen）などであった。彼等は、出入りしている貴族たちのネットワーク、海外に赴任している大使や有力な商人などを通じて、イギリスには生育していない珍しい木々や植物を輸入し始めたパイオニアたちであった。イギリスには存在しない木や花を植栽することはとりもなおさずその持ち主の名声を高めることでもあった。貴族や大土地所有者たちがこぞって珍しい植物を手に入れ、そのことを自らの権勢の証としていたのだった。今日われわれが見ることのできるイギリスの風景はこの頃に作られたものなのである。

## 植物をめぐるネットワーク

ヨーロッパのグローバル化にとっての転機は大航海時代に始まった。もちろん西洋と東洋との交流はそれまでにもあった。胡椒などの香辛料や絹織物などを中核とする東西交易は中世にはすでに確固とした基盤が出来ていた。しかしアメリカ大陸への進出やアジアとの直接交易（後には侵略や植民地化を伴うのだが）はヨーロッパの人びとの目を広く世界に向けさせることになった。それはルネサンスの科学技術への関心の広がり、なによりも自然世界や異文化への探究心と好奇心とも相俟って、新しい知識の蓄積と、珍しい、目新しいものへの興味と蒐集を促すことになった。十六世紀から十七世紀にかけての自然観の変遷はまさにこうした時代を背景にして誕生したといってよい。

すでに新しい知識のネットワークはルネサンスが始まる頃、あるいはその直前（十三世紀から十四世紀）には出来上がっていたと考えられる。このネットワークは主として王侯貴族に限定されたものではあったが、とくに人文主義がヨーロッパの知的世界に拡大していくと、一部の学者たちの間にも広がりを見せるようになった。それが十六世紀から十七世紀になると、エリートの学者ばかりではなく、市井の学者や、好事家たちもそのネットワークに組み込まれていく。裕福な、十分な資金を持つものだけではなく、ある程度の財産を蓄えることの出来る人びとにも、蒐集という、誘惑と欲望が、知的好奇心の拡大とともに増幅していったのであろう。いずれにしてもヨーロッパの人びとの植物についての知識が飛躍的に増大していった。それはまたさらに新しい知識を求める欲求と、新しい植物を手に入れたいという欲望を生み出すこととなる。

苗木屋の役割は大きかった。すでに十六世紀には活動していたようで、その後その数は急激に増大する。十七世紀の末にはロンドンだけで少なくとも十五の苗木屋があり、十八世紀の初めにはその中でももっとも大きい店では一千万近い苗木を有するところがあり、「その数はフランスの苗木屋をすべてひっくるめたほどであった」[4]。また十八世紀の初頭までに、ロンドン以外にも花の種や球根、苗木を売る店が広まっていった。彼等のうち手広く商売していたものたちは、海外から商品を手に入れていたが、貴族や有力なジェントリたちはフランスや低地諸国（今のオランダやベルギーなど、いわゆるLow Countries あるいはネーデルランド）から直接買い付けていた。もちろんそこには彼等に雇われていた庭師や園芸家が介入していたのであるが、彼等と町の苗木屋たちとの間にも取引が行われていたことも確かであった。

樹木や花についての情報のネットワークを可能にしたのが園芸書の出版であった。十六世紀には十九冊の植物学や園芸についての本しかなかったが、十七世紀には百冊、十八世紀には約六百冊が出版され、植物の種類が増えるにしたがって、本の数も増えた。十六世紀の初めには、イングランドの園芸植物は二百種類くらいであったといわれている。自生していた植物ではバラやユリ、ナデシコ、キンポウゲ、キンセンカ、スミレなど、現在でもイギリス人からは愛されている花々であるが、十九世紀の半ばまでに、様々な庭園や庭で栽培されている園芸種は一万八千種に及んでいた。いかに多くの種類の花々が海外から移入されたり、新種の栽培が行われたかを、この数が物語っている。十六世紀にはチューリップやヒヤシンス、アネモネ、クロッカスなどが、十七世紀にはミケルマス・デイジー（アスター）、ルピナス、クサキョウチクトウ、アメリカヅタ、アキノキリンソウなどが、十八世紀にはスィートピー、ダリア、キク、フクシアなど、これらの花々も今日多くの庭でみられるものだが、次第にイギリスの景観を変えていったのである[5]。

イギリスは緯度の上では、日本の北海道よりも北に位置しているが、メキシコ湾流のおかげで北ヨーロッパよりは温暖である。しかし、それでも地中海沿岸の南ヨーロッパと比べると気候は厳しいし、植物の種類もその植生にも限りがある。当初イギリスの庭園に導入された植物は南ヨーロッパやレヴァント地方からのものがその大半であった。やがて大航海時代に入るとアメリカや西インド諸島、南アフリカ、さらにはアジアに至り、全世界からの植物を手に入れようとする、プラント・ハンターたちが活躍するようになる。

## ジョン・トラデスカント父子

近代初期の園芸革命に貢献した人びとは大勢いるが、ジョン・トラデスカント父子の名前は、オックスフォード大学のアシュモーリアン博物館の名前とともに記憶され続けるだろう。しかし彼等は特別であったわけでは決してない。彼等は上に述べたような大きな変革の起きていた時代の子であった。トラデスカント父子の伝記を書いたジェニファー・ポッターは、彼等は好奇心旺盛な庭師であったと述べ、十七紀の初めには「好奇心が旺盛」(curious) と思われることは、社会的にも知的にも優れていることの証であり、文芸や科学において知の最前線にいることを意味していた、と指摘している。また「好奇心」を持つ人同士がヨーロッパ中にそのネットワークを持っていた、と述べている。[6] たとえば、フランスには国王の庭師であったジャン・ロビンとヴェスパジエン・ロビン父子や、草花栽培家でコレクターだったピエール・モラン、オランダにはライデンのヨハネス・ドゥ・ラエットやロンドンで活躍したニコラス・レッテなどがいた。ラエットは東インド会社の理事で、アメリカ大陸にもわたり、そこで動植物などのコレクションをした。オランダやフランス、そしてそれ以前にはイタリアがヨーロッパの園芸をリードしていたが、トラデスカント父は自らたびたびオランダやフランス、あるいはサー・ダドゥリー・ディッグズの外交に付き添ってロシアまで出向いていった。それは彼が仕えていた貴族たちの庭園に珍しい異国の花や樹木を植栽するためであった。彼の雇い主は、エリザベス一世にも寵愛されたロバート・セシル（初代ソールズベリ伯爵。父親のウィリアム・セシル＝初代バーリー男爵は十六世紀の最も重要な園芸に関する書物の献辞を受けている。）[7]、エドワード・ウォットン（初代ウォットン男爵）、ジョージ・ヴィラーズ（初代バッキンガム公爵）、さらには国王チャールズ一世に仕えた。とくにセシルの館ハットフィールド・ハウス、バッキンガムのロンドンやエセックスの屋敷（ニュー・ホール）などで、トラデスカントは園芸の腕を振るった。彼の名声を高めたのは、彼が丹精したブドウ、海外からの果物、バラ、スイセン、マルタゴンリリー、その他「変わっていて」「希少」なものであったという。[8]

トラデスカントは園芸の仕事を通じて当代きっての蒐集家や他の貴族たちに仕えていた園芸家、また学者たちと交流関係を築くことになった。そうした関係のなかで彼自身もさまざまな蒐集に力を入れるようになる。トラデスカント・コレクションの始まりである。彼の息子（同じくジョン）も父の跡を継ぎ庭師（園芸家）となり、彼自身、アメリカへ植物の採集に出かけているし、父のコレクションを「方舟」（Ark）と名付け、自らのコレクションもそれに加え、カタログも制作している。このコレクションがオックスフォードのアシュモーリアン博物館成立の元になったことはよく知られている。王立協会の会員でもあったエライアス・アシュモールが息子のトラデスカント亡きあと、「方舟」を手に入れ、それをオックスフォード大学に寄贈し、自分の名前を付けた博物館を作らせたのである。ヨーロッパで最初の公共博物館の成立であった。

## オランダと植物世界

これまで指摘してきたように、作庭や園芸における先進国はイタリア、フランス、オランダであった。トラデスカントが度々フランスやオランダに出かけていったことも述べた。イタリアではルネサンスの時代に大学の医学部に付属する薬草園が作られるようになった。十六世紀の半ばまでにはピサ、パドヴァ、フィレンツェなどの大学が薬草園を所有し、医学の研究、治療のための薬草が栽培されていた。薬草園には薬学を学んだ薬剤師が管理のために雇われていた。同様の大学の医学部に付属する薬草園はやがてドイツ、オランダ、フランスへと広がりを見せ、十七世紀にはオックスフォード大学（一六二一）、エディンバラ大学（一六七〇）などにも植物園が出来るようになる。オランダではライデン大学が早く、一五八七年には薬草園が出来ている。

当初、医療に役立つ薬草を中心にして組織されたのが薬草園 physic garden だとすると、より近代的な植物園 botanic garden は、薬草ももちろん扱うが、より珍しい、海外からの植物を集めたものという性格が強い。ひとつには科学的な植物学が生まれたことと関係があり、また他方、ヨーロッパの海外への拡張がその引き金にもなっていたといってもよいだろう。こうした新しい流れに大きな影響を与えたのがオランダの内科医で植物学者のカロルス・クルシウス（チャールズ・ドゥ・レクリューズ）であった。彼は一五二六年生まれ、神聖ローマ皇帝マクシミリアン二世に呼ばれウィーンに植物園を作り、その後ライデン大学の植物学の名誉教授となり大学付属の植物園を開設する。ウィーン時代に手に入れた珍しい植物をそこで栽培するが、そのなかにチューリップもあった。これがその後オランダのチューリップ・マニアのひとつのきっかけになったといわれている。(9)

十六世紀から十七世紀にかけて、ヨーロッパをリードしていたのはオランダである。貿易の中心であったアントワープ(現在はベルギーに属する)、学問の中心であったライデン、商業都市アムステルダムやブルージュ(現在はベルギー)などとともに、テクスタイル産業で栄えたヘント(やはり現在はベルギーにある)は地域の経済をヨーロッパ市場と結びつけることによって発展させていた。オランダはアメリカやアジアとの交易にも熱心で、東インド会社(一六〇二年設立)以降はアジア貿易に活路を見出していき、ヨーロッパ有数の繁栄を迎えることになる。クルシウスが活躍したのはまさにオランダが大きく変貌しようとしていた時で、ルネサンス時代に広がりと定着を見せた知のネットワークを利用することで、学問としての植物学の成立に貢献し、植物学を医学・薬学から自立した学問として研究する道を開いたのである。同時に、新しく発見され、ヨーロッパに導入された植物の栽培と普及にも力を入れ、新しい種子や苗を求めてヨーロッパ各国を旅した。

オランダが先駆けていたのは植物学や貿易だけではない。珍しい花々や果物を描いた「静物画」という新しい絵画のジャンルとして確立したのはオランダの画家であった。もちろん静物を描くことは昔から行われていた。たとえばエジプトの墳墓には果物などが描かれていることが多く、それらは死者が死後の世界で食すことが出来るようにという貢ぎ物であった。ギリシアやローマの絵画にも食物などが描かれているが、花や木や果物などが精密に描かれ、その多くは宗教的な比喩であったり、何らかのシンボルであった。またルネサンスの画家たちは、彼等の庇護者たちの命を受け、珍しい果物や花々、あるいは狩猟の獲物などを描くことが多かった。なかには十六世紀のイタリアの画家ジュセッペ・アルチンボルドのように、すべて花や野菜や果物、時には魚などを顔のパーツに用いて著名な人物の肖像画を描いたものもいる。しかし、静物画を熱心に描き、貴族の館にではなく市民の家に飾るようになったのが、オランダであった。それはまた「風俗画」や「風景画」というジャンルの成立とも関係していたといえる。オランダにおける静物画の興隆は、園芸への強い関心とも無縁ではない。さらに、園芸や植物学、広くは博物学の進展がもたらした、学術書への挿絵として、最初はプリミティブな木版のものであったが、より精密な銅版による挿絵も登場するようになる。こうしたことをすべてひっくるめて、静物画のブームが起きるのである。十六世紀末から十七世紀の静物画には当時最も人気のあった花々や果物が描かれている。なかでもチューリップの存在は目を引く。ヤン・ブリューゲル父をはじめ、何人もの静物画のスペシャリストだけでなく、多くの画家たちが、熱心に静物画を描いている。

## 啓蒙の時代の植物学

イギリスの大英博物館（今頃「大英」というのもアナクロニズムなので、以下ブリティッシュ・ミュージアムとする）が設立されたのは一七五三年、六年の準備期間をおいて一七五九年に開館した。博物館の核となったのは、王立協会の会長であり王立内科医協会（ロイヤル・コレッジ・オブ・フィジシャンズ）の会長でもあった、サー・ハンス・スローンのコレクションを、彼の死後国家が買い取ったものである。王立協会のスローンの前任者はサー・アイザック・ニュートンである。一六六〇年にアイルランドで生まれたスローンはロンドンで医学や薬学、植物学を学んだ後、フランスへ渡りモンペリエとオランジュでさらに医学を学び学位を取得した。彼は若い頃から植物学に関心を持ち、またひろく博物学にも造詣が深かったが、フランスでも植物などのコレクションを行った。二十七歳の時にジャマイカへ渡り、そこで多くの新種を発見し、帰国後それらについての研究書を出版している。(10)

スローンの蒐集は当時でもきわめて特別なものであったようである。彼は幾多の蒐集家のコレクションを次々と購入することによって当代一流のコレクターとして名を知らしめた。医者としてもエリートの内科医として(当時内科医の権威は極めて高かった)王立協会の会長としてゆるぎない影響力と権威を備え、自らの資産を増大させることに成功していった。こうした資金で彼は今日チェルシーとして知られる一帯に広大な土地を取得する。彼はそこに薬剤師組合(ソサイアティ・オブ・アポセカリ)が設置していた薬草園(チェルシー・フィジック・ガーデン)を増設する。オックスフォード大学の植物園に次ぐイギリスで二番目の植物園であった。彼はこの薬草園で栽培した新種の薬草や植物を定期的に王立協会に寄贈することを条件として、些少の借地料で薬剤師協会にこの土地を貸与したのである。ここのヘッド・ガーディナーのニック・ベイリー氏によると現在でもチェルシー・フィジック・ガーデンは年に数ポンドの借地料をスローンの子孫に支払っているとのことであった。スローンの推薦でこの薬草園を管理していたのが、十八世紀の植物学、園芸学に名を残したフィリップ・ミラーであった。

ミラーの業績は多岐にわたる。彼の名を今日まで残しているのは彼の著書『庭師の辞典(ガーディナーズ・ディクショナリ)』であろう。出版されるや園芸に関心を持つものにとってのバイブルとも言える地位を確立した。彼の名声はイギリスの国外にも聞こえ、リンネがイギリスを訪れたとき、真っ先にミラーに会いにいったことでも分かる。もっともミラーはリンネの分類法には批判的で、両者はともに相容れなかったらしい。ミラーは保守的ながら、植物の育成に関しては有能な庭師であったので、後に薬剤師協会とのいざこざによってその職を退くようになるまで、イギリスの園芸界において大きな影響力を発揮した。彼はまた同時代の園芸家たちとの密接な協力関係を結んでいた。それは国内にとどまらず海外のプラント・コレクターたちとの緊密な関係が彼のチェルシー・フィジック・ガーデンでの地位をより強固にすることでもあった。[11]

次にスローンの功績を、日本とのつながりで見てみよう。ドイツで生まれたエンゲルベルト・ケンペルはドイツやスウェーデンのウプサラ大学などで勉強した後、東インド会社に入り、一六九〇年にオランダ商館の医師として来日した。約二年間日本に滞在し、出島から江戸にものぼり、当時の将軍綱吉と面会もしている。彼は日本滞在中に多くの動植物を調査し、日本人の風俗にも強い関心を示した。やがて彼はこれらの記録を『日本誌』として草稿に残したが、彼の生前に出版されることはなかった。この草稿を手に入れて、英文に翻訳して出版したのがスローンであった。[12] ケンペルの本はその後多くの言語に翻訳され、ヨーロッパの知識人の間に日本への関心を喚起することとなった。徳川綱吉は犬公方などと呼ばれあまり評判の良い将軍ではないが、ケンペルは彼の治世を高く評価し、とくに鎖国政策について肯定的に捉えていることなどが最近のケンペル研究のなかから明らかになっているが、彼は本稿の冒頭で指摘したように日本が植物を愛するきわめて文明的な国であることを、当時アジアを蔑視する考え方が支配的になりつつあったヨーロッパで指摘していたのである。スローンは間接的ではあり、意識していなかったかもしれないが、啓蒙主義がヨーロッパで広がりを見せている時に、アジアにおけるすぐれた文明の存在を擁護する言説の一端を担う仕事に加担していたわけである。

スローンのコレクションの多くは現在では自然史博物館に所蔵されているが、その一部はブリティッシュ・ミュージアムの「啓蒙の部屋」で見ることができる。彼のコレクションは一方でルネサンス以来の「キャビネット・オブ・キュリオシティーズ」の伝統によっている。彼より数世代前のトラデスカントの「方舟」との連続性も見られる。しかし一方、彼のコレクションには新しい博物学の進展を反映しているところも見受けられる。たとえば分類の方法はより洗練されている。スローンは当時イギリスでは最も進んでいたジョン・レイの分類法を採用していた。レイは十七世紀に活躍した博物学者で、イギリスでは「博物学の父」と称えられている。イギリス経験論の特徴である演繹的な方法で、植物や動物の分類を行い、「種」概念を分類に導入したことで知られている。[13] スローンはまた、ヨーロッパの知的ネットワークの重要な環をなす研究者であった。ケンペルのものをはじめとして多くの著名なコレクションを手に入れたことは上でも述べたが、それはとりもなおさず、彼が多くのコレクターとの緊密な接触を保っていたことを示している。スローンの晩年に、スウェーデンから若い植物学者が訪ねてきた。野望に満ち、自ら開発した新しい植物分類法を広めるためには、ヨーロッパの知的世界に圧倒的な影響力を持っていたイギリスの王立協会、その会長の庇護を受けることが不可欠と考えたこの若者の名前こそ、リンネであった。彼はまた、チェルシー・フィジック・ガーデンの管理人フィリップ・ミラーと会い、彼から珍しい植物の種子や苗を手に入れたいという希望を持ってイギリスにやってきたのである。

## リンネ、バンクスと植物学の帝国

カロルス・リネウス（カール・フォン・リンネ、以下リンネ）は一七〇七年生まれのスウェーデンの博物学者。一七三二年にこれまでの分類法を整理して、とくに植物の性をもとにした学名の命名法を完成させたことで一躍ヨーロッパの植物学者たちから注目されるようになった。例えばレモンはCitrus limonと命名されることによって、それに近いオレンジCitrus aurantiumと区別することが出来る。つまりCitrusという同じ「属」であるが、それぞれ別の「種」に属すると考えた。[14] 今日では、「属」の上位の階級として「目」「科」を考えるので、より複雑になっていて、必ずしもリンネの性による分類は万能ではないと考えられるようになっており、分類学者たちも全員が納得している方法が確立しているわけではない。DNAによる分析がおそらくこの問題を解決する日は近いのかもしれないが。

ともあれ、リンネの時代には彼の命名法は画期的であった。彼は、ウプサラ大学で弟子を多く育てたが、弟子たちは師の方法をヨーロッパ中に広める仲立ちとなった。また師の植物学のさらに詳細な体系化を確立するために、世界中へと旅立っていった。たとえば十八世紀末に来日したカール・ペーター・ツンベリ（あるいはツンベルグ）は、日本で植物採集を行い、後に『日本植物誌』を著している。

リンネは自らも探検旅行を行っている。新しい分類法を確立した頃、ヨーロッパ最北部のラップランドを調査した。彼の「探検」の足跡は、いまでは、その後彼が自慢したとおりのものではなく、ずいぶんとはしょったものであったことが、知られているが、彼はそれを最大限に利用して、当時の有力な後援者たちを見出すことに成功した。後にオランダでも数年過ごしたりしているが（イギリスにも出かけたことはすでに書いた）、その後はウプサラで七十一歳の生涯を終えている。彼は植物学が単なる狭い意味での専門的な植物への関心によって成り立つものではなく、社会的な重要性もあることを熟知していた点で、時代の人であった。植物は富を生む、国家にとっても極めて重要な商品となることにいち早く気づいたのである。胡椒や材木、木棉、砂糖など海外からの輸入に頼っている植物を自国で生産することが出来れば高価な価値を生むことになる。

リンネの弟子の一人にダニエル・ソランダーがいた。彼はロンドンにやってきて、最初ピーター・コリンソンの植物の分類を手伝っていたが、後にブリティッシュ・ミュージアムのスローンのコレクションをリンネの分類法で整理する仕事に就く。この仕事を通して彼はジョゼフ・バンクスに雇われて、ジェイムズ・クック船長の「エンデバー号」による太平洋への航海に参加することになる。バンクスは後に准男爵（サー・ジョゼフ）となり、王立協会の会長にまで上り詰めるのだが、若い頃から植物学への強い関心を示していた。[15] 現在、オーストラリアにはバンクス湾があるが、これは彼の名前を顕彰して名付けられたものである。またクック船長は、エンデバーで最初に上陸した別の湾を、バンクスの植物学の調査を記念してボタニー湾と名付けている。またロンドンのキュー・ガーデンは、王家の庭園を植物学の総本山にすべく、バンクスが国王ジョージ三世を説得して出来たものである。バンクスの時代に英国の世界支配はその勢いを増していたが、彼は世界の至る所にいるイギリス人の有力者（外交官、商人、軍人）、各国の著名な博物学者との間に膨大な手紙のやり取りをして、キューに世界中の植物を蒐集させることに力を注いだ。王立協会の会長職は当時それだけ影響力のあるものであったが、バンクス自身の熱意も無視できない。王立協会のなかには純粋科学（数学や物理学など）派と創立の頃から有力な会員であったジェントルマン（アマチュア）科学（あるいは科学のパトロン）派との対立する二つのグループがあった。ジェントルマン出身のバンクスは後者と看做されていたが、彼自身はプロフェッショナルな植物学者と考えており、持ち前の行動力と包容力（彼は自らのコレクションを気前よく自由に閲覧に供していた）とでそうした対立を和らげていた。彼の時代に、植物学は、それ以前のアマチュアのヴィルトーゾ（さまざまな学問に関心を持ち、珍しいものの蒐集などを通じて学界に貢献していた人たち）から科学的な植物学者が誕生したといわれている。彼はリンネと同様に植物学がその専門を超えて、社会や国家に有用な学問であることを信じて疑わなかった。とくに新しい植物が経済的に国家を助けるであろうという信念が彼の活動を突き動かしていたことは確かである。

## 注

（1）Keith Thomas, *Man and the Natural World: Changing Attitudes in England 1500–1800*, Allen Lane, 1983. トマスの本はパイオニア的な仕事であり情報の宝庫である。本稿を執筆するにあたり、見取り図を描き、構想を練る時に、再読し、彼の視野の広さと資料の豊富さに多くの示唆を受けた。
（2）Thomas, p.195; 川崎寿彦『森のイングランド』平凡社、一九八七年、一〇―一七頁。
（3）E. P. Thompson, *Whigs and Hunters: The Origin of the Black Act*, Allen Lane, 1975.
（4）Thomas, p.224.
（5）Thomas, pp.225–6.
（6）Jennifer Potter, *Strange Blooms: The Curious Lives and Adventures of the John Tradescants*, Atlantic Books, 2006, p. xxiv.

（7）Potter p.15. 二冊の園芸の書とは Didymous Mountain, *The Gardners Labyrinth* と John Gerard, *Herball* である。Gerard はバーリ卿の庭園管理人であった。

（8）Potter, p.12.

（9）Anne Goldgar, *Tulipmania: Money, Honor, and Knowledge in the Dutch Golden Age*, The University of Chicago Press, 2007. ゴルドガーはオランダにチューリップを移入したのは必ずしもクルシウスとは限らず、アントワープの商人など、いくつかの可能性がある、と指摘している。例えば、フランドル出身の神聖ローマ帝国の外交官のオジエ・ブセックがトルコで手に入れ、それをクルシウスに送ったという伝承があるが、資料によっては検証できず、全面的に信用することが出来ない、という。

（10）Kim Sloan（ed.）with Andrew Burnett, *Enlightenment: Discovering the World in the Eighteenth Century*, The British Museum Press, 2003.

（11）Andrea Wulf, *The Brother Gardeners: Botany, Empire and the Birth of an Obsession*, William Heinemann, 2008.

（12）ヨーゼフ・クライナー編『ケンペルのみた日本』NHKブックス、一九九六年

（13）ジョン・レイはケンブリッジ大学で学び、教師として後進を育てたが、後に神学者となった。彼の業績は博物学の全般に及んだが、ヨーロッパへの旅行で多くの植物の採集を行い、その結果を『植物の歴史（ヒストリア・プランタールム）』として発表した。彼は王立協会の会員でもあり、彼の分類法は後にリンネにも影響を与えたが、リンネは彼からの影響を矮小化している。

（14）Patricia Fara, *Sex, Botany & Empire: The Story of Carl Linnaeus and Joseph Banks*, Columbia University Press, 2003.

（15）バンクスの業績を詳しく述べることは出来ないが、次の研究を参照してほしい。John Gascoigne, *Joseph Banks and the English Enlightenment: Useful Knowledge and Polite Culture*, Cambridge University Press, 1994; Wulf, Op. cit.; Fara Op. cit.

# エンダースビ『帝国の自然』について

わたしは今この書評を信州の山小屋で書いているが、仕事の合間に近所を散歩しながら、路辺に咲いている野草を見つけては、それが知らない花であれば、植物図鑑などで調べて名前を同定するのが楽しみのひとつとなっている。わたしのような植物愛好家は世の中にたくさんいるし、また自宅に見事な園芸植物を育てている人も多い。こうした趣味は近代になってから盛んになったと考えられるが、ひとたび趣味を職業にしようとするとそこには多大な問題が生ずることになる。

本書の主人公ジョゼフ・フッカーは植物学者の父ウィリアム・フッカーの跡を継いでキュー・ガーデン（正式にはキュー王立植物園 Royal Botanic Garden, Kew という）の園長となり、後には騎士の称号サーを授かった植物学界の重鎮であり、ダーウィンの友人で、進化論を最初に支持した博物学者としても知られている。しかし、彼が植物学者としての仕事を社会的に認知させ、ひとつの知的専門職としての地位を確立させるためには、多くの困難に立ち向かい、自らの力で道を切り開いていかなければならなかった。それらの困難は、十九世紀英国に特有の社会的・文化的な背景をもとに存在していたものでもあった。

十九世紀を専門職業の確立した時代と見る歴史家は多い。科学研究もまた同じ道を歩んだとする説も多い。十六世紀から十七世紀の科学革命以来、科学研究は専門化へと進むが、例えば王立協会の歴史を見れば分かるように、十九世紀の半ばまではジェントルマンと専門科学者とが混在していた。また同じ「科学」のなかでも物理学、数学などを頂点とするヒエラルキーが生まれてきていた。この本の主題である植物学などは、著者の主張によれば、きわめて貶められていたという。十八世紀の王立協会の会長の二人までが植物学を認知させた重要な人物であれば、このことは不思議な気がする。ニュートンの後を襲ったサー・ハンス・スローンは、内科医で王立内科医協会の会長も務めたが、彼の植物学を中心としたコレクションがブリティッシュ・ミュージアム設立のきっかけとなったことはよく知られている。また十八世紀後半から十九世紀にかけて会長であったサー・ジョゼフ・バンクスは王立キュー・ガーデン設立に尽力し、植物学の国家的な重要性を主張した人物である。しかし本書の序章の冒頭に引かれているブルワー・リットン（十九世紀英国の作家・政治家）の次の言葉もまた真実なのであろう。「イングランドでは科学の研究は専門職とはなっていない」。科学研究は経済的に余裕のある、ジェントルマンのものだ、というのである。

著者ジム・エンダースビによると、科学の専門職化は一直線のものではなかった。フッカーのような人びとは、安定した科学研究者の地位を望んではいたが、それはまた当時の社会的通念である、働くことで収入をえること、すなわちそれを職業 trade とすることは、科学をリスペクタブルな地位から貶めることになる、とも考えられていたからである。余裕のあるジェントルマンの知的営為（たとえばダーウィンは裕福な家庭の出身であった）である科学研究と、それを行うことによって仕事や報酬を求めてあくせくしなければならなかったフッカーのような立場の人間との間には大きなギャップが存在していたのであった。フッカーはこのギャップを最後には乗り越え、王立協会会長の地位にまで上り詰める。騎士階級に叙せられたことは上に述べたが、メリット勲章も授与されている。このような人物をヴィクトリア朝の典型的な科学者の例とすることが出来るかどうか分からないが、本書のなかで描かれるフッカーの植物学者としての姿は実に興味深い。ひとつには著者が、植物学の研究という知的活動の実際的な側面を丹念に明らかにし、さらには主人公が置かれていた背景、帝国と植民地、研究者たちの世界などを冷静にかつ批判的に叙述しようとしているからである。

バンクスがクック船長の「エンデバー号」航海に参加し、タヒチやオーストラリアの植物採集によって名声を獲得し、ダーウィンが「ビーグル号」航海でガラパゴス島での調査を行い「自然淘汰」説に基づく進化論を発表し一躍重要な博物学者として大きな影響を与えたように、フッカーも「エレバス号」でタスマニア、ニュージーランドへ植物採集の航海に出かけた。バンクスの航海の主たる目的が金星の地球・太陽間の通過観測で、植物採集は二次的だったように、フッカーの航海は国際的な地磁気観測のためのもので、南極へ向かうことが第一義であった。（南極の活火山エレバス山はこの船の名から採られている。）しかし、バンクスやダーウィンがジェントルマンとして有り余る経済的なバックアップを背景に、自由に調査を行うことが出来たのとは対照的に、フッカーは「エレバス号」の船医（彼はグラスゴー大学で医学を学んだ）というマイナーな身分で航海に出たので、調査自体もかなり拘束されていたようである。ここにすでに科学研究と研究者の社会階層的な微妙な相違が見て取れるし、フッカー自身もそのことについて自覚していたようである。

フッカーの太平洋での調査を実りあるものにしたのは、彼の父へ現地の植物の標本を送っていたプラントハンターたちからの協力であった。タスマニアではロナルド・キャンベル・ガン、ニュージーランドではウィリアム・コレンゾがフッカーの帰国後も仕事を手伝うことになる。ここから新たな、帝国の側面が彼の生涯に色濃く見え始める。しかもそれは彼がジェントルマン的な研究者と地位を求めて奔走する自分との違いに感じていたアンビヴァレントな感情を、帝国の中心にいて植物学の学問的な体系化を目指そうとする自分と、それに奉仕する周縁（植民地）のプラントハンターとの関係にこだわるという、もう一つのアンビヴァレンスが見られるのである。帝国研究で頻繁に使われる「中心と周縁」という枠組みを植物学研究の日常的活動にまで目を向けて論じているが、これがきわめて新鮮で興味深い。それらは幾重にも重なる多層の関係性なのである。

植民地、あるいは本国から遠く離れて植物採集を行っていたプラントハンターたちにとって、なによりも採集に必須の道具の不足は悩みの種であった。胴乱というブリキで出来た植物入れがある。フッカーは彼の現地での協力者にこうした道具を送ったりしているが、本国に住んでいれば比較的簡単にしかも廉価で手に入れることとの出来る道具は、優れた標本を作るためにはのどから手が出るほど欲しいものであった。例えば、押し花にするための紙でさえ不足していた。それも用途によってさまざまなタイプのものが必要だった。さらに植物の構造や微少な植物を知るには顕微鏡やルーペも必須のアイテムになっていた。これは植物学が科学として認知されるためにも必要不可欠な道具であった。そして採集した植物が新しい種のものかを同定するために、また英国にすでに十分ある標本のものとの重なりを防ぐためにも、プラントハンターたちが手に入れたいと考えていたのが、優れた植物図鑑や研究書であった。本国の研究者（フッカー）が必要としていたのは植物学特有の術語 language of botanyに通暁しているプラントハンターであったから、図鑑などを送るにやぶさかではなかった。こうしてフッカーとプラントハンターたちとの間には主と従との関係が出来上がっていった。それはまさに「中心と周縁」を絵に描いたようなものであった。

しかし彼等の関係はそう単純ではなかった。というのはプラントハンターのなかにはプライドを持ち地元の植物については自分が一番よく知っていると自負しているものもいたからである。また彼等は、フッカーから施しを受ける、あるいは見返りを受けるということには潔しとしないものもいた。フッカーもそうしたことを考慮しながら、彼等からの協力を取り付けていたのである。しかしながら一見スムースにいっているように見える関係も、植物学を科学として、よりエスタブリッシュされていた物理学や、同じ博物学のなかでも上位とみなされていた動物学などと同等の地位に押し上げたいと願っていたフッカーにとって、植民地から送られてくる標本が絶えず新種としてプラントハンターから主張されることには異議があった。それは植物学を科学として成立させるためにはphilosophicalなアプローチが必要である、とフッカーが信じていたことと関連する。彼がフィロソフィカルといっているのは、ほぼ理論的、科学的と同義である。また王立協会の会報は十七世紀の設立以来*Philosophical Transactions*と呼ばれていることを想起すればよいかもしれない。今日のscientificに相当する言葉なのである。フッカーにとっては、たとえば数式を用いた理論化、いくつかの公式に則って植物世界、特になぜ、あるところには特定の植物が生育し、あるところには生育しないのかといった問題を思弁的にではなく、科学的に誰の目から見ても疑いのないひとつの科学として成立させることが問われていたのである。体系化のためには煩雑で膨大な種の数を整理する必要があるとフッカーは考えていた。亜種を新種であると主張する、そしてそれは発見者の功績になると考えていた、現地主義のプラントハンターとそれらを総合し、すっきりとした植物学的なモデルを作り上げようとしていたフッカーとの間に溝が出来てもおかしくなかった。エンダースビは、当時の植物学界の動向を併合派lumperと細分派splitterとに対比させ、フッカーを前者の急進派、後者をプラントハンターたちの主張として整理している。世界中の植物標本をキューに集める、そしてそこから植物の分類を始め、他の重要な研究課題である分布などについてフィロソフィカルな理論を組み立てること、これこそがフッカーの希望であった。キューに最高の標本コレクション室herbariumを持つことが、新種の命名への独占を可能にした。

カール・フォン・リンネが十八世紀に提唱した性による分類法*SystemaNaturae*（1735）はたちまちヨーロッパの植物学者たちの間に広がり、バンクスなどもリンネの信奉者であった。彼がクック船長との航海に出かけたときにはリンネの弟子（使徒と呼ばれる）のひとりダニエル・ソランダーを誘ったほどである。しかしリンネの方法は彼とほぼ同時代のベルナルド・ドゥ・ジュッシューなど、ことにフランスを中心とする植物学者たちから批判を受けるようになる。ヨーロッパが世界に進出するようになり、海外の植物の調査が進むと、リンネの分類では解決できない植物が発見されたことが大きかった。リンネに批判的な研究者は、性によるのではなく、植物の形質に基づいて自然群に分けた分類法を考え、そうした態度が徐々に主流を占めるようになる。ドゥ・ジュッシューの仕事は後継者によって洗練されたものになり、十九世紀の半ばまでにはヨーロッパの大方の植物学者が採用する方法となった。英国では一八一〇年に当時ブリティッシュ・ミュージアムの植物コレクションの学芸員であったロバート・ブラウンが、フランスから自然分類法を紹介したが、リンネの方法の影響は強く、それがヨーロッパにおける英国の植物学の後進性を示すという危機感が科学的な植物学を目指す研究者の間で広まっていた。ロンドン大学のユニヴァーシティ・コレッジで教鞭を執っていたジョン・リンドリはリンネに批判的な論文を書き自然分類法を擁護した。リンネの方法は性、つまり雄蕊の数により綱《こう》 class を立て（リンネは二十四綱あると考えた）、それぞれの綱に雌蕊の数により目《もく》 order を決めるというきわめて簡潔なものであった。しかし当時からその性的な側面（リンネの講義などはかなり人間の性生活へのほのめかしが多く、そうしたことに厳格な人びとから顰蹙を買っていたらしい）が批判されていたが、ガーデニングをはじめとして婦女子が植物学の知識を求めるようになると、さらに性による分類が倫理的にふさわしくないという問題もあったようである。こうした科学的な問題とは別の支障を抱えていたリンネの方法は、ますます避けられるようになっていった。また、リンネの方法では植物学における分類と伝搬という後に進化論へも通ずる二つの問題を密接に連関させて論じることが出来なかった。（リンネは植物世界が神によって創造された固定的なものという考えに凝り固まっていた。）しかし自然分類法も、問題がなかったわけではない。支持者の数だけ分類の仕方が異なってくるという事態が出来していたのである。このことは植物学がそのもっとも根幹的な分類法においてもひとつの整然とした体系を持てない劣った科学であるという批判をも招くことにもなった。

フッカーはインドにも出かけて、帝国の版図の植物研究をさらに進めたが、一八六五年に父親が亡くなるとキューの園長の職を引き継いだ。それまでも父の仕事を手伝ってきたわけだが、園長になるとアドミニストレーターとしての仕事に忙殺されるようになる。なかでもヴィクトリア時代に盛んになった労働者たちのレジャー活動、それまでエリートのものであった「文化」を広く開放する運動などの影響で、本来研究の場として考えていたキュー・ガーデンを一般にオープンしそこでの余暇を奨励しよう、という政策にフッカーは強く反対する。また政府は植物園の管理をフッカー支配から取り上げようともしたので、彼はそれについても抵抗しなければならなかった。このあたりの攻防も詳しく書かれていて、ヴィクトリア朝文化研究者には興味深いと思われる。

本書は、膨大な資料を駆使して一人の有能な科学者の生涯を彼の仕事ぶりを綿密に調査しながら、彼の置かれていたヴィクトリア朝の社会的・文化的背景との葛藤について説得力のある議論を展開している。やや著者の主張がたびたび繰り返され執拗に過ぎるとも思われたが、教えられることの大変多い研究であった。この時代の科学史、文化史、社会史などの研究者には一読をお勧めしたい。

＊ Jim Endersby, *Imperial Nature: Joseph Hooker and the Practices of Victorian Science* (Chicago: University of Chicago Press, 2008) の書評。

# あとがき

みすず書房の辻井忠男さんから「文人ケインズ」で一冊書いて欲しい、と依頼されたのはもうずいぶん前のことになる。そのつもりでいろいろ調べたりしていたのだが、どうしても一次資料を読みたくて、そのためにはイギリスに行かなくてはならず、ケインズの甥で、わたしも親しくしてもらっているスティーブン・ケインズとも相談したが、やはりケンブリッジのキングス・コレッジにあるケインズの資料などを読まなければならない、ということで先延ばしにしていた。昨年のこと、こちらが送った年賀状の返事に辻井さんの奥様から辻井さんが前年に亡くなったということを知らされた。遅きに失したのであった。

そうこうしている間にわたしも古稀を迎えた。自分としてはあれこれやってみたいという仕事をたくさん残してきたという忸怩たる思いなのだが、七十歳で少なくとも今まで書いてきたものを一冊にまとめたいと思うようになった。小沢書店から出した『明け方のホルン』を、みすず書房の「大人の本棚」というシリーズで再刊してくれた友人の尾方邦雄さんに相談したら、出しましょうということになった。それが本書である。これまでいろいろな機会を与えられて書いてきたエッセイの集合である。それぞれ思い入れがあるのだが、その多くは論文集や限られた講演会の聴衆や読者のために書かれたもので、もっと広い読者に読んで欲しいという気持ちもある。それがこうした形で実現するのはとてもうれしい。

ここに集められたエッセイの多くは依頼されて書いたものである。自発的に書いたというより、与えられたテーマや機会にその都度いろいろ調べたりしながら書いたものが多い。まったく新しい分野のことについて書かなければならないこともあった。それでもこれらのエッセイを書いているときは楽しかったなと、読み返しながら思った。

森鷗外は『澁江抽齋』のなかで抽齋について次のように書いている。「然るに奇とすべきは、其人が康《かう》衢通逵《くつうき》をばかり歩いてゐずに、往々径《こみち》に由つて行くことをもしたと云ふ事である。抽齋は宋槧《そうざん》の経子を討《もと》めたばかりでなく、古い武鑑や江戸図をも翫《もてあそ》んだ。若し抽斎がわたくしのコンタンポランであつたなら、二人の袖は横町の溝板《どぶいた》の上で摩れ合つた筈である」と。そのことで鷗外は抽齋に親近感を覚えたというのである。わたしは歴史学の大通り、本道（康衢通逵）ではなく径、それも狭い横町にはいる路地ばかりを歩いてきたような気がする。本文でも書いたように、我が師ラファエル・サミュエルの影響かもしれない。

本書に収録された文章は長い間にわたって書かれたものでその範囲も幅広い。書いていたときの気分や依頼された原稿によってスタイルも異なっている。ふつうこのようなエッセイをまとめるときにはなるべく手を入れないという慣習もあるようだが、多少の統一性を持たせるために文章には手を入れた。

冒頭に述べた辻井さんの依頼にはまだきちんとした形での答えが出来ていないのだが、良心的兵役拒否についてケインズについて書いた文章は辻井さんへのささやかな返答である。当時も辻井さんのことを考えながら書いていた。文人ケインズについてはもう少しきちんとしたものを書きたいと今でも思っている。それだけの魅力的なテーマであるし、最近出版された、リチャード・ダーヴェンポート・ハインズによる優れた伝記でもその側面はまだ弱いように思う。

これまでにここに収録されたエッセイを書くように勧めてくれた友人、同僚、編集者の方々に感謝したい。特にみすず書房の尾方さんにはこれらのエッセイを一冊にまとめるにあたり、多くの助言を頂戴した。友情に感謝する。またこれらのエッセイが書かれたときに編集者としての厳しい目で原稿や校正をチェックしてくれた妻の美穂にも心から有り難うと言いたい。今回もいろいろ助言をしてくれた。

著者識

二〇一六年十一月

# 初出一覧

歴史は文学か科学か（草光俊雄・近藤和彦・齋藤修・松村高夫編『英国を見る——歴史と社会』、リブロポート、一九九一年）

人文主義者ピーター・バーク（「思想」〈特集・ピーター・バークの仕事〉二〇一三年第十号、岩波書店）

鷗外の史伝と社会史（「三田学会雑誌」86巻3号、慶應義塾経済学会、一九九三年十月）

歴史工房での徒弟時代（義江彰夫・山内昌之・本村凌二編『歴史の対位法』、東京大学出版会、一九九八年）

ジョゼフ・ニーダムとの出会い（尾形勇・樺山紘一・木畑洋一編『20世紀の歴史家たち』4世界編下、刀水書房、二〇〇一年）

商業、宗教、帝国と中世主義（「Odysseus 東京大学大学院総合文化研究科地域文化研究専攻紀要」第九号、二〇〇四年）

柳宗悦と英国中世主義（杉原四郎編『近代日本とイギリス思想』、日本経済評論社、一九九五年）

アミアンの陰翳（「テイクオフ」74号、全日空、一九九六年）

中世主義者ワイルド（「ユリイカ」〈特集・オスカー・ワイルド〉一九九〇年五月号、青土社）

ラスキンの使徒——御木本隆三（都築忠七・ゴードン・ダニエルズ・草光俊雄編『日英交流史1600-2000』第五巻社会・文化、東京大学出版会、二〇〇一年）

イングランドの山歩き（「広島日英協会々報」第76号、広島日英協会、二〇〇七年十月三十一日）

長い十九世紀の子供の読書（「ラスキン文庫たより」第58号、ラスキン文庫、二〇一〇年）

ブルームズベリ・グループと良心的兵役拒否（京都大学人文科学研究所合評会での口頭報告、二〇一一年）

ルパート・ブルックとリベラル・イングランド（「第82回大会Proceedings」、日本英文学会、二〇一〇年）

植物学の帝国（『異文化を通してみる自己像——メリット、ジェンダー、旅、翻訳、帝国』、放送大学、二〇一〇年）

エンダースビー『帝国の自然』について（「ヴィクトリア朝文化研究」第9号、日本ヴィクトリア朝文化研究学会、二〇一一年）

## 著者略歴

（くさみつ・としお）

1946年生まれ．1973年，慶應義塾大学経済学部卒業．1975年，慶應義塾大学大学院経済学研究科修士課程修了（経済学修士）．1983年，英国シェフィールド大学大学院社会経済史学博士課程修了（PhD）．ニーダム研究所研究員，上智大学比較文化学科，日本女子大学英文科，東京大学教養学部，同大学院総合文化研究科を経て放送大学教養学部．現在，放送大学教授，東京大学名誉教授．英国王立歴史学会フェロー．専攻はイギリス社会経済史・文化史．著書に『明け方のホルン』（小沢書店，1997．みすず書房，2006）共編著に『英国を見る——歴史と社会』（リブロポート，1991）『未来の中の中世』（東京大学出版会，1997）『日英交流史 1600－2000』第5巻社会文化（東京大学出版会，2001）『欲望と消費の系譜』（監修，NTT出版，2014）*Markets and Manufactures in Pre-industrial Europe*（共編著，Routledge，1991，2014）など．

草光俊雄

歴史の工房

英国で学んだこと

2016年12月16日　印刷
2016年12月26日　発行

発行所　株式会社 みすず書房
〒113-0033　東京都文京区本郷5丁目32-21
電話　03-3814-0131(営業)　03-3815-9181(編集)
http://www.msz.co.jp

本文組版　キャップス
本文印刷・製本所　中央精版印刷
扉・表紙・カバー印刷所　リヒトプランニング


Printed in Japan
ISBN 978-4-622-07985-9
[れきしのこうぼう]